BIBLIOTHÈQUE

DE LA SCIENCE PITTORESQUE

———

LES

SECRETS DE LA PLAGE

ABBEVILLE. — IMP. BRIEZ, C. PAILLART ET RETAUX.

LES SECRETS

DE

LA PLAGE

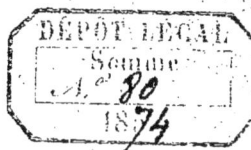

PAR

J. PIZZETTA

OUVRAGE ILLUSTRÉ DE 83 GRAVURES

PARIS

LIBRAIRIE D'ÉDUCATION

GÉRANT : AMABLE RIGAUD, ÉDITEUR

33, QUAI DES AUGUSTINS, 33

(Droits de traduction et de reproduction réservés)

AU LECTEUR

Combien de fois nous avons entendu, dans de nombreuses excursions au bord de la mer, regretter l'absence d'un livre propre à faire connaître la nature des objets variés que l'Océan abandonne chaque jour sur la plage. — C'est ce livre que nous venons aujourd'hui offrir au public.

Le rôle de vulgarisateur ne paraît guère envié de nos jours dans les hautes sphères de la science, et les nombreux ouvrages qui sont publiés chaque année sur l'histoire naturelle, accordent le plus souvent aux détails arides de la classification et de l'anatomie, la place qu'y devrait occuper l'étude des mœurs et de l'industrie des animaux.

Quelques beautés que nous dévoile la structure intime des êtres vivants, on ne peut les comparer à celles que nous offrent le jeu merveilleux des organes, et ces admirables instincts qui seront sans cesse un objet d'étonnement pour le philosophe comme pour le vulgaire.

Ce livre a donc pour but de faire connaître au lecteur les animaux et les plantes qu'on rencontre au bord de la mer :

c'est un recueil de nos propres observations, beaucoup augmenté de celles des autres.

Il s'adresse, non pas aux savants, mais à ceux qui ne cherchent qu'un délassement dans l'étude de l'histoire naturelle, à ceux que le soin de leur santé ou de leur plaisir appelle sur les rivages de la mer.

Mais s'il abdique toute prétention scientifique, il conserve toutefois celle de distraire ses lecteurs, et peut-être même celle de faire naître chez eux le désir d'étudier cette science, si attrayante dans l'admirable livre que la nature tient libéralement ouvert à tous les yeux.

LES

SECRETS DE LA PLAGE

CHAPITRE PREMIER

LA MER

Départ pour la mer. — L'Océan, ses divers aspects. — Les courants de la mer. — Mouvements des eaux, les marées, leur cause. — Immensité et variété des productions de l'Océan.

C'était autrefois une grave affaire qu'un voyage à la mer. Le Parisien que son plaisir ou sa santé appelait sur les côtes de l'Océan, était obligé de s'enfermer dans une lourde diligence, qui, pendant deux jours et une nuit, le cahotait durement sur des routes inégales et poudreuses. Mais de nos jours il n'en est plus ainsi; l'on monte dans un élégant et confortable wagon, et la vapeur, esclave docile, vous conduit en quatre ou cinq heures sur les côtes de la Normandie ou de la Picardie. La grave affaire est devenue un simple passe-temps, et l'on va aujourd'hui aussi facilemen. admirer la mer à Boulogne ou à Dieppe, qu'autrefois l'on allait voir jouer les eaux à Versailles.

Je me rappellerai toujours la première impression que fi. sur moi la vue de la mer. C'était, il m'en souvient, en 1845 ; j'avais projeté avec un ami de parcourir la Normandie en artiste, c'est-à-dire le sac sur le dos et le bâton à la main. Nous prîmes le chemin de fer de Paris à Rouen, qui, alors, ne se prolongeait pas au-delà, et de cette dernière ville nous nous dirigeâmes à pied vers le nord, dans la direction de Dieppe. Nous voyagions à petites journées, dessinant les

vieilles ruines, admirant les beaux sites, devisant et philo-
sophant *de omni re scibili et quibusdam aliis,* ni plus ni
moins que Pic de la Mirandole. La nuit, nous reposions dans
les villages, évitant avec autant de soin que si c'eût été
l'antre de Cacus, les hôtels somptueux des villes; car notre
bourse commune, véritable bourse d'artiste, était fort légère.

Nous voyagions ainsi depuis huit jours, favorisés par un
temps magnifique, et aucun accident de terrain ne nous
indiquait encore le voisinage de la mer, lorsque, au détour
d'un petit chemin creux, le sol manqua sous nos pieds.
Nous nous trouvions au bord d'un long précipice coupé à
pic; c'étaient les falaises de Normandie; puis devant nous,
comme un abime, s'étendait le vaste Océan.

Quand je vis cette nappe immense se dérouler brusquement devant mes yeux, je restai frappé d'étonnement et
d'admiration; la mer, se fondant à l'horizon avec le ciel,
me parut comme lui infinie et mystérieuse. Je ne pouvais
m'arracher à ce merveilleux spectacle, le plus majestueux
et le plus varié qu'il soit donné à l'homme de contempler.

C'est surtout du haut de ces falaises qu'on jouit des magiques tableaux que présente la mer. La marée monte; on
voit dans le lointain la vague qui s'avance d'un mouvement
uniforme, grandissant, grandissant, comme si elle allait tout
engloutir; puis on la voit qui décroît peu à peu en approchant du rivage, pour finir en une mince lame d'eau qui se
recourbe en volute et se brise enfin sur la grève, qu'elle
couvre de sa blanche écume. Et lorsque vient le soir, quel
grand et beau spectacle que celui des derniers rayons du soleil couchant, qui glacent de pourpre et d'or le vert sombre
des flots!

D'autres fois, les nuages s'amoncellent comme de loin-
tains écueils; l'air s'obscurcit, les ténèbres s'épaississent, et il
ne reste que juste assez de lumière pour voir la tempête.
Les vents déchaînés soulèvent les vagues, et les lançant sur
la grève, semblent vouloir jeter l'Océan tout entier hors
de son lit. C'est alors que la mer fait entendre cette grande
voix qui retentit au fond de l'âme, en la remplissant de
crainte et d'admiration.

Mais à la tempête succède le calme; véritable Protée,
l'Océan change à chaque instant d'aspect, et cette mer ne

fureur qui semblait hier encore vouloir tout engloutir, offre aujourd'hui l'apparence d'une vaste étendue d'huile.

Quel qu'il soit d'ailleurs, le spectacle de la mer fait toujours une impression profonde : l'Océan, a dit madame de Staël, est l'image de cet infini qui attire sans cesse la pensée, et dans lequel sans cesse elle va se perdre.

L'eau couvre environ les deux tiers de la surface du globe. Cette surface étant de 510 millions de kilomètres carrés, celle de l'Océan est de 370 millions.

L'élément liquide est très-inégalement réparti sur la terre, et il suffit, pour s'en assurer, de jeter les yeux sur une mappemonde; l'hémisphère austral est presque complétement couvert par la mer, tandis que l'hémisphère boréal renferme tous les grands continents.

Les eaux obéissant aux lois de la pesanteur se rassemblent dans les grands bassins et s'étendent sur les parties les plus basses de la croûte terrestre. Le fond de la mer est ainsi formé de vallées et de montagnes, de plaines et de collines. Nos continents ne sont que les sommets émergés de ces montagnes.

Si la surface du globe, au lieu d'être accidentée et rugueuse, était lisse et unie comme une bille d'ivoire, l'Océan la couvrirait toute entière d'une couche liquide de 200 mètres d'épaisseur environ.

L'homme fouille les entrailles de la terre et lui arrache ses secrets et ses trésors; il mesure les plus hautes montagnes, calcule le mouvement des astres, mais il n'a pu encore déterminer la profondeur des mers.

Dans les mers des tropiques on a sondé jusqu'à 8,200 mètres (plus de deux lieues) sans atteindre le fond. On admet cependant aujourd'hui, comme démontré, que les plus grandes profondeurs de la mer ne dépassent pas la hauteur des sommets les plus élevés des montagnes.

Si la mer se retirait tout-à-coup, laissant à sec le fond de ces vastes dépressions du sol, que de vestiges de naufrages ne retrouverait-on pas? Quel terrible mélange d'ossements humains, de débris de toutes sortes, d'ancres pesantes, d'or, de pierres précieuses dont l'imagination fantastique a bercé bien des rêves.

La mer est souvent majestueuse et tranquille, mais elle est parfois soumise à de terribles convulsions. Dans les fortes tempêtes, les vagues, hautes comme des collines, s'élèvent et retombent en torrents d'écume.

Les vagues de la pleine mer ne dépassent guère 10 à 11 mètres de hauteur; mais, lorsqu'elles heurtent les rochers du rivage, elles se meuvent avec une vitesse prodigieuse et acquièrent une puissance irrésistible. Les vagues les plus fortes sont celles qui se choquent aux escarpements sous-marins; entravées dans leur marche, elles tendent à s'élever dans l'air; l'obstacle que leur opposent les couches d'eau supérieures ne fait qu'augmenter leur fureur, et elles s'élèvent dans l'air avec une force extraordinaire. On donne à ces vagues sous-marines le nom de *flots de fond*, et l'on voit de ces masses liquides s'élever à 50 mètres de hauteur contre les côtes escarpées qui tremblent sous le choc.

Ces flots gigantesques se rencontrent dans presque toutes les mers, et font sentir leur action surtout à l'embouchure des fleuves où ils produisent le phénomène connu sous le nom de *mascaret* ou de *barre*. C'est surtout sur les rives de l'Amérique du sud, où débouchent les fleuves les plus vastes du monde, que ce phénomène prend des proportions gigantesques.

L'Amazone, ce roi des fleuves, roule à son embouchure sur une largeur de 288 kilomètres et avec une vitesse de 8 kilomètres à l'heure, une masse d'eau d'un jaune cuivreux, d'un volume 3000 fois plus considérable que celui de la Seine. Lors des grandes marées, ses eaux et celles de l'Océan se rencontrent et se choquent comme deux armées. Il en résulte une vague immense, une montagne liquide qui s'élève à la hauteur de 50 mètres, et s'avance avec une rapidité effrayante et un fracas épouvantable, inondant les rivages, entraînant les roches et emportant tout sur son passage. On donne à ce phénomène le nom de *prororoca*.

La prororoca est à l'Amazone ce que le mascaret est au Gange, ce que la barre est à la Seine; mais avec les proportions gigantesques que les marées de l'Atlantique doivent prendre pour refouler les eaux profondes et rapides du roi des fleuves.

Comme la terre, la mer a ses fleuves, véritables artères d'un grand système circulatoire qui joue un rôle admirable dans les harmonies du globe. Ils établissent une sorte d'équilibre entre les températures extrêmes des divers climats;

les uns transportant vers les pôles l'eau chaude des tropiques, les autres ramenant l'eau froide des régions glaciales vers les contrées torrides.

Le plus puissant et le mieux connu de ces courants est le *Gulfstream* ou courant du golfe, ainsi nommé, parce qu'il prend naissance dans le golfe du Mexique. Ce bassin, situé sous la zone torride, est partout entouré de hautes montagnes qui y concentrent les rayons solaires, comme au fond d'un vaste entonnoir, et y engouffrent les feux d'un climat brûlant.

C'est de ce foyer que le courant équatorial s'échappe; il se précipite à travers le détroit de la Floride et produit un fleuve impétueux de 300 mètres de profondeur et de quatorze lieues de largeur : il court avec une vitesse de 8 kilomètres à l'heure. Ses eaux d'un bleu indigo se distinguent parfaitement de leurs rives vertes formées par les eaux de la mer. Ce fleuve d'eau chaude, dont la température au sortir du golfe du Mexique est de 30 degrés, sillonne l'Océan sans s'y mêler. Dans les plus grandes sécheresses jamais il ne tarit, dans les plus grandes crues jamais il ne déborde, ses rives et son lit sont des couches d'eau froide. Nulle part dans le monde il n'existe un courant aussi majestueux, et les eaux réunies de l'Amazone et du Mississipi, les deux plus grands fleuves terrestres, ne représente pas la millième partie du volume d'eau qu'il déplace.

Comme un sang généreux qui porte aux diverses parties du corps la chaleur et la vie, le Gulfstream se dirige vers le nord en suivant les côtes des Etats-Unis jusqu'au banc de Terre-Neuve. Là, après avoir subi le choc d'un courant polaire, il se divise en plusieurs bras dont l'un va fondre les glaces de la Norvège et tiédir le climat de l'Islande. Un autre s'élançant à l'est, vers les Iles-Britanniques, les entoure d'une ceinture tiède et bienfaisante. Il anime l'Ecosse qui, sans lui, aurait la température de la Sibérie. Son bras droit pénètre dans la Manche, fait croître le figuier en Bretagne et mûrit les fruits sur le littoral du sud de l'Angleterre.

Enfin, après avoir perdu toute sa chaleur dans les contrées du nord, le Gulfstream se porte vers le Portugal et l'Afrique dont il rafraîchit les côtes; puis il se mêle au courant équatorial qui le ramène à son foyer brûlant.

Le but de ces courants est d'équilibrer les températures
du globe. Ils font dans la zone torride une provision de chaleur qu'ils distribuent aux contrées glacées en leur versant
leur onde douce et tiède.

L'eau est le plus mobile des éléments, jamais il n'est en
repos; même quand il semble sommeiller, l'Océan est en
mouvement.

Lorsque le soleil darde ses chauds rayons sur la vaste
étendue des mers, des milliards de gouttes imperceptibles
s'en détachent sous forme de vapeurs, et montent portées
par les vents vers la voûte des cieux. Elles se rassemblent
en nuages, courent au-dessus du globe et retombent, tantôt
en un orage impétueux qui porte avec lui la destruction et
la ruine, tantôt en une pluie salutaire qui rafraîchit et fertilise le sol. La terre aspire ces ondées bienfaisantes par
tous ses pores, l'eau pénètre dans son sein par une quantité
d'artères invisibles, et remplit ses réservoirs inconnus. Puis
ces mêmes eaux se font jour par quelque crevasse et bondissent dans les ravins. Le ruisseau se joint au ruisseau pour
former une rivière, celle-ci se mêle à d'autres cours d'eau,
et les fleuves, formés par ces affluents, franchissent les rochers et les précipices pour s'épancher dans les vallées et
retourner à l'Océan d'où ils sont sortis, et d'où ils sortiront
de nouveau à l'état de vapeur.

Cette circulation roule éternellement sur elle-même; éva-
porée de la mer sous les rayons brûlants du soleil, l'eau y
est toujours ramenée pour y être soumise à une nouvelle
évaporation.

Mais l'empire des eaux est encore soumis à un autre pouvoir; la force d'attraction qui régit l'univers lui impose un
autre mouvement. Obéissant à cette force invisible mais
constante, les eaux de la mer s'élèvent deux fois par jour
sur les côtes de l'Océan, et deux fois s'abaissent par un
mouvement inverse. Cette première phase de la marée
qu'on appelle marée haute, marée montante ou flux, dure
six heures; au bout de ce temps la mer semble rester à
l'état de repos durant un quart d'heure environ, après lequel
les eaux redescendent pendant six autres heures. Cette seconde phase, périodique et régulière comme la première,
s'appelle marée descendante, marée basse ou reflux. Ce
mouvement est encore suivi d'un quart d'heure de repos

après lequel le reflux recommence, et ainsi de suite alternativement. La mer avance et recule donc deux fois par jour, mais pas à des heures exactement correspondantes, les marées du jour étant en retard d'environ cinquante minutes sur celles de la veille.

Jusqu'à Newton, on ignora les causes réelles de ce phénomène, qui causa, dit-on, le désespoir et la mort du philosophe de Stagire.

C'est en effet par la loi de l'attraction universelle que s'explique le problème si intéressant des marées. C'est la lune qui attire les eaux de l'Océan, et les soulève ou les laisse retomber, selon que le mouvement de la terre les soumet ou les dérobe à son action attractive. Le soleil, quoique éloigné de notre globe d'environ trente-huit millions de lieues, conserve, en raison de son volume, une certaine force d'attraction sur l'Océan, mais beaucoup moins sensible que celle de la lune. Quand les deux astres passent ensemble au méridien, ou dans le point opposé du ciel, c'est-à-dire dans la nouvelle et dans la pleine lune, les deux forces d'attraction s'ajoutent, et il en résulte une marée plus forte. Lorsqu'au contraire les deux astres sont à 90° d'intervalle, c'est-à-dire dans le premier et dans le dernier quartier, leurs forces se contrarient, et la marée qui en résulte n'est que la différence ou l'excès de la force d'attraction de la lune sur celle du soleil.

Tout cela paraît jusqu'ici assez naturel; mais il semble à quelques personnes plus difficile d'expliquer par cette théorie comment les eaux seront également soulevées au point de la terre opposé à celui qui regarde la lune, c'est-à-dire aux antipodes; ce que démontre cependant l'expérience.

Voici l'explication qu'on en donne, et une simple figure géométrique la rendra plus claire : Soit *A B C* la terre et *L* la lune; *A* est le lieu où l'on voit la lune au-dessus de la terre, *B* le point directement opposé ou les antipodes, et *C* le centre du globe.

Lorsque la lune se trouve directement au-dessus du point *A*, elle agit sur les eaux rassemblées en ce point plus fortement que sur le centre *C* de la terre, et les y fait affluer; mais elle agit plus fortement aussi sur ce point *C*, centre de la terre, que sur les eaux qui la couvrent au point *B*. Ces eaux resteront donc, pour ainsi dire, en arrière,

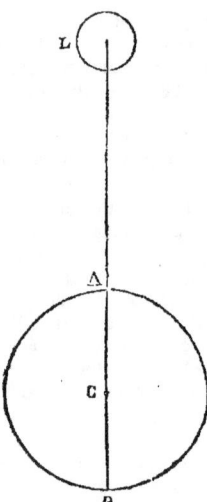

Figure 1.

ou, si l'on aime mieux, la terre s'élèvera vers la lune en s'éloignant des eaux. La lune attirera donc plus fortement les eaux situées en *A* que la masse de la terre, et les y fera affluer ; mais, d'un autre côté, elle attirera plus fortement la masse de la terre que les eaux situées en *B*, et celles-ci par conséquent resteront en arrière, et paraîtront s'élever pour les habitants des antipodes.

On aura pu remarquer aussi que l'eau n'est justement pas à sa plus grande élévation lorsque la lune est au zénith, et qu'elle ne l'atteint que quelque temps après ; ceci s'explique par les mouvements de la terre et de la lune qui, tournant sur leur axe, et se mouvant dans leur orbite, changent constamment de position relativement l'une à l'autre. La terre, dans sa révolution journalière sur son axe, amène heure par heure un méridien après l'autre verticalement sous la lune ; mais celle-ci paraît marcher plus vite que les eaux ne peuvent la suivre, et elle influe déjà sur une nouvelle aire de l'Océan, lorsque les eaux sur lesquelles elle a d'abord agi obéissent à son action.

Par conséquent, au lieu du soulèvement lent et vertical des eaux qui se produirait sous la lune, si celle-ci et la terre étaient immobiles, il se forme une immense vague, qui suit de loin le mouvement apparent de la lune dans le ciel, amenant les hautes eaux sur chaque point du rivage qu'elle touche dans sa marche. La direction et la force des marées sont d'ailleurs modifiées par les obstacles qu'elles rencontrent en chemin, tels que les courants contraires, les irrégularités de la côte, la forme et l'étendue du lit dans lequel elles coulent.

Plus le bassin est large et profond, plus la vague-marée marche avec rapidité ; c'est ainsi qu'elle parcourt plus de mille lieues dans l'Océan atlantique, en aussi peu de temps qu'elle en met à traverser la Manche. Les marées les plus considérables ne s'élèvent pas en pleine mer à plus d'un mètre de hauteur; mais à l'approche du littoral des continents qui semblent opposer des barrières a leur envahissement, elles se précipitent avec rapidité, franchissent tous les obstacles et peuvent s'élever jusqu'à 20 mètres au-dessus de leur niveau moyen, surtout dans les détroits et dans les golfes, c'est ce que l'on voit dans les grandes marées à Saint-Malo et à Ouessant.

On affirme habituellement que les eaux de la Méditerranée ne sont pas soumises aux oscillations de la Marée; c'est une erreur; des observations faites avec soin à Toulon et à Alger ont prouvé que le mouvement du flux et du reflux se faisait sentir dans la Méditerranée.

Partout l'eau obéit à l'attraction des astres; seulement, dans toutes les petites mers intérieures, dans les lacs, les marées ne se font pas sentir à cause de leur peu d'étendue. L'intumescence liquide se forme aux dépens des eaux qui l'environnent; quand la marée est haute dans une partie de l'Océan, elle est basse à 90° de ce point; dans les mers et les lacs de peu d'étendue cette compensation ne peut avoir lieu.

Mais le flot se retire, profitons-en pour descendre sur l'estran, c'est-à-dire sur cette partie du rivage découverte à la basse mer, afin d'y jeter un coup d'œil sur la constitution des falaises.

CHAPITRE II

LA CÔTE

Falaises, dunes, rochers. — Destruction et reconstruction.

Vues à quelque distance en mer, les falaises paraissent comme une haute muraille de cent cinquante à trois cents pieds de hauteur ; tantôt se détachant sur un ciel grisâtre, et couronnées d'une étroite ligne de verdure, dans les replis de laquelle se montre de loin en loin quelque petit village posé là comme un oiseau dans son nid ; tantôt jaillissant de la mer, tranchant sur le ciel bleu par cette blancheur éblouissante qui a fait donner à l'Angleterre le surnom d'*Albion*.

La roche crayeuse, dont les falaises montrent la coupe, se compose de couches horizontales d'un à deux mètres d'épaisseur, séparées entre elles par des couches de cailloux siliceux.

Deux fois par jour la marée vient battre le pied des falaises ; chaque flot qui les heurte emporte quelque parcelle de la roche poreuse qui les constitue, et quand les hautes mers se ruent contre elles dans les tempêtes, les lames furieuses les sapent à coups pressés ; elles déchaussent l'escarpe, la minent ; bientôt celle-ci surplombe, se détache et s'écroule.

Ce n'est pas seulement l'action des flots qui dégrade les falaises, les eaux pluviales hâtent encore cette dégradation. En pénétrant de haut en bas dans l'épaisseur des couches, elles y déterminent des fentes perpendiculaires qui, en s'agrandissant, finissent par détacher de la masse des pyramides de craie. Celles-ci restent debout jusqu'à ce que les hautes marées, en sapant leur base, déterminent leur chute.

La vague délaie et emporte ces débris, et la falaise, mise à nu, est de nouveau attaquée à vif.

La mer brise et dissout la craie, et la transforme rapidement en une pâte onctueuse qui donne au loin une teinte laiteuse aux flots : Les cailloux siliceux restent entiers tant qu'ils sont immobiles ; mais roulés sur le fond et frottés les uns contre les autres, ils s'émoussent, se brisent, et chaque parcelle qu'ils perdent en chemin devient un grain de sable. Le silex, lentement roulé par la mer dans ses oscillations quotidiennes, ou violemment cinglé sur le rivage dans les tempêtes, se dépose et forme ces dignes de galets qui marquent sur chaque plage la zone où viennent mourir les vagues. Poussées par les courants, les masses de galets et de sable marchent le long de la côte, s'alimentant des débris de toutes les falaises au pied desquelles elles passent, augmentant de volume, mais aussi de divisibilité ; de sorte que, à quelque distance des falaises, le galet devient de plus en plus rare, et le sable plus abondant.

Si l'amateur du pittoresque perd au changement, le naturaliste y gagne. La région des falaises crayeuses et des galets est, en effet, peu propice aux recherches, parce que le flot agitant et choquant les cailloux les uns contre les autres, les animaux marins sont promptement brisés et détruits. Il n'en est pas de même de la région des dunes, celle-ci présentant un fond de sable fin où la vague dépose mollement les êtres animés qu'elle rejette de son sein ; et quand, à cette douce grève, se joignent quelques rochers, dans les anfractuosités desquels peuvent se réfugier une foule d'animaux marins, l'observateur ne peut manquer d'y faire une riche moisson.

Les dunes de la Manche sont le résultat de l'action combinée des marées, du soleil et des vents, sur les plages basses et sablonneuses où viennent expirer les vagues. La partie supérieure de la grève, qui n'est atteinte par le flot que dans les grandes marées de la nouvelle et de la pleine lune, a, dans les intervalles, le temps de se sécher aux rayons du soleil, et alors les vents se jouent de sa surface mouvante, et poussant le sable sur les terres, accumulent ces monticules qu'on appelle des dunes. Dans les temps secs, le vent renverse le sommet de ces dunes sur leur revers intérieur et fait marcher ainsi ces montagnes sableuses, qui s'avancent menaçantes vers les terres cultivées de l'intérieur, et envahiraient bientôt les territoires les plus fertiles si les procédés employés pour les arrêter étaient abandonnés. C'est en les boisant qu'on fixe les dunes. On y plante d'abord des graminées ou des roseaux dont les racines chevelues maintiennent le sable, puis des genêts plus robustes, puis enfin des pins. Du moment où la dune est garnie des plantes les plus humbles, la tempête la plus furieuse n'entame plus sa surface.

A toute heure, à chaque instant, la mer ne cesse de porter ses coups à la côte. Les vagues dégradent et renversent les falaises, taillent et façonnent les pierres, découpent et creusent les rochers, façonnent des caps, des brisants, des récifs et donnent souvent naissance aux constructions les plus surprenantes : ce sont des arches, ce sont des porches, des pyramides, des obélisques, des prodiges d'équilibre et de ciselure.

C'est un combat perpétuel de la mer qui se rue à l'assaut du rivage et en emporte toujours quelque débris; et c'est là un des agents les plus puissants qu'emploie la nature pour modifier l'écorce terrestre.

C'est ainsi que le Pas-de-Calais s'élargit de jour en jour, et l'on a pu constater que, depuis sept siècles, les eaux de la Manche ont dévoré 1,500 mètres des continents ; de sorte que, en admettant même que dans les temps antérieurs à l'apparition de l'homme sur la terre, les dégradations n'aient pas été plus rapides que de nos jours, il y aurait à peine 16,000 ans que la France et l'Angleterre auraient été séparées par le percement de l'isthme qui les joignait ensemble.

Une partie du sol de la Hollande est aujourd'hui située au-dessous du niveau de la mer ; le Zuyderzée et la mer de Harlem, dernièrement reconquise sur les flots, couvrent actuellement une immense étendue de terrain où s'élevaient, i y a quelques siècles, de nombreuses et florissantes bourgades.

Mais si la mer détruit, elle reconstruit aussi; par cela même que les eaux dégradent sans cesse nos continents, il faut bien qu'elles créent quelque part de nouveaux dépôts; ces terres et ces roches qu'elle enlève d'un côté, elle les reporte d'un autre. Elle exhausse par ses sédiments certaines parties des continents, elle comble des baies, ensable des ports.

C'est ainsi que l'isthme de Suez a doublé de largeur depuis le temps d'Hérodote. Les ports de Carthage et d'Utique sont maintenant à sec, et Aigues-Mortes (Gard), où s'embarqua saint Louis pour la Terre-Sainte, est aujourd'hui à cinq kilomètres de la mer.

Le calcaire que les eaux dissolvent dans leur cours est versé dans l'Océan; là, des myriades de polypes microscopiques s'en saisissent et bâtissent au milieu des mers ces prodigieuses constructions madréporiques, auxquelles un si grand nombre d'îles doivent leur origine.

Quel spectacle plein de grandeur nous offre la nature dans ce merveilleux mécanisme qui règle le monde et sait, par ces compensations admirables, conserver l'harmonie de l'univers.

L'eau limpide d'une source n'est pas plus claire que celle de l'Océan ; mais, vue des côtes, elle est généralement d'un beau vert ou d'une nuance azurée. Les mers polaires ont une teinte bleu d'outre-mer; la Méditerranée est bleu céleste.

Comme un vaste miroir, l'Océan change d'ailleurs d'aspect suivant les images qui s'y reflètent. Ses teintes varient à chaque rayon de soleil, à chaque nuage qui passe, et quelquefois ses vagues empruntent leur couleur à celle de son lit. Mais ses nuances les plus vives lui viennent des plantes et des infusoires qu'il recèle dans son sein. La mer Rouge, la mer Vermeille de Californie tirent leur nom de la teinte particulière de leurs algues. D'autres masses d'êtres organisés teignent les eaux des Maldives en brun foncé, et celles du golfe de Guinée en blanc. Lorsque, balayés par le vent, les flots se ruent avec fureur contre le rivage, ils prennent la couleur du sable ou de la vase qu'ils entraînent avec eux.

Le fond de la mer est accidenté comme la surface des continents; tantôt il est creusé de vallées profondes que ne peut atteindre la sonde du marin, tantôt il s'élève en montagnes sous-marines, dont les sommets, émergeant du sein des ondes, produisent les îles et les archipels disséminés dans l'Océan.

Comme les continents, la mer a ses volcans et ses déserts de sable ; elle a ses prairies et ses luxuriantes forêts vierges, aussi peuplées, aussi animées que celles de nos régions les plus favorisées.

L'Océan renferme dans son sein des populations nombreuses et singulières, qui ne ressemblent en rien à celles qui frappent nos yeux à la surface de la terre, et dont l'existence est à peine connue. Les anciens sages, qui presque toujours voilaient les vérités philosophiques sous d'ingénieux emblêmes, faisaient naître de l'écume des ondes Vénus, créatrice et propagatrice de tout ce qui respire, image de cette source intarissable de générations dont l'Océan nous offre le perpétuel prodige.

Non-seulement la mer renferme une incalculable variété d'espèces qui surpassent tout ce que la terre et les airs peuvent produire ensemble, mais c'est encore de son sein qu'émanent les êtres les plus étonnants par des formes bizarres ou monstrueuses. Elle renferme les limites extrêmes de la création, depuis la baleine colossale jusqu'à la monade microscopique ; depuis le fucus gigantesque (*macrocystis*) qui mesure parfois mille mètres de longueur, jusqu'à l'algue imperceptible (*protococcus*) à laquelle est due la coloration rouge de certaines mers.(1).

La vie et le bien-être de tout ce qui respire sur le globe dépendent de l'équilibre et du mouvement des eaux. Sans l'Océan, la terre ne serait, comme la lune où l'eau manque, qu'une masse minérale, déchirée d'effroyables précipices, et parsemée de montagnes énormes que tourmentent de puissantes actions volcaniques. Sans l'Océan, la terre serait une masse inerte, privée de vie, roulant silencieusement dans l'espace, insensible aux rayons vivifiants du soleil. L'Océan est la source fécondante de la vie organique, comme il est la source de chaque ruisseau qui fertilise le sol, de chaque nuage qui rafraîchit l'air; sans lui, pas une herbe verte, pas un épi doré, point de fleurs, pas de fruits; sans lui, pas un être animé à la surface du globe.

(1) Cette algue microscopique (*protococcus atlanticus*), si petite qu'il en faudrait plus de quarante mille pour couvrir une surface d'une ligne carrée, se rencontre dans certaines mers en quantités tellement considérables qu'elle colore des espaces de plusieurs lieues carrées en rouge de sang.

CHAPITRE III

LES OISEAUX

es oiseaux de mer : Mouettes, sternes, goëlands. Le labbe et le fou. l
cormoran ; sa domestication en Chine. Le guillemot et le macareu;
Les macreuses ; singulière croyance sur leur origine. Le grèbe et la
plongeon. — Les oiseaux de rivage : Échassier, courlis, alouette de mer,
menettes, etc. ; le combattant, ses métamorphoses. — Une chasse aux
canards dans la baie de Somme.

Des dunes ou des falaises, rien n'indique au regard que
la mer est habitée; rien n'anime cette immense étendue d'eau,
si ce n'est l'oiseau, qui, de son aile légère, effleure la vague
et semble bondir sur les flots. Commençons donc par les
oiseaux nos observations sur les populations marines.

Les oiseaux de mer passent leur vie sur les eaux et font
une guerre continuelle à leurs habitants; les uns, plongeant
au sein de l'onde, poursuivent jusque dans leurs retraites
les animaux marins dont ils font leur proie ; les autres, ra-
sant les vagues d'un vol rapide, enlèvent tout ce qui se présente à leur surface. Les oiseaux de mer sont des amis et
des conseillers pour le marin, à qui ils prédisent en quelque
sorte les événements de la mer, le flux et le reflux, le
calme et l'orage.

Ceux-ci, voguant à quinze ou vingt lieues des côtes, sont
un indice de l'approche de la terre; ceux-là, postés sur les
pointes des récifs, ainsi que des sentinelles vigilantes, font
entendre pendant la nuit leur voix lugubre, comme pour
avertir le pilote du danger. Il en est enfin qui, dotés par la
nature d'ailes infatigables, vont s'établir au milieu de
l'Océan, suivent la course des navires, et lorsqu'ils s'y réfugient, prophétisent la tempête.

L'oiseau qui se présente ordinairement le premier à la
vue sur les côtes de l'Océan est la mouette. Réunis en vols

nombreux, ces oiseaux animent la scène maritime par leur
course rapide et capricieuse comme celle des hirondelles.
Bien que douées d'un vol puissant, les mouettes ne quittent
guère les côtes où les attache la mission que la nature leur
à confiée, celle de faire disparaître tous les corps privés de
vie que la mer rejette de son sein : ce sont les corbeaux de
l'Océan. On les voit cependant parfois accompagner pendant plusieurs heures les navires, en se jouant autour des

Fig. 2. — Grande Mouette.

agrès, ou remonter les fleuves à une assez grande distance
de leur embouchure. Leur utilité, et plus encore peut-être
le goût détestable de leur chair, les fait généralement res-
pecter.

On connaît plusieurs espèces de mouettes sur nos côtes :
c'est la mouette rieuse ou grande mouette (*larus ridibun-
dus*), dont le cri est une espèce de ricanement; elle atteint
la taille du canard, et porte sur sa robe blanche un manteau
cendré; sa tête est couverte d'une calotte brune, son bec et
ses pieds sont rouges; la mouette blanche (*larus eburneus*),
qui se distingue de la précédente par l'uniformité de son
plumage blanc et la couleur grise de son bec et de ses
pieds; enfin la petite mouette ou mouette pygmée (*larus
minutus*) aux pieds de corail et de moitié plus petite. Les
mouettes font leur nid dans les herbes, près de l'embou-

chure des fleuves, et plus rarement dans quelque trou de la falaise; la femelle y pond trois œufs, dont le fond olivâtre est ordinairement parsemé de taches brunes.

Après la mouette vient l'hirondelle de mer ou sterne, fin voilier s'il en est. Les sternes ont une ressemblance marquée avec nos hirondelles terrestres; comme chez ces dernières, leurs ailes longues et pointues se croisent derrière le dos, et leur queue est fourchue.

Les sternes appartiennent à la même famille que les mouettes, et offrent à peu près les mêmes habitudes; mais on les en distingue aisément à leur vol droit et rapide comme la flèche. Habiles pêcheurs, ils rasent le flot et enlèvent à sa surface, sans ralentir leur course, tout petit poisson qui se présente à leur portée.

Les hirondelles de mer affluent en vols nombreux à l'embouchure de nos grands fleuves, qu'elles remontent quelquefois, surtout après les gros temps. On les voit planer et nager dans l'air avec autant de grâce que de facilité, coupant leur vol de mille et mille manières, comme nos hirondelles terrestres; et, comme celles-ci, elles jettent, en volant, des cris aigus et perçants.

L'espèce la plus répandue sur nos côtes est le Pierre-Garin (*sterna hirundo*); son manteau d'un beau gris, le blanc pur de tout le devant du corps, la calotte noire qui orne sa tête, son bec et ses pieds rouges, en font un bel oiseau. La petite hirondelle de mer *(sterna minuta)*, à manteau gris, à calotte noire, à bec et pieds jaunes, est de moitié plus petite.

> Voici les goëlands, qui rasent les eaux bleues
> De leurs grandes ailes d'argent.

Le goëland *(larus marinus)*, le plus grand oiseau de la famille des mouettes, a le plumage blanc avec un manteau noir; son bec est jaune. Son corps arrondi en avant et effilé, ses ailes longues et aiguës, ses pieds courts et palmés, en font un des plus rapides oiseaux de la mer.

Les goëlands sont les vautours de l'Océan; répandus en grand nombre sur toutes les plages, ces oiseaux remplissent avec zèle l'emploi d'agents de la salubrité publique, en purgeant le littoral et la surface des eaux d'une foule de

débris d'animaux putréfiés, qu'ils enlèvent avec leur bec
cruchu sans ralentir leur vol rapide.

Voici venir à tire-d'aile un oiseau de la haute mer : on le
rangerait parmi les mouettes, à ne considérer que sa taille
et ses traits ; mais, s'il est de la famille, c'est, comme le dit
Buffon, un parent dénaturé, car il est le persécuteur éternel
et déclaré de plusieurs de ses proches. Il ne sait ou ne veut
pas pêcher, et trouve plus commode de ravir aux autres le
produit de leur industrie. Aussi, voyez comme à son approche les mouettes se dispersent en poussant des cris
aigus. Mais lui fond sur l'une d'elles, et, lui appliquant un
coup de bec vigoureux au milieu du dos, lui fait lâcher son
butin, dont il s'empare aussitôt. Ce petit tyran est le labbe ou
stercoraire *(lestris parasiticus)* ; il est presque toujours sur
la mer et ne vient que rarement sur le rivage. Les marins et
les pêcheurs protègent cet oiseau, non tant à cause de son
courage, que parce qu'il est pour eux l'annonce et le signe
presque certain de la présence du hareng ; l'on a remarqué,
en effet, que lorsque le labbe ne paraît pas, la pêche est
peu abondante.

On rencontre parfois sur nos côtes septentrionales le fou
(sula bassanus), qui a quitté les falaises d'Écosse, où son
espèce niche par milliers. Cet oiseau peut se reconnaître
d'assez loin à cette particularité singulière, qu'il paraît
porter sur le nez une paire de grosses lunettes ; circonstance
qui lui a fait donner par nos matelots le nom expressif
d'*oie aux lunettes.* Le fou n'a de l'oie que la taille ; son
plumage est blanc avec les premières pennes des ailes et les
pieds noirs ; le tour des yeux est nu et bleuâtre, ainsi que le
dessous de la gorge. Cet oiseau, doué de nombreux avantages extérieurs, tels qu'un bec long, épais et pointu, des
jambes courtes et robustes, des ailes vigoureuses d'une immense envergure, est un être stupide et poltron qui se laisse
lâchement dépouiller sans résistance par des oiseaux moins
forts que lui. C'est sans doute là ce qui lui a valu son nom
de fou. Ses adversaires les plus redoutables sont le labbe et
la frégate, qui le poursuivent et le harcèlent sans cesse pour
lui ravir sa proie.

On voit assez fréquemment sur nos côtes normandes ou
picardes, un gros oiseau à la robe noire, moirée de reflets
verdâtres, au cou long et délié aux jambes courtes et

grosses; c'est le cormoran, que les savants ont nommé *phalacrocorax cristatu*? Peut-être trouverez-vous le nom un peu barbare, mais il est tiré du grec, et dit sans doute beaucoup de choses. En fouillant quelque peu dans la case de notre cerveau où nous avons relégué les indigestes racines grecques dont on a nourri notre enfance, nous trouvons que

> « *Phalacros*, chauve ou nu, veut dire :
> « *Corax*, corbeau sait croasser. »

Le cormoran serait donc un corbeau chauve! Si, d'aventure, l'oiseau savait le grec, il pourrait bien se trouver offensé d'une pareille épithète, d'ailleurs fort mal appliquée, car non-seulement le cormoran ne ressemble nullement au corbeau (*corax*), mais, en outre, il est beaucoup moins chauve que la plupart de nos savants, sa tête étant surabondamment garnie de plumes serrées, qui s'allongent sur la nuque pour y former la huppe à laquelle il doit son nom spécifique de *cristatus*. L'oiseau ne possède au reste cette huppe triomphante qu'au printemps, époque à laquelle, comme presque tous les oiseaux, il se revêt de ses plus brillants atours, dans le but de captiver les beautés phalacrocoraciennes.

Le cormoran se meut avec peine à terre, à cause de la brièveté de ses jambes; ce qui l'a fait, bien à tort, accuser de paresse et de stupidité. Mais, en compensation, il agit dans l'eau avec une aisance et une rapidité sans égales, et la grande envergure de ses ailes lui assure un vol vigoureux. Le cormoran est un pêcheur infatigable et insatiable, il plonge et poursuit sa proie jusqu'au fond de son propre élément. Les Chinois, beaucoup plus avancés que nous dans l'art de la domestication, ont su utiliser à leur profit l'habileté de cet oiseau comme pêcheur. Voici ce que rapporte à ce sujet un témoin oculaire, le voyageur Robert Fortune :

« Les rivières et les eaux de la Chine, dit-il, sont peut-être les plus poissonneuses du monde, et, à coup sûr, les Chinois sont les plus grands pêcheurs que je connaisse. Il n'est pas de manière de prendre le poisson qu'ils n'aient apprise ou inventée, et surtout qu'ils ne pratiquent. La plus singulière de toutes leurs pêches est celle qu'ils font avec une espèce de grand cormoran qu'ils savent dresser à cet usage. Ce sont certainement des animaux merveilleux.

« La première fois que j'assistai à cette pêche, ce fut à quelques milles de Ning-Po. La pêche se faisait avec deux bateaux, contenant chacun un homme et une douzaine d'oiseaux ; ils étaient perchés sur le bord de la petite embarcation, attendant le signal de leurs maîtres. Dès qu'il fut donné, ils se lancèrent ensemble à l'eau et commencèrent immédiatement leurs recherches. Ces oiseaux ont l'œil d'un beau vert de mer, rapide comme l'éclair ; ils voient le poisson et plongent à de grandes profondeurs. Une fois saisie par leur bec coupant et crochu, leur proie ne peut plus leur échapper. Le cormoran revient alors à la surface, et dès qu'il est aperçu, on le rappelle au bateau. Aussi docile qu'un chien, il rapporte au maître et rentre dans le bateau, où il dépose sa proie pour recommencer aussitôt son travail.

« Ce qui est bien plus étonnant encore, c'est que lorsqu'il arrive qu'un cormoran attaque un gros poisson, assez fort pour qu'il lui soit difficile de le rapporter à lui tout seul au bateau, un ou deux de ses camarades arrivent aussitôt à son secours, et tous unissent leurs efforts pour prendre le poisson et le ramener. On passe un petit anneau au cou de ces oiseaux pour les empêcher d'avaler le poisson qu'ils prennent, en ayant grand soin que cet anneau ne puisse pas changer de place et étrangler l'animal. »

Le cormoran est proche parent du pélican, et s'il n'a pas l'énorme poche qui sert à ce dernier à emmagasiner ses provisions, il a du moins un gosier d'une élasticité merveilleuse, et fort heureusement pour lui, car c'est un oiseau très-glouton, qui ne recule pas devant une proie deux fois grosse comme son cou. Lorsqu'il a saisi un poisson, le cormoran le lance en l'air fort adroitement, de manière à ce qu'il retombe la tête en bas dans son bec largement ouvert et levé de façon à former une ligne droite avec le cou.

Ce n'est point un pur caprice qui pousse l'oiseau à exécuter ce tour d'adresse, mais bien la nécessité ; les poissons dont il fait sa nourriture ordinaire ont, en effet, sur le dos et sous le ventre, des nageoires soutenues par des aiguillons dirigés vers la queue, et si le cormoran voulait faire pénétrer l'un d'eux à reculons dans son gosier, ces aiguillons, en se redressant, s'opposeraient au passage du corps dans la gorge du pauvre oiseau, qui serait infailliblement étranglé.

Le plumage du cormoran est d'un vert bronzé très-foncé,

couleur qui varie d'ailleurs suivant l'âge et le sexe; on en voit même parfois de gris.

La femelle construit, avec des plantes marines sèches, un nid qu'elle place sur quelque roche nue ou sur les branches d'un arbre, s'il s'en trouve à proximité de la mer. Elle y pond de trois à cinq œufs, remarquables par l'épaisseur de leur coquille.

On ne chasse guère le cormoran, car sa chair est tellement détestable que l'on dit, suivant un vieux proverbe :

> Qui voudrait régaler le diable,
> Li faudrait bièvre (1) et cormoran.

Tous les oiseaux que nous avons vus jusqu'à présent jouissent, grâce à leurs ailes vigoureuses, du libre parcours de l'air; mais il n'en est pas de même du pauvre guillemot et du grotesque macareux, que l'on rencontre parfois de compagnie sur les côtes de la Manche. Tous deux, proches parents des manchots et des pingouins du pôle, nagent et plongent parfaitement, mais ils ne font guère usage de leurs ailes, et s'élèvent à peine au-dessus de l'eau.

Le guillemot (*uria troïle*) porte un manteau d'un brun olivâtre, qui couvre la partie supérieure du cou et tranche avec le dessous du corps, qui est d'un blanc pur. Son bec pointu est plus long que la tête, et garni, à sa base inférieure, d'un bouquet de plumes en guise de barbiche.

Le guillemot se reproduit sur les côtes rocheuses de l'Angleterre et de l'Ecosse, mais il niche parfois aussi dans les fentes de nos falaises normandes. Il a toujours soin de choisir un trou percé dans une paroi verticale, de manière à rendre son nid inabordable, et il s'y rend lui-même en sautillant de saillie en saillie. La femelle pond dans ce trou un seul œuf, presque rond et marqué de petites taches brunes sur un fond vert pâle. Elle couve cet œuf unique avec tant de passion, qu'elle se laisse alors saisir à la main plutôt que de l'abandonner. On voit le petit guillemot nager et plonger à côté de sa mère longtemps avant de pouvoir voleter, et des pêcheurs m'ont assuré que la mère porte son petit sur son dos du nid à la mer.

(1) *Bièvre* est l'ancien nom du castor.

Quant au macareux (*fratercula arctica*), dont nous vous
donnons ici la portraiture, c'est un oiseau des plus grotes-
ques; il porte uue calotte et un manteau noirs et un gilet
blanc, qui lui donneraient un air assez respectable, si son
nez, ou plutôt son bec, n'offrait des proportions tout à fait
excentriques. Ce nez, je veux dire ce bec, prend du sommet de la tête pour aboutir au menton, et embrasse ains

Fig. 3. — Macareux.

toute la partie antérieure de la tête; il est, de plus, tellement
comprimé sur les côtés, qu'il n'est guère plus épais qu'une
lame de couteau. Sa couleur est brune, et il est sillonné de
haut en bas par quatre rainures d'un blanc grisâtre. Quelque disproportionné que soit ce bec, il n'en est pas moins
fort utile à son propriétaire, d'abord pour saisir le poisson
dont il fait sa nourriture, ensuite pour creuser le trou dans
lequel il dépose son œuf; car, comme son camarade le guillemot, il ne pond qu'un seul œuf.

Si l'on visite nos côtes en hiver ou au premier printemps,
c'est-à-dire de novembre à avril, on rencontrera certainement, et en très-grand nombre, la macreuse (*anas nigra*) :
c'est un gros canard, tout de noir habillé, et c'est le seul du
genre qui passe la plus grande partie de sa vie sur la mer.
Cet oiseau a sur terre une démarche lourde, balancée, et son
vol très-faible ne lui permet pas de longues traites ; mais
par compensation il nage et plonge comme pas un oiseau.

On le voit souvent en troupes considérables, se jouer sur les vagues, paraissant et disparaissant à chaque instant; et ce qu'il y a de plus curieux, c'est que dès qu'un individu de la bande plonge, tous les autres l'imitent. Ils vont ainsi chercher au fond de l'eau, et souvent à plus de trente pieds de profondeur, les mollusques dont ils se nourrissent. Lorsque les premières douces brises du printemps se font sentir, les macreuses disparaissent tout à coup comme par enchantement, et regagnent les régions du cercle arctique où elles se reproduisent.

La macreuse, déjà fort intéressante par ses mœurs, l'est encore par les fables singulières dont elle a été le sujet. On connaît le privilége dont jouissait autrefois la chair de cet

Fig. 1. — Macreuse.

oiseau, permise pendant le carême, temps où les lois de l'Église catholique condamne toutes les viandes. Or, voici l'erreur bizarre qui a donné lieu à ce privilége : on croyait autrefois que plusieurs animaux provenaient de créations spontanées, ou s'engendraient de pourriture, et que les macreuses étaient de ce nombre. On voyait, à certaines époques, ces oiseaux apparaître tout à coup en nombre considérable, sans qu'on pût découvrir leur nid ni leurs œufs,

2

et l'on en conjectura tout naturellement qu'ils ne se repro-
duisaient pas comme les autres oiseaux. Les uns prétendi-
rent qu'ils naissaient du fruit d'un arbre qui croissait aux
Orcades; d'autres voulurent que ce fût du bois pourri dans
l'eau de mer; d'autres enfin les firent sortir d'une espèce
de coquillage, qui reçut en conséquence le nom d'anatife
(*anati fera*). Ces opinions singulières se trouvent repro-
duites dans beaucoup d'écrits du temps, et entre autres dans
le poëme de Du Bartas sur la création du monde, publié
en 1578.

C'est à de semblables idées qu'il faut rattacher la coutume de manger les macreuses aux jours maigres, et les
conciles en permettaient l'usage. On prétendit même que,
comme les poissons, les macreuses avaient le sang froid et
que leur graisse ne se figeait jamais.

Sur les côtes de la Picardie, où ces oiseaux sont très-ré-
pandus pendant l'hiver, on leur fait une chasse fort active,
au moyen de filets à larges mailles que l'on tend horizonta-
lement, à marée basse, à quelques pieds au-dessus des
bancs de coquillages dont ils font leur nourriture. La mer,
rentrant dans son plein, couvre ces filets, et les macreuses,
suivant le reflux à deux ou trois cents pas du bord, arrivent
au-dessus du banc. La première qui aperçoit les coquillages
plonge, et les autres la suivent, puis, rencontrant le filet qui
est entre elles et cet appât, elles s'empêtrent dans ces mailles flottantes et s'y noient.

En opposition à la noire macreuse, on voit parfois se jouer
sur les eaux le grèbe au plumage argenté. Tout le monde
connaît ce beau duvet, bien lustré, bien peigné, qui donne
une si jolie fourrure ; mais l'oiseau qui la porte ne fréquente
guère nos côtes que l'hiver ; c'est sur celles d'Angleterre
qu'il se retire pendant la belle saison, pour faire son nid
dans le creux des rochers ou parmi les joncs des grands
étangs.

Le grèbe est encore plus gauche et plus embarrassé sur
terre que la macreuse ou le cormoran; aussi ne l'y voit-on
que lorsque la tempête ou quelque forte vague l'y a jeté, et
l'on peut, dans ce cas, s'en emparer à la main, malgré les
furieux coups de bec dont il se défend. Ce n'est pas qu'il ne
puisse faire usage de ses ailes et voler même assez rapidement; mais il ne peut se détacher du sol, à cause de la brié-

veté et de la disposition de ses jambes, presque enfoncées
dans le ventre, et placées tout à fait en arrière ; et ce n'est
que par des efforts répétés qu'il prend son vol à terre. Mais,
dans l'eau, son agilité est aussi grande que son impuissance
sur le sol ; il nage, plonge, fend l'onde et court à sa surface
en effleurant les vagues avec une incroyable rapidité.

Le plongeon (*colymbus glacialis*), qui visite aussi nos

Fig. 5. — Plongeon.

côtes dans l'arrière-saison, est encore un de ces fameux
nageurs qui force le poisson jusque dans ses profondes retraites. Lourd et gauche à terre, où ses petites jambes peuvent à peine le maintenir en équilibre, il se meut dans l'eau
avec une telle aisance et une telle rapidité qu'il évite la
balle en plongeant à l'éclair du feu ; ceci m'a du moins été
affirmé par des chasseurs. Il plonge, parcourt librement et
en tous sens les espaces de l'eau, et souvent ne reparait qu'à
une distance considérable du point où il a disparu. C'est
d'ailleurs un bel oiseau, de la taille de l'oie, mais de formes
beaucoup plus élégantes : il a la tête et le cou noirs, à reflets
changeants, avec un collier blanchâtre, le dos brun noirâtre, piqueté de blanc, et le dessus du corps d'un blanc pur.

Les oiseaux que nous venons de décrire sont les vérita-

$les oiseaux de mer, ceux qui vivent exclusivement sur les eaux salées ; mais il en est beaucoup d'autres qui fréquentent les côtes et qui viennent prendre part aux splendides festins que, deux fois chaque jour, la mer en se retirant leur sert sur la plage. C'est l'huîtrier ou pie de mer, qui, ainsi que son nom l'indique, a quelque ressemblance avec la pie vulgaire dont il porte le costume ; à l'aide de son bec rose, long et conique, il ouvre de force les coquilles, dont il mange l'habitant. C'est le courlis à la robe brune mélangée de blanc, au bec long et recourbé en faucille. C'est le tourne-pierre, espèce de genre chevalier, au plumage noir et mélangé de gris et de blanc ; comme l'indique son nom, il se sert de son bec long et effilé en guise de levier pour retour-

Fig. 8. — Avocette.

ner les petits cailloux des bords de la mer et faire sa proie des vers et des mollusques qui ont eu la malheureuse idée de se loger sous cet abri. C'est encore le sanderling, ou alouette de mer, échassier mignon qui vagabonde par petites troupes d'une plage à l'autre, sautillant, voletant sans cesse, en faisant beaucoup de bruit.

La barge, au plumage brun et roux, dont chaque plume du manteau est élégamment frangée de blanc. Puis l'avocette, oiseau bizarre, dont le long bec, au lieu de se recourber vers la terre, comme celui des courlis, est retroussé en l'air et forme le crochet en dessus. Monté sur de longues jambes que terminent des pieds largement palmés, il parcourt les plages vaseuses, dans lesquelles il trouve de nombreuses proies. Vêtu de blanc dans ses parties inférieures, il porte un manteau noir qui lui donne fort bon air.

Mais l'oiseau le plus curieux à observer de tous ceux qui

Fig. 7. — Combattant (plumage d'amour).

fréquentent les plages sablonneuses de l'Océan, c'est le combattant, que l'on nomme aussi paon de mer, nous ne

2.

savons trop pourquoi : c'est un oiseau de la taille de la bé-
casse, monté sur de longues jambes, et pourvu d'un bec
droit, long, effilé, au moyen duquel il fouille le sable et la
vase. Si on le rencontre de juillet à avril, c'est-à-dire pen
dant neuf mois de l'année, on ne voit en lui qu'un simple
oiseau de rivage, qui parcourt solitairement la grève et
n'offre rien de plus remarquable que les autres; son plumage, d'un brun verdâtre en dessus, blanc tacheté de gris
en dessous, est plus que modeste. Mais si vous rencontrez
le même oiseau d'avril en juillet, c'est autre chose; il est
devenu méconnaissable. Pour plaire à sa belle, le modeste
bourgeois s'est fait grand seigneur, et des plus galants; il a
mis bas son habit brun pour revêtir un brillant justaucorps
agréablement varié de roux, de jaune et de blanc; puis il
s'entoure le cou d'une de ces fraises incroyables, comme
en portaient les mignons de Henri III. En même temps que
son costume, ses habitudes subissent une transformation
complète : de grave et pacifique qu'il était, notre oiseau est
devenu tapageur; s'il recherche la société de ses semblables, ce n'est que pour les défier au combat, et, comme les
preux, il ne laisse échapper aucune occasion de rompre des
lances et de se distinguer aux yeux des belles.

C'est surtout au mois d'avril que l'on peut être témoin
de ces brillants tournois; l'humeur belliqueuse de ces oiseaux est alors tout en feu. On les voit le corps en avant, la
collerette hérissée, le bec en arrêt, se précipiter l'un sur
l'autre, rouler sur le sable, se relever, s'attaquer de nouveau avec fureur, et ne cesser le combat que lorsque l'un
des deux se déclare vaincu et abandonne le champ de bataille à son heureux rival. Plus tard, les couples favorisés
ont disparu, et l'on ne rencontre plus guère sur la grève
que des écloppés, qui se consolent de leur défaite par d'a-
bondants festins, car pour eux : *tout est perdu fors l'appétit.*

A l'automne arrive sur nos côtes de nombreux vols de
canards de toute espèce : c'est le canard sauvage (*anas
boschas*), souche de nos canards domestiques, et reconnaissable à sa tête d'un beau vert changeant; c'est le sou-
chet (*anas clypeata*), au long bec élargi en spatule; c'est le
canard siffleur (*anas penelope*), qui fait entendre en volant
a voix claire et aiguë comme celle d'un fifre; c'est le pil

(*anas acuta*), que sa longue queue et sa chair délicate ont
fait surnommer par les Anglais faisan de mer; c'est la sarcelle enfin (*anas querquedula*), le plus petit des canards,
que sa beauté et sa gentillesse ne sauvent pas du plomb du
chasseur.

Aux approches de l'hiver, toutes ces espèces s'abattent
par bandes nombreuses dans nos départements du nord et
urtout dans la baie de la Somme.

Les canards ont un instinct admirable pour voyager : la
troupe, séparée en deux ailes, forme exactement le V ; celui qui vole en tête, c'est-à-dire à l'endroit où les deux
branches du V se réunissent, a nécessairement plus de fatigue que les autres. Tous volent derrière lui, et en quelque
sorte dans le sillon qu'il trace dans l'air : c'est le pilote, le
chef de file. Après un certain temps, le dernier hâte son vol
et prend la tête de la colonne, jusqu'à ce qu'un autre vienne
le remplacer.

La baie de Somme, qui s'étend entre Saint-Valery et le
Crotoy, offre, au moment de la haute mer, l'aspect d'un
vaste lac ; mais ce n'est plus à marée basse qu'une plaine de
sable, coupée de petits courants et de flaques d'eau, et couverte de crabes et d'autres petits animaux marins.

Attirés par ce riche butin, les canards viennent s'y abattre
par vols nombreux, et bientôt les chasseurs les y suivent.
Ce sont pour la plupart de pauvres pêcheurs de la côte, qui
ajoutent à la ressource de leurs filets le produit de leur ca-
nardière; ils sont les pourvoyeurs de ces pâtissiers d'Amiens
que leurs œuvres ont illustrés dans le monde entier.

Cette chasse serait fort amusante, n'étaient la saison et
le lieu où on la fait. Se donne ce plaisir qui voudra ; quant à
moi, pour en avoir goûté une fois, je suis guéri à tout jamais
du désir de faire concurrence aux pêcheurs canardiers.

Ce fut, il m'en souvient, dans les premiers jours de novembre, que, pressé par un de mes amis, véritable Nemrod, qui
habitait près de Noyelles-sur-Mer, je me rendis à l'invita-
tion de partager avec lui le plaisir de la chasse.

Dès mon arrivée, il me promit pour le lendemain un
affût aux canards, me vantant l'agrément de cet exercice,
que, disait-il, je voudrais pratiquer tous les jours, dès que
j'en aurais goûté une fois.

Le lendemain donc, après avoir bien déjeuné, et devisé

longuement au coin du feu, en savourant d'excellent café
et de bons cigares, nous nous équipâmes tous deux d'une
chaude vareuse de laine, de larges pantalons serrés par le
bas dans de fortes bottes montant au-dessus du genou et
préalablement graissés avec soin. La journée était magnifique, bien qu'aiguisée par une petite brise sèche qui ridait
la surface de l'eau et vermillonnait le nez. Au dire du chasseur, ce temps était des plus favorables, et cette brise faite
exprès pour nous, attendu que le vent, soufflant du large,
devait nous amener des milliers de canards. La mer était
tout à fait basse à trois heures, et le crépuscule devait descendre peu de temps après notre installation.

Nous nous mîmes donc en route fort gaiement, et tout en
agitant de graves questions sur les intéressants palmipèdes
que nous nous proposions de décimer.

— Vous autres naturalistes, me disait mon compagnon,
vous n'étudiez des animaux que le côté le moins intéressant et le moins utile; il importe bien plus à l'homme de
connaître dans un être les qualités dont il peut tirer parti
lui-même, que le nombre de ses filets nerveux, de ses
plumes ou de ses poils.

Tiens, je parie que toi-même ne connais pas à fond les
nombreuses qualités qui placent les canards à la tête des
volatiles ?

Sais-tu, continua-t-il, que comme rôti emplumé, le sou-
chet et la sarcelle tiennent le premier rang, et que rien
n'est comparable en ce monde à une terrine de Nérac? Les
Romains, nos maîtres en fait de gourmandise, professaient
la plus grande estime pour la gent canard; Apicius indique
quatre différentes manières de les préparer, soit en rôti, soit
aux navets, aux champignons, ou bien en salmis avec des
truffes.

Ah! mon ami, s'écria-t-il avec enthousiasme, voilà le
mets par excellence, le salmis aux truffes, et cependant ni
Buffon ni Cuvier n'en ont parlé.

— Sans doute, sans doute, répondis-je en riant, ce côté
de l'histoire naturelle du canard ne manque pas d'attrait ;
mais ce n'est pas à mon avis ce qu'elle offre de plus intéressant.

As-tu jamais songé, toi-même, à l'instinct merveilleux qui
guide ces oiseaux dans leurs migrations périodiques, et au

but que s'est proposé la nature en leur inspirant cet instinct?

— Parbleu, dit avec un grand sérieux mon chasseur épicurien, le but de la nature est de procurer aux chasseurs le plaisir de les tuer, et aux gastronomes celui de les manger.

Et sur cette boutade, nous nous arrêtâmes, laissant derrière nous le petit bras de Somme que nous avions traversé avec de l'eau jusqu'au mollet à peine. Nous étions arrivés.

— Maintenant à nos postes, dit-il, le crépuscule va bientôt venir et avec lui les canards.

Il me montra alors une espèce de petite hutte, aux trois quarts enfouie dans le sable, et juste assez grande pour qu'on pût s'y accroupir; puis il se blottit à son tour dans une niche semblable, située à une trentaine de pas plus loin. Une belle mare s'étendait à quelques mètres devant nous; ce devait être là le théâtre de nos exploits.

Resté seul accroupi dans mon trou tant soit peu humide, la figure et les oreilles coupées par le vent, je songeai involontairement au bon feu devant lequel je me rôtissais voluptueusement une heure auparavant, et je posai mon fusil pour souffler dans mes doigts engourdis.

Tout à coup je fus surpris par un frou frou vif et ronflant: c'était un vol de canards qui passait au-dessus de ma tête sans s'arrêter. Avant que j'eusse pu ressaisir mon fusil, deux coups avaient retenti, suivis de la chute de plusieurs corps, et lorsque j'ajustai à mon tour, tout avait disparu.

— Eh bien! me cria mon camarade en sortant la tête de son trou, est-ce que tu dors!

— Non, non, répondis-je un peu honteux, me voilà prêt.

Devenu plus attentif, je guettai sans bouger un nouveau vol de canards, et bientôt je lâchai sur le gros de la bande mes deux coups de fusil. A mon grand contentement, quelques pièces tombèrent, et je me dis qu'en Somme je m'amuserais beaucoup, si je n'avais les pieds et les mains gelés.

Mais, soit qu'ils fussent effrayés par nos coups de fusil, soit pour tout autre cause, les canards ne passaient plus que fort loin de nous, et la position me parut de plus en plus désagréable. Aussi je hêlai mon compagnon pour lui demander s'il n'était point temps de songer à la retraite et d'emporter notre butin.

— Encore un instant, me cria-t-il, nous avons le temps,

et il ne peut tarder à nous arriver un autre vol de canards

Je me résignai, appelant de tous mes vœux les trop clair-
voyants volatiles qui devaient mettre fin à mon supplice.

Une chose m'inquiétait surtout, c'est qu'il me semblait
entendre de plus en plus distinctement le bruissement de la
mer. Enfin, le vol de canards tant désiré passa à trente pas
de nous, et nos quatre coups de fusil firent de nouvelles victimes. Mon ami, enchanté, sorti alors de sa hutte et je l'imi-
tai, non sans quelque difficulté, car j'étais peu à peu entré
dans le sable mouillé jusqu'aux genoux. Je piétinai, sautai,
dansai, pour rétablir la circulation et rappeler un peu de
chaleur dans mes jambes engourdies, laissant mon camarade ramasser le gibier avec des exclamations de plaisir à
chaque pièce méritante.

— Eh bien! me dit-il d'un air radieux, qu'en dis-tu?
treize pièces, dont quatre souchets ! Mais hâtons-nous d'emporter cela, la mer remonte.

C'est ce qu'il me semblait en effet, et je n'eus plus aucun
doute lorsque nous arrivâmes en vue du petit bras de Somme
que nous avions à traverser. Le ruisseau s'était fait rivière,
et, poussée par le vent, la mer y entrait en s'ébaudissant.

— Diable, diable ! disait mon chasseur, ce coquin de vent
qui a si bien fait nos affaires tout à l'heure, nous sert bien
mal au retour.

Allons, mon cher, le bain est inévitable, et surtout ne per-
dons pas de temps ; nous n'en aurons que jusqu'au cou, mais
dans dix minutes nous en aurions par-dessus la tête.

J'étais anéanti! mais il n'y avait pas à hésiter entre un
bain froid, quelque désagréable qu'il pût être en cette saison, et la perspective d'être surpris par la mer au milieu
d'une nuit qui commençait à se faire obscure.

J'entrai donc bravement dans l'eau, tenant mon fusil en
l'air, de mes deux mains, en guise de balancier; car j'avais
de la peine à me tenir debout contre la force du reflux, et,
comme l'avait prévu mon enragé chasseur, j'en eus bientôt
jusqu'au cou.

Quelques minutes après ma sortie de l'eau, mes vêtements, raidis tant par l'eau salée que par une brise de 4 à 5
degrés au-dessous de zéro, ressemblaient assez à une armure
de paladin.

— Eh bien! me dit mon compagnon, dont le bain n'avait

pas refroidi la bonne humeur, voilà pourtant comment ,es Chinois font la chasse aux canards : ils entrent dans l'eau jusqu'au menton, la tête couverte d'une calebasse, et, s'approchant ainsi des oiseaux sans défiance, ils leur font faire le plongeon en les saisissant par les pattes, et leur tordent le cou.

— Au diable les Chinois et les canards ! m'écriai-je exaspéré, je serai bien heureux si cette belle expédition ne me vaut pas une fluxion de poitrine.

Nous arrivâmes enfin ; il était temps ! J'étais à demi mort de froid. Heureusement, mon ami était un homme de précaution ; il avait donné ses instructions avant le départ, de sorte qu'un vaste bol de vin chaud, fortement épicé, embaumait de ses vapeurs la pièce où nous attendait un feu des temps antiques. Des vêtements chauds, des pantoufles fourrées avaient été préparés pour notre retour, et ce fut avec un sentiment de jouissance inexprimable que je me plaçai, ainsi vêtu et fourré dans la cheminée. Un gigot aux teintes dorées, flanqué de bouteilles d'un vin couleur de rubis, acheva de dissiper les idées marécageuses qui troublaient encore mon cerveau.

Aussi, lorsque me voyant attaquer avec un appétit féroce le rôti savoureux, mon ami me demanda :

— Eh bien ! cela va-t-il mieux ?

— Ma foi ! oui, lui répondis-je en riant. Mais c'est égal, tu ne me reprendras plus à chasser le canard dans la baie de Somme : je n'ai pas comme toi la passion de la chasse : à cet exercice-là j'attraperais plus de rhumes que de gibier, et je crains beaucoup les rhumes.

CHAPITRE IV

COQUILLES ET MOLLUSQUES

Excursion sur la plage. Les coquilles et les mollusques : buccin, pourpre, son usage et son prix chez les anciens; procédé de teinture. La pêch des murex. Patelles, toupies, sabots; utilité de ces animaux dans un aquarium. — Ce que c'est qu'un aquarium; composition et fabrication de l'eau de mer; des conditions de la vie animale et végétale. Agents de la salubrité publique dans l'aquarium : scalaires, porcelaines, cauris, monnaie de Guinée, volutes. Organisation des gastéropodes. Fabrication de la coquille. — Les mollusques bivalves : bucardes, tellines, vénus ou clovisses. Les huîtres et leur propagation; la nacre et les perles; procédés pour obtenir des perles; les perles de Cléopâtre; pêche des huîtres perlières. Tridacne géant ou bénitier. Le peigne; légende de saint Jacques de Compostelle. Les moules, leurs procédés; empoisonnement par les moules, sa cause et le remède à y appliquer. Solen ou manche de couteau. Tarets, leurs ravages, moyens de les combattre. Utilité et rôle des coquilles dans la nature ; singulière opinion de Voltaire. — Mollusques nus, leur organisation : doris, élide, aplysie.

Avril était venu. Les vents glacés de février et les giboulées de mars avaient fait place aux douces brises du printemps, et le temps invitait à la promenade. Je partis donc un beau soir pour aller coucher à Boulogne.

Le lendemain au point du jour, je me rendis sur la plage déserte, où m'attendait un merveilleux spectacle : le ciel était diapré de nuages lumineux, et l'Océan, réfletant les teintes pourprées du ciel, annonçait l'approche du soleil. Enfin celui-ci éleva bientôt son large disque d'or au-dessus du dôme de Notre-Dame, inondant de lumière et la ville et la plage; c'était sublime !

La mer descendait, et je commençai par prendre connaissance du terrain et de la constitution des côtes, chose fort importante pour qui veut se livrer à des recherches d'histoire naturelle. Le résultat de mon examen fut des plus satisfaisants; car il me convainquit que peu de points côtiers du nord de la France sont plus propices à ce genre d'étude que Boulogne et ses environs.

Sur les côtes de la Normandie, les falaises sont formées de couches de craie séparées entre elles par des lits de cailloux siliceux. Lorsque, minés par les vagues, les blocs se détachent de la falaise, la craie, délayée et emportée par les flots, laisse à nu les cailloux, qui, roulés et frottés les uns contre les autres, s'arrondissent et forment ces bancs de galets qui couvrent la grève.

Ces plages couvertes de galets, nous l'avons déjà dit, sont peu favorables aux recherches des animaux marins, et cela se conçoit facilement, car le flot agitant et choquant sans cesse les cailloux les uns contre les autres, les animaux marins y sont promptement brisés et détruits.

Ici, il n'en est plus de même; les falaises sont formées d'une marne bleuâtre, souvent schisteuse, qui, par le durcissement, passe au calcaire marneux, et le silex y est très-rare et très-petit. Les éboulements, composés de blocs de de grés tombés de la partie supérieure de la falaise, sont disposés de telle façon, qu'aujourd'hui ils forment un talus qui sert de rempart à la côte contre l'effort des vagues. A marée haute, les flots apportent au milieu de ces débris des milliers d'animaux marins, qu'ils abandonnent, en se retirant, dans les anfractuosités ou dans les creux des rochers où l'eau séjourne. Des bancs de rochers se découvrent à mer basse, et restent jonchés d'algues de toutes sortes, au milieu desquelles vivent des populations singulières et inconnues.

Beaucoup de mes lecteurs (en admettant toutefois que j'ai beaucoup de lecteurs), ont sans doute plus d'une fois foulé le sable fin de la grève que la mer vient d'abandonner, sans y voir autre chose que l'eau qui se retire, serpentant en mille petits ruisseaux capricieux; tout au plus ont-ils vu quelque paquet de fucus; mais que ceux-là daignent se baisser et regarder à leurs pieds; qu'ils retournent ces pierres et ces touffes d'herbes marines; qu'ils explorent les petites flaques d'eau que la vague a laissées en se retirant, et ils verront la vie se manifester à leurs regards en milliers d'êtres aux formes bizarres et inconnues. Celui qui étudie la nature connaît seul les merveilles secrètes que recèlent les trous des rochers, le sable et la vase des mers.

5

Ce qui frappe d'abord la vue de l'observateur, ce sont les nombreuses coquilles mêlées au sable du rivage.

« Quelle étonnante variété dans les jeux de la nature ! s'écrie Pline ; quelle profusion de couleurs, quelle diversité dans les formes, plates, concaves, longues, échancrées en croissant, arrondies en globe, coupées en demi-globe, unies, ridées, frangées, striées ; leur sommet se contourne en spirale, leur bord s'allonge en pointe, se renverse en dehors, se replie en dedans ; chaque espèce enfin a sa différence. »

Les coquilles que l'on rencontre sur la plage sont presque toujours vides; soit que les animaux qui les habitaient y soient morts naturellement, soit qu'ils aient servi de pâture à d'autres.

Toutes ces coquilles ont servi d'abri à des êtres mollasses, inertes, privés de membres, se traînant lentement sur terre comme le colimaçon, ou flottant dans les eaux.

Ces animaux, faibles et inoffensifs pour la plupart, ne déploie qu'une bien pauvre industrie. Tout l'art des mollusques (c'est ainsi qu'on les nomme (1), ne consiste guère qu'à se bien renfermer dans leurs coquilles. Et cependant, malgré leur solide carapace, ces pauvres déshérités de la nature deviennent la proie d'une foule d'animaux.

Même sans être naturalistes, nos lecteurs ont sans doute remarqué déjà que certains mollusques portent une coquille d'une seule pièce ou univalve, le plus souvent contournée en spirale comme celle du limaçon ; que d'autres sont renfermés dans des enveloppes composées de deux pièces ou valves, liées ensemble par une charnière membraneuse, comme les huîtres et les moules, ce sont les *bivalves*; que d'autres enfin sont complétement privés de coquille, comme les limaces : on les nomme mollusques nus.

Une des coquilles les plus répandues sur nos plages est le buccin *(buccinum undatum)*, dont le nom rappelle cette trompette que portaient les dieux marins de la mythologie.

C'est une coquille conique, ventrue, contournée en spirale, et dont les tours de spire sont arrondis et striés. Sa longueur vraie de cinq à huit centimètres, et sa couleur du grisâtre au roussâtre.

(1) Du mot latin *molluscus*, mollasse

Si l'on veut trouver cette coquille vivante, c'est-à-dire pourvue de son habitant, il faut la chercher parmi les fucus que laisse à sec la mer en se retirant, ou dans le sable où le buccin s'enfonce parfois à la recherche de quelque malheureux bivalve qu'il perce de sa langue acérée pour en sucer la substance. L'animal du buccin a la forme générale du limaçon terrestre; il rampe comme lui sur un pied élargi, et sa tête, terminée en trompe, porte deux petits tentacules ou cornes, à la base extérieure desquels sont placés les yeux.

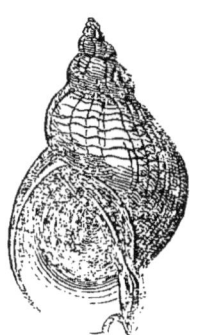

Fig. 8. — Buccin.

Une autre espèce de buccin, que l'on trouve aussi dans le sable, mais moins fréquemment que l'espèce précédente, est le buccin réticulé *(buccinum reticulatum)*; sa coquille, de moitié plus petite, offre une spirale de sept à huit tours, élégamment treillissée par des côtes saillantes; sa couleur est jaune, et elle porte parfois en sautoir une bande bleuâtre. Quant au buccin que les anciens employaient en guise de trompette, et qui, suivant Platon, servait à annoncer les discours des hérauts, c'est une espèce beaucoup plus grande, et qui ne se trouve que dans la Méditerranée et l'Océan austral.

En explorant le sable du rivage, nous trouverons encore assez communément une petite coquille voisine des buccins, et qui, pour n'être point rare, n'en est pas moins fort digne de remarque. C'est la pourpre *(purpura lapillus)*, un des coquillages qui fournissaient aux anciens la riche couleur dont il a conservé le nom. C'est une coquille ovale, épaisse, à spire courte, dont le dernier tour (en comptant à partir du sommet) est plus grand que tous les autres

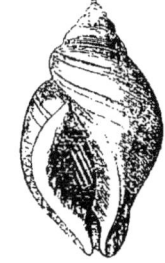

réunis. Elle offre d'ailleurs un grand nombre de variétés : tantôt sa couleur jaunâtre ou grisâtre est tout unie, tantôt elle est traversée de plusieurs bandes orangées; tantôt sa surface est lisse, d'autres fois elle est plus ou moins fortement cannelée. L'animal qui habite cette coquille ressemble beaucoup à celui du buccin; il vit fixé sur les rochers, et se cache à la marée basse sous les touffes de fucus.

Personne n'ignore combien était précieuse la riche pourpre de Tyr chez les anciens. Ne connaissant ni la cochenille ni le carmin, ils ne pouvaient teindre en écarlate les vêtements des rois et des triomphateurs, qu'au moyen de la liqueur colorante de quelques petits mollusques univalves. Ce n'était pas, il est vrai, notre espèce qui fournissait la pourpre la plus estimée; celle-ci était due à deux coquillages du genre murex *(murex trunculus* et *murex brandaris)*, qui sont propres à la Méditerranée.

Le *purpura lapillus* fournissait une teinture moins estimée, mais fréquemment employée cependant. Ce qui donnait surtout un si grand prix à la pourpre, c'était sa rareté; car chaque animal n'en renfermant que quelques gouttes, des milliers de victimes suffisaient à peine pour la teinture d'une seule robe. Aussi les vêtements de pourpre ne pouvaient-ils être payés que par des rois; et nous voyons, à l'époque du Bas-Empire, des princes se parer avec orgueil du titre de porphyrogénite, c'est-à-dire né dans la pourpre. Tel fut même le prestige de ces vêtements royaux que l'on vit des particuliers assez opulents pour se draper dans la pourpre, obtenir par cela seul les respects des peuples et quelquefois même le trône. « Devant cette couleur précieuse, dit Pline, les faisceaux et les haches romaines écartent la foule; elle distingue le sénateur du chevalier; on la revêt pour apaiser les dieux, elle se mêle à l'or dans la robe du triomphateur : excusons donc la folle passion dont la pourpre est l'objet. »

De nos jours la cochenille a détrôné la pourpre, et celle-ci n'est plus employée.

Les procédés de teintures des anciens, indiqués par Pline, sont très-compliqués; nous n'en parlerons donc pas; mais nos lecteurs nous sauront sans doute gré de traduire ici la description qu'il donne de la pêche de ces coquillages; car les murex dont il parle vivent à une certaine profon-

deur sous l'eau : « On prend les pourpres, dit-il, en jetant à
la mer de petites nasses à claire-voie, dans lesquelles on
met pour appât des coquillages à deux valves qui s'ouvrent
et se ferment, tels que les moules. Ces coquillages à demi
morts, mais qui, rendus à la mer, se raniment et s'ouvrent
avidement, sont recherchés par les pourpres qui les attaquent en avançant leur langue acérée; se sentant piqués, les
bivalves se referment vivement, serrent ce qui les blesse,
et les pourpres, victimes de leur avidité, sont enlevées sus-
pendues par la langue. »

Une coquille que l'on trouve encore plus communément
que les précédentes mêlée au sable du rivage, est la patelle
ou le lepas *(patella vulgaris)*, nom tiré du latin *patella*
qui signifie écuelle, et que Linné lui a donné à cause de sa
forme. C'est une coquille d'une seule pièce, en cône très-
évasé, et recouvrant complétement le corps de l'animal à
l'état vivant. Celui-ci est court
et ramassé, de forme ovalaire;
il porte sur la tête deux tentacules ou cornes pointues, à la
base extérieur desquelles sont
placés les yeux. Il rampe lentement sur un pied charnu, en
forme de disque ovale, au
moyen duquel il s'attache au ro-
cher, et il y adhère avec une force telle, qu'on déchire

Fig. 10. — Patelle.

l'animal plutôt que de l'enlever. Un poids de 10 kilogrammes suspendu par une corde autour de la coquille ne lui
fait pas lâcher prise.

D'où lui vient donc une telle force? S'accroche-t-il aux
interstices de la pierre par quelque muscle puissant, ou se
colle-t-il à sa surface au moyen d'une humeur visqueuse,
comme le croyait Réaumur? Point! Instruit par la nature,
notre coquillage emploie le procédé sur lequel repose la
machine pneumatique, ou, mieux encore, le jeu du tire-
pavé, si bien connu des enfants. On sait que ce dernier instrument se compose d'une rondelle en cuir, au centre de
laquelle est fixée une cordelette; on mouille le cuir afin
qu'il adhère mieux, puis on l'applique sur le pavé ou sur le
corps qu'on veut enlever. Si l'on tire alors la corde, la
partie centrale de la rondelle de cuir se soulève comme une

ventouse en faisant le vide, et la pression atmosphérique extérieure suffit à maintenir une adhérence assez forte pour que l'on puisse enlever le pavé.

Ainsi fait la patelle; après avoir appliqué son large pied sur la surface du roc, elle soulève le milieu de son corps en dôme, fait ainsi le vide, et reste fortement attachée au rocher. Mais on obtient facilement par la ruse ce que ne peut faire la violence : si l'on glisse la pointe d'un couteau sous le pied de l'animal, de façon à en soulever un peu le bord, l'air rentre aussitôt et l'adhérence cesse.

Le lépas, fils de la roche, comme l'appelle Hésiode, est un animal peu voyageur de sa nature, aussi incapable de ressentir aucune passion vive que de la manifester par des mouvements désordonnés ; aussi sa coquille est-elle choisie comme lieu de résidence par une foule de parasites, animaux comme végétaux. Ses hôtes les plus ordinaires sont les balanes, dont nous parlerons plus loin, et certaines petites mousses marines qui, parfois, y prospèrent à tel point, que la coquille est à peine reconnaissable. J'ai vu sur des rochers une colonie de ces patelles si complétement recouverte par les balanes, qu'on apercevait à peine quelques points de leur surface.

On trouve aussi, mais bien plus rarement, une jolie petite patelle rose qui, à l'état vivant, se retire à une assez grande profondeur, et, par conséquent, vit éloignée du rivage.

Il existe un assez grand nombre de coquilles auxquelles on donne le nom de toupies (trochus) d'après leur forme, et qui se trouvent en abondance sur la plage, soit vides et mêlées au sable du rivage, soit vivantes et attachées aux plantes marines que la vague abandonne en se retirant.

L'une des plus belles espèces de ce genre est la toupie marginée (trochus zyziphinus), coquille conique, à base orbiculaire aplatie, à spire formée de huit à dix tours bordés chacun d'un cordon saillant. Sa couleur est un fauve roussâtre, et le cordon de chaque tour de spire est orné de taches carrées d'un rouge plus ou moins violet. Une autre

Fig. 11. — Toupie marginee.

espèce, également remarquable, est la toupie perlée *(trochus granulatus)*, dont chaque tour de spire est bordé par un cordon granuleux et comme formé d'un rang de perles. On trouvera beaucoup plus communément la toupie linéaire *(trochus lineatus)*, formée de quatre à cinq tours de spire; d'un blanc jaunâtre agréablement varié de lignes flexueuses d'un rouge violet.

A côté des toupies se rangent les sabots *(turbo)*, que sur nos côtes, où on les mange, on désigne sous le nom de *vignots*.

Le sabot littoral ou littorine *(turbo littoreus)* est très-commun sur nos plages; sa coquille, ovale et ventrue, est jaune ou grise, rayée longitudinalement de brun ou de noir.

L'animal est de couleur roussâtre, zébré de bandes foncées, et porte sur la tête deux tentacules élégamment annelés. C'est, malgré ses habitudes rampantes, un fort joli petit être, qui fait plaisir à voir glissant sur son large pied contre les parois de glace d'un aquarium.

Fig. 42. — Sabot littorine.

On trouve encore sur les rochers, à marée basse, cachés dans des touffes de fucus, le sabot à deux zones *(turbo obtusatus)*, dont la coquille est brune, bi-zonée de blanc, et le sabot jaune *(turbo nerita)* couleur de soufre. Ce joli petit mollusque ne paraît pas jouir de la santé robuste de ses congénères, et ne résiste pas à une immersion prolongée; l'air et le soleil lui sont nécessaires, et lorsqu'on met dans un vase rempli d'eau de mer des individus de cette espèce, on les voit pendant un ou deux jours ramper contre les parois du vase, puis, l'un après l'autre, se laisser tomber sur le fond de sable pour y mourir.

Nous avons vu que les buccins et les pourpres étaient carnassiers; les toupies et les sabots sont herbivores : ils ne se nourrissent que de plantes marines, et leurs organes buccaux sont merveilleusement appropriés à leur genre d'alimentation. Leur bouche renferme une langue hérissée de pointes très-rapprochées, et disposées symétriquement comme celle d'une lime; cette langue, dont on ne pourra voir la structure curieuse qu'en la soumettant au pouvoir am-

plifiant du microscope, sert à l'animal, non point tant pour
déguster les mets, que pour couper les fibres végétales dont
il fait sa nourriture. Aussi ces mollusques sont-ils des êtres
précieux pour un aquarium, en ce qu'ils se chargent de
faire disparaître la végétation parasite qui se développe
avec une étonnante rapidité, et finirait par envahir les
pierres, les coquilles et même les parois du vase, et y
étoufferait la vie.

Mais voilà déjà plusieurs fois que le mot *aquarium* tombe
de ma plume, et comme il se pourrait bien, après tout, que
quelques-uns de mes lecteurs ne connussent pas l'objet
auquel s'applique ce joli nom, je vais le décrire en quelques
mots : Un aquarium est tout simplement un bassin rempli
d'eau dans lequel on conserve vivants des plantes et des
animaux aquatiques.

Il n'y a point de règles pour la forme et les dimensions à
donner au bassin, chacun peut le choisir suivant ses goûts
et ses moyens ; mais la matière n'y est pas indifférente, et
l'on comprendra qu'il faut que la maison soit de verre, afin
que l'on puisse observer à l'aise ses habitants et surprendre,
à toute heure, les secrets de leur merveilleuse existence.

L'aquarium doit donc être construit avec des glaces solidement lutées, au moyen de matières inaltérables à l'eau,
ou fabriqué d'une seule pièce.

Les amateurs en trouveront de tout faits chez M. Carbon-
nier, quai de l'Ecole à Paris. Il y en a pour tous les goûts et
pour toutes les bourses ; les plus simples ont une forme rec-
tangulaire, les plus riches ont la forme octogonale, et de
leur centre s'élance un élégant jet d'eau qui retombe en
pluie fine. — Mais le plus modeste aquarium de ce genre
coûte encore une quarantaine de francs.

Reculez-vous devant toute dépense ? Je vais vous indiquer
un aquarium aussi commode que peu coûteux : c'est.... une
cloche à melon, tel que l'emploient les jardiniers. On la
place renversée sur un de ces trépieds en fer employés aujourd'hui pour servir de support à des miroirs en boule, ou
tout simplement sur un coussinet, et l'on a un aquarium
assez vaste, transparent, qui ne manque pas d'une certaine
élégance, et — chose importante — qui ne coûte que un franc
cinquante centimes. Il n'est pas jusqu'à la teinte verdâtre de
son verre qui ne soit utile en atténuant l'éclat parfois trop

grand de la lumière. En outre, on peut avoir ainsi à peu de frais plusieurs bassins, ce qui permet de ne pas mettre, comme on dit vulgairement, tous ses œufs dans le même panier.

En Angleterre où, je le dis à regret, on a beaucoup plus qu'en France le goût des sciences et surtout de l'histoire naturelle, il est peu de maisons qui ne possèdent un aquarium, et c'est là, je vous assure, non-seulement un fort joli petit meuble d'ornement, mais encore une source intarissable de plaisirs et d'étonnement toujours nouveaux.

Tout le monde sait que l'eau de mer est salée. Plusieurs de mes lecteurs ont probablement même, en se livrant au plaisir de la natation, avalé sans le vouloir, quelques gouttes de cette eau, et ils ont dû s'apercevoir que non-seulement elle est salée, mais qu'elle a, en outre, un goût amer et nauséabond. L'eau de mer contient, en effet, outre le sel commun ou chlorure de sodium, plusieurs autres sels en proportions diverses.

Les personnes qui habitent à proximité des côtes peuvent alimenter leur aquarium avec l'eau naturelle de la mer, ce qui vaut toujours mieux ; mais celles qui, en raison de leur éloignement, n'ont pas cette ressource, ne peuvent y suppléer qu'en en fabricant d'artificielle. Voici quelle est la composition de 1 litre ou 1000 parties d'eau de mer :

Eau distillée	966 »
Chlorure de sodium	26 25
Chlorure de magnésie.	3 55
Sulfate de magnésium	2 20
Chlorure de potassium	0 73
Carbonate de chaux	0 03
Sulfate de chaux	1 36

Le mélange de tous ces sels, dissous dans l'eau distillée ou simplement dans l'eau douce, doit donner, pour 1 litre, le poids spécifique de 1 kil. 027, l'eau de mer pesant plus que l'eau douce, dont le poids est de 1000 grammes ou 1 kilogr. par litre. Dans la pratique, cette formule peut être simplifiée ; ainsi l'on peut négliger sans inconvénient le carbonate de chaux, qui est fourni en quantité suffisante par les débris de coquilles mêlés au sable du fond, et il en est de même du sulfate de chaux et du chlorure de potassium, qui ne se trouvent dans l'eau de mer qu'en très-petite quantité.

3.

Un professeur anglais, M. Henry Gosse, donne, pour la fabrication de l'eau de mer, la formule suivante :

Sel commun	100 gram.	»
Sel d'Epsom	8 —	80
Chlorure de magnésium. . . .	14 —	29
Chlorure de potassium	3 —	»

à mélanger dans 4 litres d'eau de rivière. Il assure que cette composition lui a complétement réussi, et qu'il y a conservé des animaux marins en parfaite santé pendant plusieurs années. Lorsque, par suite de l'évaporation, le liquide devient plus lourd, ce dont on peut facilement s'assurer en y plongeant l'aréomètre, il faut le ramener à sa densité première en y ajoutant un peu d'eau distillée ou d'eau de pluie.

La lumière et la température auxquelles se trouve exposé l'aquarium ne sont pas non plus indifférentes. Pour la lumière, il faut éviter de laisser frapper sur le bassin une trop grande quantité des rayons directs du soleil ; mais l'obscurité est également nuisible.

La chaleur est un agent non moins important que la lumière, et l'expérience prouve qu'une augmentation ou une diminution de calorique au delà ou en deçà de certaines limites assez rapprochées agit de la façon la plus funeste sur beaucoup d'animaux marins. La température moyenne de l'Océan est d'environ 13 degrés, et elle ne varie guère en plus ou en moins que de 7 degrés, de sorte que ses limites extrêmes sont 6 et 20 degrés. Il faut donc avoir soin de défendre l'eau des aquariums contre un échauffement ou un refroidissement anormal que pourraient amener les rayons du soleil pendant le jour, et le rayonnement vers les espaces célestes pendant les nuits claires. Cette précaution est d'autant plus nécessaire que les variations de température se produisent très-rapidement dans les petites masses d'eau.

Comme chacun sait, l'air est indispensable à l'entretien de la vie : il est également nécessaire à la respiration des animaux et à celle des plantes, avec cette différence toutefois que les animaux en absorbent l'oxygène, qui revivifie leur sang, et rejettent à l'état de gaz carbonique les particules vieillies de leur économie ; tandis que les plantes, au contraire, s'assimilent le gaz carbonique nécessaire à leur nutrition, et rejettent l'oxygène comme un superflu nuisible à leur organisme.

Les végétaux travaillent donc au bien-être des animaux, en rendant l'air atmosphérique plus propre à leur respiration, et les animaux, à leur tour, coopèrent au développement des végétaux, en exhalant dans l'atmosphère le gaz carbonique dont ces derniers sont avides. Equilibre merveilleux qui assure dans les deux règnes la durée des espèces en préservant les individus, admirable loi des compensations, trop souvent mise en oubli par les hommes, qui, après des milliers d'années, semblent encore ne pas comprendre pourquoi le Créateur a revêtu la terre de gazon et d'arbres verts, et l'a sillonnée d'eaux fraiches; qui semblent ignorer que, pour l'homme comme pour les animaux, l'air pur, le soleil et les eaux limpides sont les gages d'une santé inaltérable et d'une longue jeunesse.

Pour conserver les animaux que nous plaçons dans nos aquariums, nous devons imiter autant que possible les procédés de la nature, et les circonstances dans lesquels ils vivent habituellement.

Si des mollusques, des crustacés, des poissons et autres animaux sont placés dans un vase rempli d'eau de mer, ils absorberont promptement l'oxygène que renferme cette eau; et comme celle-ci ne peut emprunter à l'air l'oxygène aussi rapidement que les animaux le lui enlèvent, elle se trouvera bientôt impropre à la vie de l'animal, qui périra inévitablement. Mais si nous introduisons dans l'aquarium des plantes qui puissent y vivre à l'aise, celle-ci fourniront constamment l'oxygène nécessaire à la respiration des animaux, et absorberont en outre le gaz carbonique qui vicie l'eau dans laquelle ils vivent. C'est grâce à cette pondération bien entendue de la vie végétale et animale que l'on peut entretenir chez soi un aquarium marin, et jouir ainsi en petit des merveilles que recèle la mer.

La végétation est donc utile et même indispensable à la prospérité des habitants de l'aquarium. Cependant il faut la régler à son tour, et empêcher qu'elle ne nuise aux animaux, soit par son trop grand développement, soit par la décomposition de ses parties. Les algues, lorsqu'elles sont mûres, projettent autour d'elles des nuages de spores ou semences, qui s'attachent aux parois du vase, les couvrent en quelques semaines d'une végétation en miniature qui obscurcit complétement le verre, et s'oppose au passage de la lumière. Vous pouvez l'enlever vous-même au moyen d'un petit tampon de linge attaché au bout d'un bâton ; mais si vous préférez vous éviter ce travail ennuyeux, et voir en même temps comment la nature a pourvu à tout, vous n'avez qu'à introduire dans votre aquarium certains mollusques, agents naturels de la salubrité, qui feront pour vous cette besogne, et faucheront complétement votre prairie sous-marine. Les toupies et les sabots dont nous avons déjà parlé s'acquittent de ces fonctions importantes avec autant de régularité et d'assiduité que s'ils étaient payés pour cela ; c'est qu'en effet ils sont récompensés de leur travail par les repas délicieux que leur procure cette tendre et succulente végétation.

Mais reprenons le cours de nos explorations littorales : une fort jolie coquille, univalve comme les précédentes et assez répandue sur nos plages est la scalaire (*scalaria communis*) ; elle représente un cône très-allongé, composé de dix tours de spire bien distincts, traversés par des côtes épaisses ; sa couleur est blanche ou vineuse, marquée de taches pourpres ou violettes ; elle mesure de vingt-cinq à trente-cinq millimètres de longueur. L'animal qui porte cette coquille, assez semblable à un bonnet de magicien, a deux tentacules longs et pointus sur la tête, et rampe sur un pied court et quadrangulaire ; il est taché de blanc et de noir comme un cheval pie.

Une espèce du même genre qui se trouve dans la mer des Indes, et que l'on nomme scalaire royale ou précieuse, est remarquable en ce que ses tours de spire ne se touchent qu'aux points où sont les bourrelets, et laissent du jour dans leurs intervalles. Cette coquille fort rare autrefois s'est payée jusqu'à 1000 francs, et elle est encore aujourd'hui d'un prix assez élevé.

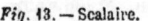

Fig. 13. — Scalaire.

Mais nous voici arrivés au fond d'une petite anse, où le sable s'est accumulé au pied de la falaise. En le regardant de près, l'on voit que ce sable n'est composé que de débris de coquilles ; il y en a là broyées des milliards : image terrible de cette destruction fatale qui s'opère tous les jours au sein de la nature ; destruction féconde cependant, qui fertilise les couches de quelque monde futur destiné à sortir un jour du sein des eaux. On trouve parmi ces débris quelques coquilles entières, entre autres des nasses et des turritelles, coquilles, comme les scalaires, allongées et enroulées en fuseau. A l'état vivant, ces mollusques rampent et broutent au milieu des vertes prairies de zostères qui croissent à quelques mètres sous l'eau, au-delà de la limite des basses marées. Parfois aussi on les rencontre attachés aux touffes de ces longs rubans verts que la vague arrache et jette sur la plage.

On trouve en outre dans ce sable, avec le secours d'une forte loupe, une quantité de coquilles microscopiques de formes très-variées et très-élégantes, dont la plupart ont appartenu à des mollusques gastéropodes ; mais le plus grand nombre rentre dans le groupe des foraminifères, dont nous parlerons plus loin avec détail.

Tout le monde connaît les porcelaines, dont la coquille ovale, convexe, à bords roulés en dedans, ressemble à la moitié d'un œuf. La surface en est lisse et d'un brillant de porcelaine ; son ouverture longitudinale, étroite, dentée sur ses bords, est échancrée à ses deux extrémités. Les porcelaines des mers tropicales sont fort recherchées à cause de leurs couleurs brillantes ; on en fait souvent des boîtes et des tabatières.

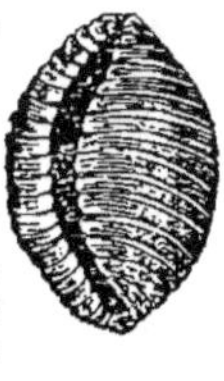

Les espèces que l'on rencontre sur nos côtes sont beaucoup moins remarquables ; leurs couleurs sont froides comme notre climat telle est la porcelaine coccinelle (*cyprœa coccinella*), petite coquille ovale et ventrue de douze à quinze millimètres de longueur, de couleur grisâtre ou rosée. Cette coquille est assez commune, et l'animal qui l'habite se rencontre à marée basse, caché sous les pierres ou dans le sable ; son manteau rouge se prolonge en deux lobes latéraux qui se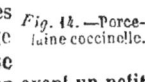

Fig. 14. —Porcelaine coccinelle.

replient sur le dos de la coquille et forme en avant un petit tube ou siphon qui sort par l'une des échancrures du test.

Cette autre petite porcelaine de couleur jaunâtre, c'est cl

cauris (*cypræa moneta*), qui se trouve également sur les côtes de la Guinée, où elle sert de monnaie courante. Mais

on pense bien qu'une monnaie que chacun peut ramasser sur le rivage de la mer, n'a pas une grande valeur; en effet, il en faut environ un millier pour représenter un franc, de sorte que bien qu'il n'y ait qu'à se baisser pour en prendre, il est difficile de s'enrichir par ce moyen. Le cauris joue un rôle considérable dans les transactions com-

Fig. 15.—Cauris.

merciales des pays nègres, et son usage est répandu jusque dans l'Afrique centrale, grâce à la faculté remarquable que possède ce petit coquillage, de pouvoir vivre aussi bien dans l'eau douce que dans l'eau de mer; faculté dont ne jouit aucun autre coquillage, à ce que nous croyons du moins. On en recueille une grande quantité dans les cours d'eau intérieurs du Soudan.

Les volutes, si brillantes dans nos mers tropicales, n'ont aussi, sur nos rivages, que de bien modestes représentants : c'est la volute grain de mil (*volvaria miliaria*), très-petite coquille d'un blanc de neige, que l'on trouve assez fréquemment mêlée au sable du rivage, et la volute enchaînée (*volvaria catenata*), un peu plus grande que la précédente, également blanche, mais pointillée de rouge.

Toutes les coquilles que nous avons examinées jusqu'à présent sont univalves, c'est-à-dire d'une seule pièce, et les animaux qui les habitent appartiennent à la classe des *gastéropodes*, mot tiré du grec et qui signifie ventre-pied, indiquant que les êtres qu'elles renferment rampent sur le ventre comme les limaçons. Tous ces mollusques ont d'ailleurs avec ces derniers une plus ou moins grande ressemblance; aussi les nomme-t-on vulgairement limaçons de mer.

Il y a cependant entre nos gastéropodes marins et les limaçons terrestres un caractère distinctif important : c'est que ceux-ci respirent par de véritables poumons, tandis que les limaçons de mer ont des branchies au moyen desquelles ils respirent l'air contenu dans l'eau.

Comme nous l'avons vu, tous les mollusques gastéropodes ont une tête bien distincte du corps, munie d'yeux pour voir et de tentacules pour palper et peut-être bien pour sentir. Quelquefois les yeux sont placés au bout de ces tentacules, comme dans nos limaçons terrestres; mais chez la plupart des gastéropodes marins, les yeux sont fixés à la basse et sur le côté externe des cornes.

Si l'on en excepte quelques espèces, telles que les patelles, tous les coquillages univalves sont contournés en spirale, et, à de rares exceptions près, les tours de spire sont constamment tournés d'un même côté, à la gauche de l'animal, parce qu'à sa droite sont placés les organes génitaux et le foie.

Les mollusques sont eux-mêmes les fabricants des coquilles qu'ils habitent, leur corps est enveloppé dans un repli de la peau que l'on nomme le manteau, et ce sont des glandes particulières, logées dans les bords de ce manteau, qui sécrétent la matière semi-cornée mêlée de carbonate calcaire qui, se moulant sur les parties sous-jacentes, se solidifie à l'air et forme la coquille. La lame, d'abord très-mince, s'épaissit et s'accroît par le dépôt successif de matières nouvelles, et à mesure que l'animal grandit, il élargit sa coquille en ajoutant un nouveau tour de spire.

C'est ainsi que cela se passe pour les coquilles des gastéropodes; mais dans les coquilles bivalves ou à deux battants il en est autrement; si on examine une coquille d'huître, par exemple, on voit qu'elle se compose d'une multitude de lames superposées; ces lames ont été formées successivement par le manteau de l'animal, et par conséquent c'est la plus extérieure qui doit être la plus ancienne; c'est elle aussi qui est la plus petite, et chaque nouvelle lame qui vient s'y ajouter dépasse la lame située au-dessus, de façon que la coquille, en même temps qu'elle augmente d'épaisseur, s'élargit rapidement.

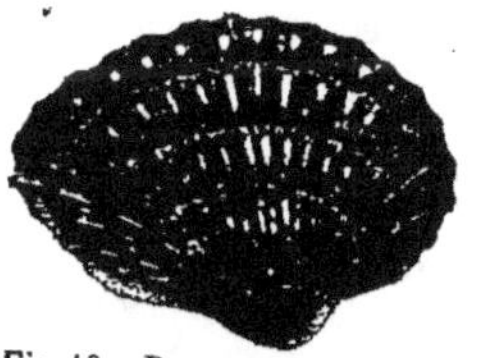

Fig. 16— Bucarde vue en dessus

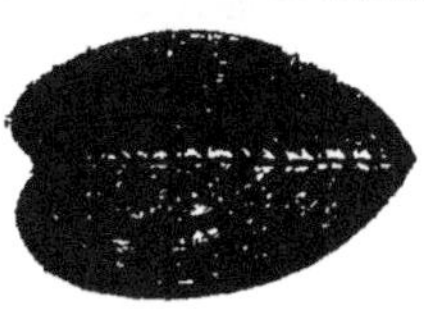

Parmi les coquilles bivalves ou à deux battants, nous trouverons d'abord la bucarde ou sourdon (*cardium edule*); c'est en effet l'une des plus répandues sur nos plages. Ses valves sont égales, bombées, à sommets

Fig. 17. —La même vue de côté

saillants et recourbés vers la charnière ; ce qui, lorsqu'on la regarde de côté, lui donne la forme d'un cœur; aussi la désigne-t-on souvent sous le nom vulgaire de cœur de bœuf, qui n'est d'ailleurs que la traduction du mot *bucarde*. Ses valves sont ornées extérieurement de cannelures arrondies, ridées en travers, et partant toutes du sommet; sa couleur est blanchâtre ou fauve pâle.

L'animal qui vit renfermé entre ces deux coquilles comme dans une boîte est, ainsi que la plupart des mollusques bivalves, un des pauvres déshérités de la nature : il n'a pas de tête, pas d'yeux, pas de sens, si ce n'est celui du toucher; masse informe, quoique organisée, il ouvre de temps en temps sa coquille, dans laquelle entrent avec l'eau les molécules nutritives qui pénètrent dans son estomac par l'ouverture qui lui sert de bouche.

La bucarde passe la plus grande partie de son existence enterrée dans le sable, mais elle en sort de temps en temps pour changer de demeure et se creuser un autre terrier. Comme ses procédés ne laissent pas que d'offrir un certain intérêt à la curiosité de l'observateur, procurez-vous un individu vivant. Rien n'est d'ailleurs plus facile ; car bien que ces animaux soient complétement recouverts par le sable, lorsque la mer abandonne la plage pendant son reflux, on reconnait aisément les endroits où ils sont enterrés, non-seulement aux petits trous qui paraissent au-dessus d'eux, mais mieux encore par une infinité de petits jets d'eau qu'on voit jaillir de tous côtés.

Comme beaucoup d'autres mollusques qui vivent ensablés, le sourdon possède deux tuyaux charnus ou siphons, qu'il fait sortir par l'un des côtés de sa coquille. Ces tuyaux qu'il allonge au dehors lui servent à se conserver une communication avec l'eau nécessaire à son existence; ce sont des espèces de pompes aspirantes et foulantes ; par l'une il absorbe l'eau qui contient à la fois l'air nécessaire à sa respiration et à sa nourriture, portant à ses branchies l'oxygène qui revivifie son sang, et à son estomac les particules nutritives qu'elle tient en suspension; par l'autre il rejette l'eau privée de son oxygène et de ses particules organiques. Ce sont ces tuyaux qui font les trous ronds que l'on remarque au-dessus de chaque sourdon, et qui lancent les jets qui ous dénoncent sa présence.

Déterrez l'un de ces coquillages, placez-le à plat sur le sable, et patientez pendant quelques minutes. Au bout de ce temps, vous voyez la bucarde faire sortir par le côté de sa coquille opposé à celui qui donne passage aux siphons, une espèce de langue ou pied charnu qu'elle allonge jusqu'à toucher le sable ; elle l'y enfonce alors le plus profondément possible ; puis, recourbant le bout de ce pied en crochet pour se cramponner au sol, elle tire sur le muscle, qui se contracte, et force ainsi sa coquille à se redresser et à s'enfoncer. Le pied étant placé par le côté opposé à celui où sortent les siphons, ces organes respiratoires sont toujours dirigés en haut. Lorsque le sourdon veut quitter son trou, il n'a qu'à faire sortir son pied et à l'appuyer contre le sable, de manière à repousser la coquille en haut. Les pauvres habitants des côtes récoltent les sourdons pour en manger la chair, mais c'est un mets insipide et fort dur.

Cette jolie coquille à deux battants, dont on trouve abondamment les valves disjointes dans le sable, est la telline, que les pêcheurs de nos côtes normandes désignent sous le nom de *frion*. Sa forme est allongée transversalement, très-comprimée : ses surfaces sont polies et luisantes, sauf leur bord externe, qui est légèrement cannelé. Comme les sourdons, les tellines se tiennent cachées sous le sable, à la surface duquel elles font passer leurs siphons ; elles ont aussi un pied charnu, très-extensible, qui leur sert non-

Fig. 18. — Telline.

seulement à ramper et à s'enfoncer dans le sable, mais encore à exécuter un mouvement dont on ne croirait pas capable un mollusque.

C'est un curieux spectacle, en effet, que de voir sauter un coquillage ; c'est pourtant là ce qu'exécute la telline, et voici comment : elle commence d'abord par dresser sa coquille sur le tranchant, puis, allongeant son pied le plus qu'il lui est possible, elle lui fait embrasser une portion considérable du contour de la coquille, et par un mouvement brusque, analogue à celui d'un ressort qui se débande, elle frappe de son pied le sol et bondit à une certaine hauteur. Lorsqu'on dégage les tellines du sable à marée basse, il est fort divertissant de les voir sautiller pour regagner l'eau.

Les vénus sont de jolies coquilles, assez voisines des tellines, applaties et allongées parallèlement à la charnière; mais elles s'en distinguent en ce qu'elles ont trois petites dents divergentes sous le sommet. Une espèce de ce genre, fort commune sur nos côtes, est la vénus treillissée, que l'on mange sous le nom de *clovisse*. Beaucoup de gens préfèrent ce mollusque à l'huître, mais son goût beaucoup plus fort déplaît assez généralement aux palais délicats.

Celle-ci, dont les valves, écartées l'une de l'autre aux deux extrémités, donnent passage, d'un côté à un pied allongé en forme de languette, de l'autre à un siphon à deux branches très-longues, est la mye des sables (*mya arenaria*). Comme les précédentes, elle se tient enfoncée dans le sable; mais elle ne paraît pas jouir des facultés locomotives des bucardes et des tellines. J'en ai plusieurs fois dégagées du sable, mais je n'ai jamais pu les voir travailler à rentrer dans le sol.

Chacun sait que l'huître est un mollusque peu vagabond de sa nature, qui comme le lierre meurt volontiers où il s'attache, et ne se risque guère à flâner sur les grèves. Cependant, comme le hasard peut vous en faire trouver quelqu'une détachée de son banc, et jetée par le flot sur la plage, ou que la gourmandise vous les fera certainement rencontrer à la douzaine chez n'importe quel restaurateur, je crois utile de tracer ici les principaux traits de son organisation.

Un savant commencerait par vous dire que les Grecs nommaient ce mollusque *ostreon*, et que les Athéniens se servaient de ses coquilles pour écrire leurs suffrages et porter des sentences de bannissement, d'où le nom d'*ostracisme*, donné à ces sortes de votes populaires; il vous dirait sans doute bien d'autres choses aussi intéressantes; mais nous ne remonterons pas si haut. Tout le monde a vu des huîtres, et chacun a pu remarquer que c'est de toutes les coquilles la plus laide, la plus irrégulière (extérieurement) et la plus sujette à varier de forme et de taille; je dis extérieurement, parce qu'à l'intérieur la coquille est lisse, polie, nacrée, offrant souvent même de très-belles nuances roses ou bleues. Des deux valves qui forment la coquille, l'une est plus grande, bombée, plus épaisse ; l'autre, plus petite, est aplatie et semble servir de couvercle à la première. L'animal que renferme cette espèce de boîte est d'une organisation fort simple, et qui peut nous donner une idée de celle des autres mollusques acéphales, à coquille bivalve.

Comme l'indique leur nom d'*acéphales*, ils n'ont pas de tête, et leur bouche est une simple ouverture fendue au milieu de l'estomac, et par laquelle passent les molécules nutritives qu'y apporte l'eau de la mer. Leur corps est enveloppé par ce repli de la peau que l'on nomme le manteau, comme un livre est renfermé dans sa couverture. Les deux battants ou valves de la coquille sont joints ensemble par une charnière élastique, dont le jeu tend à faire bailler ces valves ; et le mollusque les tient fermées en contractant deux muscles vigoureux, qui restent attachés à la coquille lor qu'on enlève l'animal.

L'estomac est placé dans le foie, et donne naissance dans sa partie postérieure à un intestin, qui, après quelques circonvolutions dans le foie, remonte vers le dos et se termine par un orifice flottant en forme d'entonnoir. Le foie, très-volumineux et de couleur brune, embrasse l'estomac et une partie de l'intestin. Les branchies, ou organes de la respiration, se composent de quatre feuilles délicates formées de fibres rayonnantes d'une extrême finesse. L'appareil de la circulation se compose d'un cœur qui donne naissance par sa pointe à un gros tronc aortique divisé en trois branches, et par sa base à deux autres gros troncs très courts qui se divisent en plusieurs rameaux.

Vivant fixées aux corps sous-marins et condamnées pendant toute leur vie à un repos apathique, les huîtres n'avaient pas besoin d'organes locomoteurs ; aussi n'ont-elles aucune trace de pied ; elles sont, en outre, comme la plupart des mollusques, hermaphrodites, c'est-à-dire qu'elles sont pourvues des deux sexes, et se reproduisent d'elles-mêmes, mettant en défaut par conséquent ces fameux connaisseurs qui ont la prétention de distinguer les huîtres mâles des femelles. En un mot, l'heureux mollusque, comme l'androgyne de Platon, renferme sous une même enveloppe un ménage complet, qui vit dans une parfaite égalité et n'a à craindre ni les disputes ni l'inconstance.

Les huîtres jettent au commencement du printemps, un

frai qui ressemble assez à une goutte de suif, et dans lequel on distingue, à l'aide d'une forte loupe, une infinité de petites huîtres toutes formées. Chaque huître pond par an de cinquante à soixante mille petits, et cette fécondité prodigieuse explique comment se forment ces immenses bancs d'huîtres que l'on trouve sur nos côtes, et qui, malgré la destruction énorme qu'on en fait depuis des siècles, semblent ne s'épuiser jamais. L'ovaire est placé à la partie antérieure du corps ; peu apparent pendant l'hiver, et sous forme d'une petite tache blanchâtre, il se développe, au printemps au point de donner à la moitié supérieure de l'animal cette teinte laiteuse qui le fait regarder comme malade par les amateurs d'huître, en donnant lieu à ce dicton, qu'il n'y a de bonnes huîtres que pendant les mois où l'on trouve la lettre R, c'est-à-dire de septembre à avril. Cette croyance est salutaire, puisqu'elle s'oppose à la trop grande consommation de ce mollusque à l'époque de la propagation.

C'est aux Romains, passés maîtres dans « l'art de la gueule » pour nous servir de l'expression pittoresque de Montaigne, que nous sommes redevables de l'invention des parcs à huîtres ou clovères ; ce sont des sortes d'étangs que la mer remplit pendant les fortes marées, et où la stagnation de l'eau permet à un grand nombre de plantes marines de se développer. Les huîtres qui séjournent dans ces parcs, y trouvant un repos parfait et une grande abondance de particules nutritives, acquièrent un goût plus agréable, et prennent à la longue cette teinte verdâtre si estimée des amateurs.

Plusieurs procédés ont été proposés pour la propagation et l'amélioration des huîtres, et l'on sait depuis fort longtemps qu'on peut transporter et naturaliser ces mollusques sur des rivages qui n'en possédaient pas auparavant. M. Coste, l'un des professeurs les plus éminents du Jardin-des-Plantes, et qui sait si bien mettre en pratique les idées bonnes et productives de la science, a entrepris, sous les auspices du gouvernement, de repeupler d'huîtres tout notre littoral. Le principal moyen est d'empêcher les myriades d'embryons qui, au temps du frai, sortent des coquilles de chaque mère, comme des essaims d'abeilles de leurs ruches, d'être disséminés et perdus.

Comme nous l'avons déjà dit, chaque huître peut donner

naissance à plus de cinquante mille petits ; mais sur ce nombre, il en reste à peine une douzaine qui s'attachent sur la coquille-mère, et le reste se disperse entraîné par les flots ou devient la proie des autres animaux marins. Le problème consistait donc à trouver un procédé qui permît de recueillir cette inépuisable semence et de la transporter sur les fonds à peupler. M. Coste l'a résolu en faisant descendre sur les bancs des fascines, des clayonnages formés de branchages, sur lesquels s'incrusteront les petites huîtres microscopiques.

Plusieurs espèces d'huîtres et de moules produisent de la nacre et des perles ; mais celle de nos côtes ne donnent qu'une nacre laiteuse sans valeur, et les perles qu'on trouve accidentellement dans nos huîtres comestible ne sont que des grains calcaires sans éclat.

C'est principalement d'une espèce des mers tropicales *(avicula margaritifera)* que l'on tire les beaux produits employés dans les arts. La nacre qui revêt l'intérieur d'un grand nombre de coquilles, n'est que du carbonate de chaux mêlé d'un peu de matière animale ; les reflets brillants et irisés qui la distinguent tiennent à la structure même de sa surface, comme le prouvent les empreintes prises avec de la cire ou de la gélatine, qui montrent les mêmes reflets irisés. Cette surface nacrée paraît formée de lames parallèles très-minces et striées, sur lesquelles la lumière agit par interférence.

Les perles ne sont autre chose que des gouttes extravasées de la matière nacrée ; c'est une sorte de pléthore de ce suc pierreux, aussi est-ce généralement dans les plus vieilles huîtres que l'on trouve les perles. Les jeunes en ont rarement, parce qu'elles ont besoin de cette matière pour accroître leur coquille.

On a remarqué que les huîtres perlières attaquées ou perforées par des vers marins, contenaient fréquemment de belles perles ; sans doute parce que l'animal, voulant fermer ces trous, les remplissait avec des gouttes de sa matière nacrée. Des expériences ont prouvé que l'on pouvait, en les perçant ainsi, faire produire des perles à presque toutes les coquilles à nacre ; mais ces perles sont toujours imparfaitement globuleuses et adhèrent à la coquille.

Les Chinois sont beaucoup plus avancés que nous dans

l'art de produire des perles artificielles; non-seulement ils obtiennent celles-ci entières et très-rondes, mais encore ils font des camées de nacre d'une merveilleuse beauté. Leur procédé, pour la reproduction des perles, consiste à introduire entre les lamelles du manteau de l'animal de petits grains de sable globuleux qui se recouvrent de matière nacrée; quant aux camées, ils les obtiennent en fixant à la face inférieure de la valve et sous le manteau du mollusque, des moules de diverses natures, en bois ou en métal. On sait que chaque année l'animal ajoute une nouvelle lame de nacre à sa coquille, et celle-ci recouvre le moule d'une mince couche, comme fait le métal dans le procédé de la galvanoplastie.

Les perles fines sont, comme chacun sait, un objet de luxe très-recherché, mais elles doivent avoir certaines qualités qu'il n'est pas facile de rencontrer réunies; une belle perle doit être grosse, régulièrement ronde ou ovale, d'un bel orient, c'est-à-dire bien blanche à reflets brillants, et il est encore bien plus difficile d'en rassembler un certain nombre du même volume, également belles et bien assorties. Aussi, un collier de belles perles est-il d'un prix inestimable.

Ce qui donne aux perles ce reflet si vif et si suave qu'on nomme orient, n'est que le résultat de la combinaison de l'éclat de la nacre avec la courbure concentrique des lames infiniment minces dont cette substance est formée. On conçoit, d'après cela, pourquoi un morceau de nacre taillé en forme de perle n'a pas d'orient; c'est que ses lamelles, toutes parallèles, n'ont pas cessé d'être planes comme dans la coquille dont elles faisaient partie, au lieu d'être concentriques comme dans une vraie perle.

Quoique l'on trouve dans toutes les mers chaudes des coquilles perlières, c'est surtout au golfe Persique et près de l'isthme de Panama que l'on rencontre les plus riches bancs connus. Ceux de Panama appartiennent aux Anglais, qui en ont régularisé la pêche avec soin : le banc de Panama est divisé en dix parties, parce qu'il faut, dit-on, dix ans pour l'entier développement d'une huitre perlière.

A l'époque fixée pour la pêche, un grand nombre de barques, montées chacune par trois hommes et deux plongeurs, se rendent sur l'emplacement du banc. Les plongeurs, qui sont pour la plupart des nègres, s'attachent une pierre aux

pieds, et sous les bras une longue corde dont l'extrémité est
retenue dans le bateau ; ils portent, en outre, un sac ou filet
pendu au cou, et un couteau bien affilé pour se défendre au
besoin contre les requins qui infestent ces parages. Ils plongent au fond de l'abîme avec la rapidité de l'éclair, détachent promptement les plus grandes huîtres dont ils remplissent leur filet, puis, après un temps qui peut durer
jusqu'à quatre et cinq minutes, ils tirent la corde qui les
soutient pour avertir qu'on les retire. Ils apportent de quarante à cinquante coquilles à chaque immersion.

Les huîtres sont déposées sur la plage, dans des enclos
particuliers ; mais on ne les ouvre pas par force, de peur
le les briser : il faut les laisser mourir, et ce n'est même
qu'après que l'animal est tombé en putréfaction qu'on peut
facilement extraire les perles de leur coquille. C'est donc
du sein d'une horrible infection qu'on retire ces nobles
joyaux, qui doivent un jour briller au cou et sur les bras de
la plus belle moitié du genre humain, lorsqu'elle est assez
riche pour payer deux ou trois cents fois leur poids d'or, ces
gouttes d'humeur concrétée. Mais ce que nos belles dames
ignorent sans doute, c'est que, chaque année, cette pêche
coûte la vie à quelque quinze ou vingt hommes amputés par
les requins ou noyé par les décharges électriques des tor-
pilles, ces terribles piles vivantes qui semblent défendre
comme des gardiens jaloux les trésors de la mer.

Les perles les plus célèbres dont l'histoire ait conservé le
le souvenir, sont celles que possédait Cléopâtre ; ces perles
merveilleuses valaient chacune un royaume, au dire de Pline,
qui raconte à leur sujet cette petite histoire :

« Dans le temps qu'Antoine, épuisant chaque jour tous
les excès de la gourmandise, faisait charger sa table de mets
les plus recherchés, Cléopâtre, avec l'orgueil et l'impudence
d'une courtisane couronnée, plaisantait sur l'appareil et la
somptuosité de ses festins, et paria qu'elle dépenserait en
un seul repas dix millions de sesterces (2,250,000 fr.). Antoine accepta le pari, ne croyant pas que la chose fût possible. Le lendemain, jour de la décision, elle servit un souper magnifique ; car il ne fallait pas, après tout, que ce jour
fût perdu ; mais ce n'était qu'un des soupers ordinaires, et
Antoine déjà demandait d'un ton railleur qu'on produisît les
comptes.

— Ceci n'est qu'un accessoire, dit la reine d'Egypte, le
souper coûtera la somme convenue, et seule je mangerai les
dix millions de sesterces. Elle ordonne alors qu'on apporte
le second service. Les officiers qui étaient prévenus, ne pla-
cèrent devant elle qu'un vase rempli de vinaigre. Elle avait
alors à ses oreilles ces deux perles, merveille incomparable,
chef-d'œuvre vraiment unique de la nature. Tandis qu'Antoine impatient observe tous ses mouvements, elle en détache une qu'elle jette dans le vinaigre, et sitôt quelle est
dissoute, elle l'avale. Déjà elle porte la main sur l'autre,
mais le prudent Plancus, juge du pari, la saisit et prononce
qu'Antoine est vaincu. Celle qui fut sauvée n'a rien perdu
de sa célébrité ; après que cette reine, fameuse par un
triomphe si glorieux, fut tombée au pouvoir de César, on
scia cette seconde perle pour former deux pendants d'oreilles à la Vénus du Panthéon, et la moitié d'un de ses soupers fait la parure d'une déesse. » L'histoire est agréable,
sans doute, mais elle pèche en ceci seulement, c'est que le
vinaigre ne peut dissoudre instantanément les perles, et
qu'un acide assez fort pour opérer cette dissolution aurait
bien pu dissoudre aussi l'estomac de la belle parieuse.

C'est à la famille des huîtres qu'appartient la plus grande
coquille connue, le tridacne géant de la mer des Indes, qui
atteint souvent plus d'un mètre de diamètre, et dont le poids
dépasse parfois 150 kilogrammes. Les valves qui forment
les bénitiers de Saint-Sulpice sont des tridacnes ; ils furent
donnés à François 1er par la république de Venise. Ces mollusques sont attachés aux rochers par un byssus si fort,
qu'on est obligé de le trancher à coups de hache. On mange
leur chair, et un seul de ces animaux suffirait, dit-on, au
repas de quarante personnes ; mais cette chair est coriace
et indigeste.

Le peigne (*pecten Jacobœa*), rangé communément parmi
les huîtres, se trouve assez abondamment sur nos rivages.
Sa coquille, connue vulgairement sous le nom de *coquille
de Saint-Jacques* ou de *pèlerine*, est bien reconnaissable à
ses valves demi-circulaires, blanches teintées de roux,
marquées régulièrement de quinze à dix-huit côtes larges
et striées, qui se rendent en rayonnant du sommet vers les
bords, et aux deux oreillettes qui élargissent les côtés de la
charnière. Cette coquille est certes assez jolie pour attirer

l'attention, mais l'animal auquel elle sert d'habitation est bien autrement remarquable. Son organisation est semblable à celle de l'huître, et, comme cette dernière, il est complétement enveloppé dans son manteau; or, c'est justement ce manteau qui est digne de toute notre attention; remarquez qu'il est frangé par un ou deux rangs de filets très-fins, dont plusieurs sont terminés par de petits globules perlés de cou-

Fig. 19 — Peigne (1|2 grandeur).

leur verdâtre; eh bien, ces petits globules ne sont autre chose que des yeux; oui, des yeux! et un bon microscope vous fera voir que ces yeux sont protégés par des cils, comme ceux des mammifères, et qu'ils tirent leurs nerfs optiques du ganglion ventral. Vous ne vous attendiez certainement pas à rencontrer chez un mollusque, et surtout chez un mollusque sans tête, un rival d'Argus. Hâtons-nous de dire cependant qu'avec ses cent yeux, le peigne doit voir beaucoup moins que les animaux supérieurs qui n'en ont que deux. Ces organes sont en effet tout à fait rudimentaires, mais enfin ce sont bien des yeux, et c'est aujourd'hui un fait acquis à la science.

Le peigne est obligé de céder le pas à l'huître devant les gourmets; mais il reprend toute sa supériorité aux yeux du naturaliste, non-seulement à cause de son organisation, mais encore de ses habitudes. Le peigne est aussi vagabond que l'huître est sédentaire, bien qu'il n'ait pas comme les bucardes et les tellines un organe assez extensible pour lui servir de pied. C'est en agitant vivement ses écailles, comme les poissons font de leurs nageoires, que ce coquillage se meut avec agilité.

Ce n'est cependant pas aux merveilles de son organisation que le peigne doit son illustration, mais bien à la coutume qu'avaient les pèlerins de Saint-Jacques d'attacher ses coquilles à leur chapeau et au bord de leur pèlerine. La légende qui relate l'origine de cette coutume est assez singulière pour que nous la rapportions ici.

Après que saint Jacques eut subi le martyr à Joppé, dit la chronique, ses disciples recueillirent pieusement ses restes, et les déposèrent dans une nef, qui, sans matelots, les conduisit avec leur précieuse relique sur les côtes de la Galice. Comme ils approchaient du rivage, on célébrait de grandes fêtes et réjouissances en l'honneur du puissant seigneur de Maya, qui prenait femme. Or, tout le pays était encore plongé dans les ténèbres du paganisme. Tout à coup, au grand ébahissement des assistants, le cheval que faisait caracoler le noble païen auprès de sa jeune épouse, s'élança dans les flots et conduisit son maître auprès de l'embarcation qui portait le corps du saint. Mais la surprise du seigneur de Maya fut bien plus grande encore, lorsqu'il s'aperçut que lui et son cheval étaient couverts de coquilles comme les poissons d'écailles. Effrayé de ce prodige, le seigneur en demanda l'explication aux disciples du saint, et ceux-ci lui déclarèrent que Dieu manifestait ainsi sa puissance et le pouvoir qu'il accordait désormais aux reliques du saint apôtre d'opérer des miracles. Le noble païen se fit aussitôt baptiser ainsi que sa jeune épouse, et son exemple fut suivi par le plus grand nombre de ceux qui avaient été témoins du prodige.

Depuis ce temps, les coquilles restèrent comme un signe authentique des vertus de saint Jaques ; une chapelle d'abord, puis une riche cathédrale furent élevées pour contenir les reliques du saint, et le pèlerinage de Compostelle devint bientôt en plus grand honneur que tous les autres. La vente des coquilles, marque distinctive de ceux qui avaient accompli le pieux pèlerinage, devint une source de richesses, et comme la concurrence s'en mêlait, les papes Grégoire IX et Clément X accordèrent à l'archevêque de Compostelle le droit d'excommunier quiconque en vendrait de semblables. Aussi le saint eut-il bientôt une statue en or massif, autour de laquelle brûlaient chaque nuit mille cierges.

Tout le monde connaît les moules, et ceux qui ont visité nos côtes, ont pu les voir rassemblées en gros paquets sur tous les rochers, ou pendues en grappes nombreuses à toutes les poutres des estacades de nos ports ; aussi n'en ferons-nous pas la description. Mais ce que l'on connaît moins bien peut-être, c'est le moyen qu'emploient ces mollusques pour se fixer aux différents corps. Approchons-nous donc d'une de ces grappes, pour les examiner plus attentivement.

Vous observerez d'abord que toutes les moules sont attachées au rocher ou les unes aux autres par un grand nombre de petits cordages déliés; ce faisceau de petits câbles est ce que l'on nomme leur *byssus;* c'est une espèce de soie que file la moule et qui a la propriété de se consolider au contact de l'eau, comme la soie des chenilles et des araignées au contact de l'air. Mais en voici une qui travaille à s'attacher à cette pierre placée à fleur d'eau, observons ses manœuvres : Sa coquille est entr'ouverte; elle en fait sortir une espèce de langue fort souple qu'elle allonge et qu'elle raccourcit alternativement; elle en applique le bout contre la pierre et la retire aussitôt dans sa coquille, pour l'en faire ressortir un moment après. De la racine de cette espèce de langue partent des fils de la grosseur d'un cheveu; ces fils vont en s'écartant les uns des autres, et leur extrémité terminée par un petit empâtement est collée à la pierre. Ce sont autant de petits câbles qui tiennent notre moule à l'ancre; et elle emploie souvent plus de cent cinquante de ces petits cordages, longs de un à deux pouces, pour s'amarrer solidement.

Cette langue au moyen de laquelle la moule file et attache son byssus, est le même organe que celui dont les bucardes et les tellines se servent comme de pied ; seulement, comme les moules sont d'humeur peu vagabonde, elles ne l'emploient guère pour la locomotion.

Si, détachant avec précaution la moule de son rocher, vous l'ouvrez pour en examiner l'organisation plus à l'aise, vous verrez que de l'origine de la langue jusqu'à son extrémité s'étend une rainure qui la divise, suivant sa longueur, en deux parties égales. C'est un véritable canal, garni d'un grand nombre de petits muscles qui l'ouvrent et le ferment, et dans ce canal coulent une liqueur visqueuse qui est la matière des fils que tend l'animal.

Lors donc que la moule veut fixer un fil, elle allonge sa langue dont le bout s'applique contre la pierre ; la liqueur visqueuse coule dans le canal, s'y moule, et se colle par le bout à la pierre ; puis le canal s'ouvre dans toute sa longueur, abandonne le fil et rentre promptement dans la coquille pour en ressortir un instant après et attacher à côté du premier un nouveau câble. Le byssus de la moule est court et grossier ; mais une espèce de la Méditerranée, le jambon-

neau ou pinne marine file un byssus de sept à huit pouces
de long, fin et lustré comme la plus belle soie, et d'un beau
brun doré. Cette soie peut être tissée, et l'on en fait en Sicile
des étoffes dont le prix est en rapport avec la rareté.

On sait que les moules, lorsqu'on les mange, produisent
parfois tous les symptômes d'un empoisonnement; ces accidents ont été attribués, tantôt à une altération morbide de
'a chair des moules, tantôt au frai du mollusque, tantôt enfin
à la présence d'un petit crabe du genre pinnothère, et c'est
même ce dernier qu'on accuse le plus généralement de causer
le mal, bien qu'il en soit parfaitement innocent. Ne serait-
ce pas plutôt au frai de certains zoophytes caustiques qu'il
faudrait rapporter les accidents plus ou moins nuisibles qui
suivent parfois l'ingestion des moules, au temps où ce frai
nage sur la mer en quantité considérable et entre dans ces
coquillages. On sait en effet que plusieurs poissons qui se
nourrissent avec avidité de méduses et d'acalèphes, animaux
qui sécrètent des sucs d'une âcreté excessive,
n'en ressentent aucun effet, mais que leur chair
acquiert les propriétés urticantes des animaux
qu'ils ont mangés et devient vénéneuse pour
l'homme. Quoi qu'il en soit, l'éther ou même
l'eau-de-vie fait cesser tous les dangers de cette
nourriture, surtout après que l'on s'en est débarrassé à l'aide d'un vomitif.

Ces nombreux débris gris et blancs, coupés
carrément et aplatis, que l'on voit éparpillés sur
le sable, appartiennent à une coquille assez singulière qui, comme les bucardes et les tellines,
vit enterrée dans le sable; c'est le *solen*, que
l'on nomme vulgairement sur nos côtes *manche de couteau*, à cause de sa forme assez semblable en effet à celle de l'ustensile de ce nom.
Cette coquille est composée de deux longues
pièces creusées en gouttière, et réunies par des
membranes sur les côtés, mais ouvertes aux deux
extrémités; en sorte que le corps de l'animal est
comme enfermé dans un cylindre aplati; l'un

Fig. 20—Solen
couteau.

des ouvertures donne passage au pied, partie
charnue, cylindrique, allongée, susceptible de renfler au
bout en massue; l'ouverture opposée laisse passer le tuyau

respiratoire ou siphon qui est double comme les canons d'un fusil de chasse. Lorsque l'animal fait sortir ces deux organes hors de sa coquille, il ressemble, non plus à un manche de couteau, mais plutôt à cet instrument non tranchant qui rappelle les tribulations de ce pauvre M. de Pourceaugnac ; nous donnons ici, d'ailleurs, une figure fidèle de ce coquillage singulier.

Les solens vivent constamment dans le sable où ils s'enfoncent souvent à deux pieds de profondeur ; la position de leur coquille est alors verticale. Tous leurs mouvements se bornent à monter et à descendre dans leur puits ; car ils n'ont pas les facultés locomobiles de leurs confrères mineurs les bucardes et les tellines. Mais, bien que le théâtre de leurs voyages soit très-étroit, ils n'en déploient pas moins beaucoup d'activité.

Lorsque, dans les grandes marées, le flot laisse à découvert le sable qu'ils habitent, on aperçoit aisément leurs trous assez rapprochés les uns des autres, et on les distingue facilement de ceux creusés par les coquillages dont nous avons déjà parlé, car ceux-ci sont ronds, tandis que ceux des couteaux sont allongés, forme due à leur siphon bitubulé. Lorsque la mer s'est retirée, les couteaux se tiennent ordinairement au fond de leur trou, et les petits pêcheurs, armés de crochets de fer, leur font une chasse active ; car les couteaux se mangent, et sont en outre un excellent appât.

Mais il faut une certaine habitude pour harponner le couteau au fond de son trou, et je vais vous indiquer un moyen beaucoup plus simple pour l'en faire sortir : ce moyen infaillible, c'est de jeter dans son repaire une pincée de sel. Bien qu'il paraisse singulier qu'un animal vivant dans l'eau salée craigne le sel, le fait n'en est pas moins réel ; on voit au bout de quelques instants le mollusque monter vivement à la surface et sortir à moitié de son trou pour rejeter au dehors le sel dont il est couvert ; c'est le moment de le saisir ; mais il ne faut pas le manquer, sinon il rentre précipitamment dans sa retraite, et dès lors un boisseau de sel ne l'en ferait pas sortir. Il semble qu'il ait conscience du piège qu'on lui tend, car si l'on ne cherche pas à le prendre, lorsqu'il se montre la première fois au bord de son puits, il sortira aussi souvent qu'on lui jettera du sel.

Si après avoir tiré un solen de son trou, on le couche sur

le sable, on le verra bientôt travailler à se construire une
nouvelle galerie. De la partie inférieure de sa coquille,
l'animal fait sortir son pied charnu de la longueur d'un pouce
environ; il en allonge l'extrémité en pointe, le fait pénétrer dans le sable, puis le recourbe en crochet, et, saisissant
avec ce crochet un point d'appui, il tire à lui la coquille,
l'oblige à se redresser peu à peu et à descendre dans le
trou. Il fait alors sortir de nouveau son pied tout entier hors
de la coquille en l'enfonçant dans le sable, renfle son extrémité en boule et contracte ce muscle; la boule, pressée
fortement dans le sable, résiste plus à remonter que la
coquille à descendre ; celle-ci descend donc, et c'est un
premier pas que le couteau fait dans le sable ; il n'a qu'à
répéter les mêmes manœuvres pour s'enfoncer de plus en
plus. Veut-il remonter? il ne fait sortir que l'extrémité
renflée de son pied qu'il allonge en même temps ; celui-ci,
résistant à descendre, pousse alors la coquille vers le haut
du trou.

Nous avons vu déjà plusieurs mollusques percer le sable
pour s'y former un abri, et en cela il n'y a rien de bien merveilleux ; mais il en est d'autres qui pénètrent dans les corps
les plus durs, tels que les roches calcaires, le gneiss, le bois,
etc. Si l'on visite attentivement certaines parties de nos
falaises normandes ou bretonnes, dont le pied est presque
constamment baigné par les eaux de la mer, on les verra
percées d'une infinité de petits trous ronds ; ces trous sont
habités par des coquillages vivants, par des pholades. Si l'on
juge de la grosseur du mollusque par la dimension de l'ouverture par laquelle il est entré, l'on s'attendra naturellement à trouver dans la pierre un fort petit coquillage ; mais
lorsque, à l'aide d'un pic ou d'un marteau de géologue, on
détache une portion de la pierre habitée, on est frappé de
surprise à la vue d'un gros mollusque bivalve, de six à sept
centimètres de longueur. Il est logé dans une grande cavité
creusée en manière d'entonnoir ou de cône tronqué, et le
sommet du cône est dans ce petit trou que vous voyez à la
surface de la pierre. Comment un animal si mou a-t-il pu
parvenir à percer une pierre aussi dure? Comment a-t-il
pu passer par un si petit trou? Cette dernière question est
plus facile à résoudre que la première : ce trou est en effet
celui que le mollusque a percé dans la pierre lorsqu'il était

tout petit; mais comme il proportionne son travail au progrès de son accroissement, à mesure qu'il augmente en
volume, il creuse son trou plus profondément; de sorte
qu'au bout d'un certain temps, l'ouverture du trou est d'un
fort petit diamètre en comparaison de celui du fond, et si
elle lui a suffi pour entrer, elle ne lui permettrait pas de
sortir; ce que d'ailleurs l'animal ne tente jamais de faire.
Établi dans cette forteresse, à l'abri de ses ennemis, il y
passe sa vie, recevant avec l'eau de la mer les animalcules
dont il fait sa nourriture.

L'organisation de la pholade nous fera peut-être découvrir le moyen secret qu'elle emploie pour percer les pierres.
C'est un animal épais, allon-
gé, renfermé dans une coquille
ovale composée de deux valves
égales, mais ne fermant pas
entièrement aux extrémités.
Cette coquille est blanche,
mince, presque transparente
comme le serait une fine porcelaine réduite à l'épaisseur
d'une feuille de papier. La surface des valves est couverte
de stries qui se coupent comme dans une lime, de manière
à laisser entre elles de petites
pointes aiguës. Par l'ouverture antérieure de la coquille,
l'animal fait sortir ses tuyaux
respiratoires ou siphons.

Les pholades présentent une
autre particularité non moins
singulière que leur habitude
de se loger dans la pierre,

Fig. 21.— Pholade.

c'est leur phosphorescence : on voit suinter de leur corps
une matière très-brillante dans l'obscurité, et lorsqu'on les
plonge dans un bocal rempli d'alcool, la liqueur phosphorescente coule au fond du vase et y forme une couche lumineuse.

On a beaucoup discuté sur l'industrie minière des pholades : les uns veulent que ces mollusques excavent le roc
par le seul frottement répété de leurs coquilles raboteuses;

mais on leur a objecté que cette coquille, fragile et beaucoup moins dure que la pierre, serait usée la première; les
autres ont cru voir dans cet éclat phosphorescent dont l'a-
nimal brille dans l'obscurité, la preuve de la sécrétion d'un
acide phosphorique qui agirait comme mordant pour ronger
le roc; à ceux-là on a objecté que cet acide nuirait aux
mollusques eux-mêmes, et surtout à ceux qui les mangent,
puisqu'on mange les pholades.

Cependant, cette dernière objection nous paraît mal
fondée : en effet, cette sécrétion, quoique bien suffisante
pour attaquer le calcaire le plus compacte, peut ne l'être
pas pour nuire à la constitution des mollusques qui la produisent, ou à celle des personnes qui s'en nourrissent. Ne
voyons-nous pas le suc des oranges et de nos meilleurs fruits
(acide malique) ronger le marbre et dissoudre à la longue
les calcaires, bien que cependant ils ne nuisent en rien à
notre santé.

On peut d'ailleurs parfaitement admettre les deux causes
réunies, et supposer que la pierre, d'abord ramollie par
cette sécrétion acide, et peut-être bien aussi par l'action
même de l'eau de mer, est ensuite facilement désagrégé par
le frottement des coquilles de l'animal.

Les pholades sont recherchées par les habitants des côtes,
qui en sont très-friands et les désignent sous le nom de
dails.

Les Romains avaient une estime particulière pour ce mollusque qu'ils élevaient dans des piscines placées au bord de
la mer.

On rencontre sur nos côtes plusieurs espèces de pholades,
dont la plus commune est la pholade dactyle *(pholus dac-*
tylus) à coquilles cunéiformes, munies de trois pièces accessoires; une autre, la pholade scabrelle *(pholas candida),* à
coquilles plus allongées, et, sans pièces accessoires, perce
le bois et occasionne souvent de grands dégâts dans les constructions sur pilotis des ports.

Le taret, connu des marins sous le nom de *ver des navires,*
est un animal non moins remarquable que les pholades, et
malheureusement bien plus nuisible. Ce mollusque, con-
fondu autrefois avec les serpules ou vers à tuyaux, offre en
effet la forme d'un long ver blanchâtre, arrondi à sa partie
antérieure, mais privé de tête comme tous les mollusques

bivalves, et terminé en arrière par une sorte de queue bifurquée, qui n'est autre que le siphon bitubulé au moyen
duquel il aspire et rejette alternativement l'eau
qui baigne ses branchies et apporte à sa bouche
les molécules nutritives. La partie antérieure de
son corps est munie de deux petites valves triangulaires, épaisses, rugueuses et tranchantes sur
leurs bords. Cette coquille, qui n'occupe pas la
trentième partie de la longueur totale, ne sert
pas comme chez les autres mollusques, à protéger le corps; c'est l'instrument à l'aide duquel
le taret perce les bois les plus durs. Ici la forme
térébrante et limante de la coquille, sa solidité,
la nature du corps ligneux, l'état parfaitement
lisse du trou qui y est creusé, ne permettent pas
de douter que ce ne soit par une action toute
mécanique et nullement par le moyen d'une
sécrétion acide, comme chez les pholades, que
l'animal détruit la substance.

Fig. 22.
Taret.

A voir cette petite coquille, ce corps mou et
presque incapable de mouvements, nul ne soup-
çonnerait que le taret pût être à craindre; et
cependant ce chétif mollusque est pour l'homme
un ennemi redoutable. Demandez ce qu'ils en
pensent aux Hollandais, menacés vingt fois de périr sous
les flots, parce que les pilotis de leurs grandes digues
s'étaient rompus sous les attaques incessantes des tarets. Ces
animaux attaquent tous les bois submergés; en quelques
semaines, des madriers de chêne parfaitement sains sont
souvent perforés, vermoulus de telle sorte, qu'ils cèdent au
moindre choc. On a vu des navires couler en pleine mer à
la suite des voies d'eau déterminées par des trous de tarets.

Les galeries que percent ces mollusques sont plus ou
moins profondes, suivant la grandeur de l'animal et la durée
de sa vie; mais l'orifice en est toujours extrêmement petit.
A mesure que le taret croît, il creuse son trou et le tapisse
d'un enduit calcaire que secrètent les parties nues de son
corps.

Divers moyens ont été proposés pour combattre les ravages des tarets, et le doublage en cuivre des navires a pour
but principal de les protéger contre l'atteinte de ces ani-

maux destructeurs. Mais ce procédé est inapplicable aux
constructions sous-marines et aux magasins de bois submergés, et chaque année les chantiers des ports font des
pertes considérables. On s'est assuré que les bois qui ont
longtemps séjourné dans une dissolution de deutochlorure
de mercure (sublimé corrosif) ne sont plus attaqués par les
tarets ; mais ce traitement, appliqué en grand, deviendrait
beaucoup trop dispendieux.

M. de Quatrefages, membre de l'Académie des sciences,
après avoir étudié la question, a proposé, non-seulement de
détruire les individus, mais d'anéantir la race en l'empê-
chant de se reproduire. Les tarets n'ont pas, comme le plus
grand nombre des mollusques, le privilége d'être à la fois
mâle et femelle : chez eux les sexes sont séparés. Comme
dans les poissons, les femelles émettent leurs œufs, et ceux-
ci sont fécondés par la laite que répandent les mâles. Mais
si, par un moyen quelconque, on parvient à détruire les
germes fécondants avant qu'ils aient pu agir sur les œufs,
on empêchera à coup sûr le développement de ceux-ci.
C'est justement ce moyen qu'a trouvé le savant académicien :
par des expériences répétées, il s'est assuré qu'un demi-
millionième d'une dissolution mercurielle suffisait pour
rendre improductifs les germes du taret. Pour préserver les
bois de nos chantiers maritimes, il suffira donc de les placer
dans des bassins où l'on jettera de temps en temps quelques
poignées de perchlorure de mercure, ou même d'acétate
de plomb. Toute fécondation sera ainsi arrêtée, les œufs
périront avant d'éclore, et, par conséquent, au bout de
deux ou trois ans, l'espèce elle-même aura disparu des bassins. Il est vrai que ce moyen n'est applicable qu'aux bassins réservés, et non aux ports.

Les Anglais protégent les bois de leurs constructions sous-
marines en les garnissant de clous à large tête très-serrés
les uns contre les autres; ces clous sont rapidement oxydés
par l'action de la mer, et les intervalles du bois se couvrent
d'une couche de rouille, substance pour laquelle le taret
semble avoir une profonde aversion, car il n'attaque jamais
ce bois.

Si le taret est fort nuisible à l'homme, beaucoup d'autres
mollusques sont pour lui, comme on a pu le voir, d'une
grande utilité au point de vue de l'alimentation et des arts.

Leurs coquilles jouent, en outre, un rôle très-important
dans l'économie du globe : elle sont le principal intermédiaire que la nature emploie pour la formation d'un grand
nombre de pierres, et constituent parfois des terrains d'une
étendue considérable. Les coquilles couvrent la surface de
la terre, leurs débris remplissent son sein ; on les retrouve
dans les pierres les plus dures, comme dans le sable et les
terres molles ; le fond des mers en est parqueté, et la cime
des plus hautes montagnes en offre souvent des quantités
considérables aux yeux du voyageur étonné.

L'on sait que Voltaire, grand écrivain mais pauvre physi-
cien, voulant combattre ceux qui regardaient ces amas de
coquilles comme une confirmation du déluge universel,
prétendit qu'elles avaient été jetées là par hasard, à l'époque
où les pèlerinages étaient en vogue, par les pieux voyageurs
qui les rapportaient de la Terre sainte, comme s'il se fût agi
d'amas semblables aux petits tas d'écailles d'huîtres qu'on
jette devant les portes. Or, ces bancs de coquilles ont souvent plus de cent lieues d'étendue, et il existe en Touraine
une couche de ce terrain coquillier dont on estime le volume à dix millions de mètres cubes. Quelle armée de pèlerins il aurait fallu pour y faire un semblable dépôt !

Au point de vue de la science, les coquilles répandues
dans toutes les parties du monde et à toutes les profondeurs,
sont pour le géologue des signes qui indiquent avec préci-
sion l'âge relatif des divers couches qui les contiennent. Ce
sont, pour qui sait les déchiffrer, les caractères qui servent
à lire l'histoire de la terre dans les âges qui nous ont pré-
cédés.

Tous les mollusques que nous avons examinés jusqu'à
présent sont pourvus de coquilles univalves ou bivalves ;
mais il existe quelques espèces qui en sont complétement
privées. Tout le monde connaît par exemple la limace de
nos jardins ; c'est là un type de mollusque nu ou sans coquille, bien que son économie intérieure soit fort différente
de celle des mollusques nus marins. Ceux-ci offrent en effet
une organisation toute particulière : leurs branchies ou
organes respiratoires, au lieu d'être renfermées dans l'intérieur du corps ou abritées par une coquille, comme chez
tous les autres animaux de cette classe, s'épanouissent à
découvert sur le dos avec une apparente insouciance des

dangers extérieurs. Delà leur nom de *nudibranches*, c'est-à-dire à branches nues. Et plus on considère l'admirable et délicate contexture de ces organes si importants, plus on est étonné de cette apparente négligence de la nature à leur égard. Ils rampent d'ailleurs sur le ventre, comme les mollusques gastéropodes à coquille, et nagent renversés sur le dos en creusant leur pied en forme de bateau, et en s'aidant de leurs appendices en guise de rames.

On rencontre fréquemment sur nos côtes plusieurs espèces de mollusques nudibranches; mais il faut les chercher vers la dernière limite des basses eaux, sous les pierres ou dans les touffes de fucus; car ces animaux ont pour la plupart des habitudes nocturnes, et sortent rarement pendant le jour de leur retraite. Et encore aura-t-on de la peine à les reconnaître pour des nudibranches; car, dès qu'ils sont hors de l'eau, ils prennent une apparence gélatineuse et perdent leurs brillantes couleurs; mais replongez-les dans le liquide et ils reprendront tous leurs avantages.

L'une des espèces les plus communes, est le doris étoilé (*doris stellata*) long de trois centimètres; sa forme rappelle celle de la limace; son corps, d'un gris cendré, est parsemé en dessus de petits tubercules arrondis; il porte sur la tête quatre tentacules. Les branchies de ce doris, placées extérieurement vers la partie postérieure du corps, ont la forme

d'une étoile frangée. Un autre doris (*doris pilosa*) est jaune, couverte de papilles piliformes; les tentacules sont tuberculeux, et l'on voit en avant deux points noirs qui sont les yeux.

Fig. 23. — Doris étoilé.

Au premier printemps, les doris viennent par centaines sur les rochers pour y déposer leurs œufs; ceux-ci sont agglomérés dans une substance gélatineuse, en longs rubans, blancs, jaunes ou roses suivant les espèces et enroulés sur eux-mêmes comme un ressort de sonnette ou de montre. Le nombre des œufs d'une seule ponte s'élève à trois ou quatre mille, et comme ces mollusques font trois pontes par an, chacun d'eux produit donc de neuf à douze mille œufs; mais ce joli frai est exposé à tant de dangers, tant d'animaux marins en sont friands, qu'un très-petit nombre de germes arrivent à leur terme.

L'éolide que l'on rencontre rampant sur les fucus dont elle se nourrit, un petit mollusque limaciforme, dont les branchies palmées sont disposées par paires sur les côtés du corps. Ce joli petit nudibranche nage à la surface de la mer, le corps renversé, et se sert de ses branchies comme de nageoires.

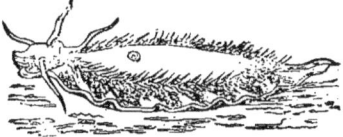

Fig. 24. — Eolide.

L'exploration des fucus qui végètent à la limite extrême des basses eaux, ou même de ceux que la vague a arrachés et jetés sur la grève, vous fera peut-être rencontrer un mollusque sans coquille des plus singuliers. Son apparence est celle d'une grosse limace ; mais son pied se redresse tout autour du corps en crêtes flexibles, comme une collerette tuyautée, et sa tête porte deux tentacules élargis et creusés comme des oreilles de quadrupède, ce qui lui a fait donner le nom vulgaire de *lièvre marin*. Son nom scientifique est *Aplysia depilans* ; le premier mot, tiré du grec, signifie saleté, et fait allusion à la liqueur d'un brun rouge foncé et d'une odeur nauséabonde que répand cet animal lorsqu'il est inquiété ; quant au second, *depilans*, il est latin, et se rapporte à cette vieille croyance que le contact seul de cet animal suffit pour faire tomber tous les poils du corps.

Cette réputation déjà passablement mauvaise, est cependant excellente en comparaison de celle que lui ont faite les écrivains anciens, et entre autres Pline : si l'on en croyait ce dernier, la liqueur que répand l'aplysie serait un poison des plus subtils, et sa vue seule causerait l'avortement chez les femmes enceintes. Mais vous pouvez approcher sans crainte de cette victime de la calomnie, tout au plus risquez-vous de vous tacher un peu les doigts, si vous tentez de vous en emparer L'aplysie dépilante est d'ailleurs un assez

X

joli mollusque; son corps, de couleur noire, est parsemé de taches nuageuses grises ; ses branchies, ramassées en gros bouquet, ne sont pas à découvert, mais renfermées dans une cavité située au milieu du dos, et que recouvre le manteau.

Deux autres espèces d'aplysies se rencontrent sur nos côtes, mais elles paraissent plus rares : l'une (*Aplysia fasciata*) est noire avec une bordure rouge tout autour du pied ; l'autre (*Aplysia punctata*) est d'une jolie couleur lilas semée de points verts.

CHAPITRE V

ŒUFS DES ANIMAUX MARINS. — CÉPHALOPODES

ŒŒufs des animaux marins. ŒŒufs de mollusques: œufs de seiche, ou raisin de mer; éclosion de la jeune seiche, ses mœurs; sépia, encre de Chine; une noire aventure. — Organisation des céphalopodes; le calmar, le poulpe; récits fabuleux sur cet animal; le poulpe kraken; ammonites; foraminifères et coquilles microscopiques; leur nombre prodigieux et leur rôle dans la nature; Paris bâti de ces coquilles. — ŒŒufs de poissons; fécondité extraordinaire de certaines espèces; comptabilité de la nature, balance, profits et pertes; œufs des squales et des raies.

Parmi les objets divers que la mer rejette sur la plage, les œufs de certains animaux marins ne sont pas les moins singuliers. Quelques-uns mêmes ont des formes si bizarres et tellement éloignées de l'idée qu'on se fait généralement de la forme d'un œuf, qu'il faut connaître les animaux qui les produisent, pour croire à leur véritable nature. Nous avons déjà parlé des rubans enroulés en spirale dans lesquels sont enchâssés les germes des doris, des groupes d'œufs en rosaces que couve la calyptrée et des longs filaments en forme de chapelets qu'abandonnent les aplysies au sein des eaux. Tous ces œufs sont plus ou moins en rapport avec les animaux qui les produisent; mais il n'en est pas de même de ceux des buccins. Ces mollusques, que nous avons décrit au chapitre précédent, enferment leurs œufs dans

Fig. 25.
ŒŒufs de buccin.

des capsules membraneuses, réunies en grappes dont le volume est parfois si considérable que l'on peut la supposer l'œuvre de plusieurs individus. Ces grappes de capsules, qu'on dirait faites d'un parchemin très-mince, sont fort communes sur toutes les côtes, surtout au printemps et au commencement de l'été. Celles qu'on recueille en mars et en avril renferment encore leurs œufs, plus tard leurs coques sont vides, et percées chacune d'un petit trou, indiquant la sortie de l'animal ; la grappe ressemble alors à un gâteau d'abeilles un peu froissé ; mais lorsque les cellules renferment leurs habitants, la nature de l'animal qu'elles contiennent se reconnaît facilement à travers l'enveloppe mince et transparente de la capsule.

La pourpre, si intéressante sous le rapport de la couleur qu'elle fournissait aux anciens, est également remarquable par la forme singulière de ses œufs. On trouve ceux-ci fixés aux rochers ou aux fucus ; chaque œuf est isolé et d'une forme allongée qui rappelle un peu celle du fruit de l'églantier ; il est muni, à sa base, d'un petit pédoncule par lequel il est attaché soit au rocher, soit aux œufs voisins ; car les premiers semblent ancrés à la pierre et destinés à servir de supports aux suivants, comme s'ils étaient grimpés sur les épaules les uns des autres. La figure que nous en donnons fera mieux comprendre notre description.

Fig. 26.
Œufs de Pourpre.

Ces grappes d'œufs peuvent être recueillies et transportées dans des herbes marines humides, pour être déposées dans l'aquarium. Si l'observateur a la bonne fortune de les voir éclore, il sera amplement dédommagé de ses peines par le spectacle curieux du développement de l'embryon : il verra d'abord sortir de l'œuf un singulier petit animal, transparent, assez semblable à un rotifère, et muni, comme lui, de deux larges expansions arrondies et garnies de cils vibratiles, qui agissent comme les roues d'un bateau à vapeur, et au moyen desquelles il nage librement dans les eaux.

On trouve assez fréquemment sur le rivage de la mer, des grappes de gros grains d'une substance molle et d'un brun pourpré, ressemblant assez pour la forme et la grosseur à des grains de raisins. Si vous demandez à quelque pêcheur de la côte le nom de cet objet, il vous répondra que ce sont des *raisins de mer* ; mais il est inutile de lui en demander plus long, vous l'interrogeriez en vain. Pour le pêcheur, tout ce qui ne se vend pas au marché est une vermine dont il s'empresse de débarrasser ses filets, et vous l'étonnerez fort en lui donnant quelque pièce de menue monnaie pour obtenir de lui cette vermine qu'il maudit, et qui offre cependant parfois des objets d'un grand intérêt pour le naturaliste.

Mais pour en revenir à notre raisin de mer, ce sont les œufs de la seiche. Chacun d'eux est porté par un pédoncule flexible, au moyen duquel ils sont tous reliés ensemble et fixés à quelque corps sous-marin. Si vous recueillez ces œufs au printemps, vous remarquerez probablement dans la grappe quelques grains plus clairs, plus transparents que les autres, et avec un peu d'attention vous distinguerez, à travers les minces parois de sa prison, le petit animal vivant et paraissant anxieux de sa délivrance. Vous pouvez l'aider, en fendant l'enveloppe de l'œuf, mais il vaut mieux déposer la grappe dans un vase de verre rempli d'eau de mer, avec

Fig. 27. — Œufs de Seiche.

du sable fin au fond, et attendre que le jeune animal prenne lui-même possession de la vie. C'est un spectacle fort réjouissant, je vous assure: on voit bientôt la coque se fendre dans le sens de sa longueur, et la jeune seiche sortir de sa prison en agitant ses petits bras. Elle a déjà la forme qu'elle doit conserver toute sa vie ; son corps est enveloppé d'une espèce de sac, duquel sort une grosse tête ornée de deux grands yeux rouges, et couronnée de dix bras ou ten-tacules. A peine débarrassé de sa coquille, le petit être fait le tour du vase, comme pour explorer sa nouvelle habita-tion; puis, lorsqu'il a trouvé une place à sa convenance, il se met en devoir de se creuser un trou dans le sable. Il commence son travail avec autant d'adresse et d'assurance que s'il exerçait cette industrie depuis des années : c'est au moyen du siphon qui sort par l'ouverture de son sac et sous la tête qu'il creuse son trou ; il en dirige l'orifice vers l'endroit qu'il a choisi, puis lance avec force une colonne d'eau contre le sable, que l'on voit se déplacer comme par enchantement. Lorsqu'il juge le trou suffisamment profond, l'animal s'y glisse à reculons et y reste immobile, attendant sans doute que quelque proie passe à portée de ses bras.

En explorant à marée basse les anfractuosités des rochers, on pourra trouver des seiches ayant atteint tout leur développement, c'est-à-dire mesurant près d'un pied, en comptant les bras qui font d'ailleurs à peu près la moitié de la longueur. La seiche commune (*sepia officinalis*) est en réalité un animal singulier, et l'on ne peut se défendre d'une certaine émotion lorsqu'on le voit pour la première

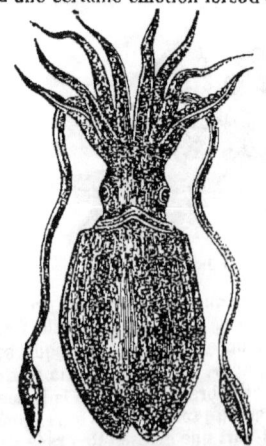

fois fixer sur vous ses gros yeux ronds et flamboyants. Comme nous l'avons vu dans la jeune seiche, le corps est enfermé dans un sac, bordé de chaque côté dans toute sa longueur, d'une nageoire étroite, et de ce sac sort une grosse tête, couronnée de dix longs bras ou tentacules flexibles comme les lanières d'un fouet, au centre desquels se trouve la bouche. Celle-ci est armée de deux mandibules d'une corne dure et tranchante comme un bec de perroquet et d'une langue hérissée de pointes. Ses bras sont garnis de nombreuses ventouses ou cupules rondes et creuses qui s'appliquent fortement sur les corps qu'ils touchent ; au fond de chacune de ces cupules est un muscle qui

Fig. 28. — Seiche.

remplit exactement la cavité, et que l'animal retire à
volonté comme un piston ; le vide se forme alors, et ces
ventouses adhèrent avec tant de tenacité, soit aux rochers,
soit aux corps saisis, qu'on arracherait plutôt les bras de
la seiche que de leur faire lâcher prise. C'est ainsi que
l'animal saisit sa proie ; il l'attire à lui, l'enlace de ses bras
nerveux de manière à l'étouffer, la porte à sa bouche et la
déchire de son bec acéré. Les seiches nagent à reculons et
avec vitesse au moyen du refoulement de l'eau par leur
siphon ; ils se servent aussi parfois de leurs bras comme
rames. Dans les bas-fonds, ils marchent la tête en
comme nos clowns.

Le corps de la seiche renferme deux objets fort sing
liers : l'un est un os plat et large en forme de feuille, qui l
traverse dans toute sa longueur. On rencontre très-fréquem-
ment sur la plage cet os, ou plutôt cette lame calcaire (car
elle est formée presque entièrement de carbonate de chaux).
Lorsqu'on ramasse un de ces objets, on est étonné de sa
légéreté, et, en le regardant de près, l'on voit qu'il n'offre
nullement l'organisation des os. Le corps de cette lame
n'est pas solide, mais formé d'une succession de feuillets
très-minces, réunis entre eux par des milliers de petits
piliers de la même substance, et d'une surprenante délicatesse. Cet objet, que l'on nomme vulgairement os de seiche,
se place dans la cage des petits oiseaux granivores pour
leur fournir les corps durs qu'ils recherchent à l'état libre ;
on l'emploie aussi pour fabriquer ces poudres dentifrices
que les marchands décorent du nom de poudre de corail

Le corps de la seiche renferme un autre objet non moins
digne de remarque : c'est une vessie pleine d'encre que
l'animal tient en réserve pour sa défense. Lorsqu'il est me-
nacé par quelque ennemi, il lance un jet de ce liquide, et
répand ainsi dans les eaux un nuage à la faveur duquel il
s'esquive, laissant son adversaire se débattre dans l'épais
brouillard qui l'environne. Cette liqueur desséchée fournit
une couleur brune employée dans les arts sous le nom de
sépia. On croyait même autrefois que cette substance devait
servir à la fabrication de l'encre de Chine, mais on sait aujourd'hui que cette dernière est simplement du noir de fumée broyé convenablement avec de la colle de poisson et
un peu de musc.

Cette dissertation sur l'encre de la seiche me remet en mémoire une petite aventure, dont je fus non pas le héros, mais simplement le témoin.

Il y a quelques années, à la veille d'une de ces grandes fêtes populaires, où les lampions et l'enthousiasme de la multitude affectent désagréablement les organes de tout homme délicat, je manifestai devant l'un de mes amis l'intention de fuir loin de Paris et d'aller passer la journée du lendemain à Boulogne.

Il me proposa de m'accompagner :

— Vous me ferez faire connaissance avec les populations marines, me dit-il, il y a longtemps que je projette cette excursion, et j'adopte d'autant plus volontiers Boulogne comme but du voyage, que j'y possède un oncle que j'ai fort négligé, et au souvenir duquel je ne serais pas fâché de me rappeler un peu.

Ce fut donc chose convenue, et je lui donnai rendez-vous pour le lendemain matin à la gare du chemin de fer du Nord.

A l'heure dite, je vis arriver mon compagnon de voyage dans un costume par trop peu marin : redingote noire, pantalon gris clair, gilet blanc et bottes fines vernies. Je le toisai des pieds à la tête d'un air peu satisfait; il s'en aperçut et me dit en souriant :

— Vous oubliez la visite que je dois faire à mon oncle.

— Ah ! c'est vrai, répondis-je, mais c'est que vous me faites rougir de mon propre accoutrement.

J'avais en effet un véritable costume de travail : de gros souliers, un vieux chapeau de feutre, une vareuse et un petit mac-intosh, comme en-tout-cas.

Pour parler le langage des voyageurs, je dirai donc : Nous partîmes, nous arrivâmes, nous déjeunâmes, puis nous nous dirigeâmes, etc., etc.

..... Nous arpentions la grève de sable fin et sec, mais sans pouvoir approcher du bord, trop humide pour les bottes fines de mon compagnon, que j'envoyais à tous les diables (les bottes), et je ne trouvais guère qu'une bucarde ensablée par ci, une étoile desséchée par là, quelques coquilles vides, quelques paquets de fucus, enfin des objets sans intérêt. Mais lorsque nous eûmes atteint la région des rochers, mon rôle d'initiateur prit plus d'importance; dans les trous des rochers remplis d'eau, il y avait des actinies, des étoiles vivantes, des mollusques et des crustacés de toute espèce.

En levant une pierre, sous laquelle il y avait de l'eau, je mis à découvert une magnifique seiche.

— Voyez, lui dis-je, voilà une seiche.

— Oh! s'écria-t-il en approchant, la vilaine bête avec ses gros yeux et ses longs bras visqueux..

Puis, pour mieux la voir, il s'accroupit sur ses jarrets, à deux pas de l'animal, et se mit à le considérer, tandis que de son côté la seiche fixait sur lui d'un air inquiet ses gros yeux étincelants.

— N'est-ce pas là l'animal qui fournit l'encre de Chine? dit-il.

— On l'a cru longtemps, mais quoique l'encre de Chine du commerce soit un produit de l'industrie, celle de la seiche ne lui cède en rien; car c'est avec l'encre des céphalopodes qu'il a étudiés, que Cuvier a écrit son mémoire sur ces animaux et dessiné les belles figures qui l'accompagnent; la nuance en est fort belle et paraît inaltérable.

En ce moment, mon compagnon taquinait avec le bout de sa canne l'animal, qui, comme s'il eût voulu appuyer mon dire en lui offrant un échantillon de ses produits, lui lança en plein visage un jet de la plus belle encre noire. Le liquide l'aveugla, et ruisselant sur sa figure, tacha horriblement sa chemise, son gilet blanc et son pantalon gris-perle. Il tira son mouchoir, en jurant comme un templier, s'essuya le visage du mieux qu'il pût, et se vengea sur le pauvre céphalopode en le pilant sous le talon de sa botte fine, et en accompagnant chaque coup d'une épithète désagréable :

— Tiens, sale bête! tiens, vermine! tiens tiens!

J'avais une bonne envie de rire, mais je me retins par pitié pour l'état de mon malheureux ami.

— Me voilà propre, dit-il enfin en se regardant, et moi qui voulais aller faire une visite à mon oncle, un homme qui est formaliste comme un avocat général, il n'y a pas moyen; c'est-à-dire que je n'oserai jamais retourner à Boulogne fait comme je suis. Affreuse seiche, va!

Je le laissai épancher sa bile tout à son aise, puis je l'engageai à boutonner sa redingote jusqu'au cou, afin de cacher

le désordre de sa toilette, m'efforçant de le consoler de sa
mésaventure; mais j'eus beau faire, l'encre de la seiche
avait obscurci son humeur en même temps que son gilet, et il
reprit tristement le soir même le chemin de fer pour Paris.

La seiche est encore un mollusque, mais comme on le voit,
aussi éloigné par les caractères extérieurs que par les
mœurs de ceux que nous avons observés précédemment.
La seiche est le type d'une classe particulière, celle des
céphalopodes (tête-pieds), caractérisés par les pieds ou les
bras qu'ils portent à la partie antérieure de la tête.

Cette classe renferme, outre les seiches, les poulpes, les
calmars et les nautiles. Plus favorisés que le reste des mollusques, et même que la plupart des poissons, les céphalopodes possèdent des sens beaucoup plus développés, et des
moyens de préhension et de locomotion plus puissants;
aussi dominent-ils en despotes sur les faibles populations du
littoral.

Ces animaux présentent une singularité, unique, croyons-
nous, parmi tous les êtres de la nature : ils ont trois cœurs!
Celui du milieu du corps pousse leur sang, qui est blanc,
dans des branchies en forme de feuille de fougère, placées
de chaque côté du corps; au sortir de ces branchies, le
sang, repris par le cœur particulier à chacune d'elles, est
renvoyé dans tout le corps à travers de nombreuses artères.
Mais, bien qu'ils aient trois cœurs, les céphalopodes n'en
sont pas plus sensibles pour cela; ce sont les plus violents
et les plus féroces de l'ordre des mollusques : véritables ty-
rans des espèces plus faibles qu'ils poursuivent et déchirent
souvent sans besoin; abusant, comme font presque toujours
les forts, des armes redoutables que leur a données la nature. Il est vrai qu'à leur tour, ils trouvent des ennemis
impitoyables dans les gros poissons, les cétacés, et même
dans l'homme, qui mange leur chair et s'en sert comme
appât de pêche.

Dans ces mêmes régions rocheuses où nous avons trouvé
la seiche, nous pourrons rencontrer le calmar (*loligo vulgaris*). Ce nom de calmar vient du latin *calamarium* (en-
crier), et fait allusion non-seulement à la vessie d'encre que
possède comme la seiche cet animal, mais aussi à sa lame
dorsale allongée, mince, transparente, ressemblant assez à
la barbe d'une large plume. La forme générale du calmar

est plus allongée que celle de la seiche, et son sac se dilate
de chaque côté en forme de nageoires vers le bas seulement. Son corps, d'un blanc grisâtre, est varié, sur le dos
surtout, d'une foule de petites taches rougeâtres.

Parmi les animaux nageurs, il en est peu de plus agiles
que le calmar; on le voit fendre l'onde avec la rapidité d'une
flèche, et s'élancer parfois hors de l'eau à plusieurs mètres
de hauteur.

Un membre de la famille des seiches et des calmars
joui dans ces derniers temps d'une grande célébrité.

La *Pieuvre*, puisqu'il faut l'appeler par son nom.

C'est au moins celui que lui donnent les pêcheurs des
îles de la Manche, car son nom véritable est le *Poulpe*.

Le poulpe (*octopus vulgaris*), habite également nos côtes;

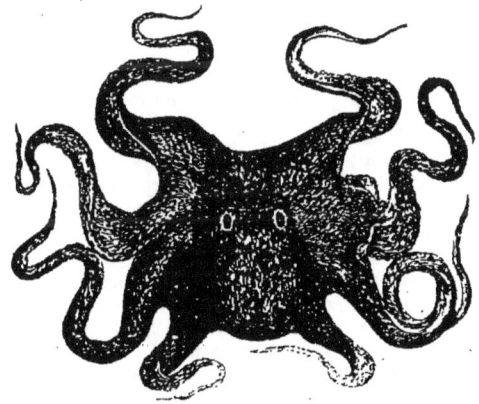

Fig. 29. — Le Poulpe.

sa forme est plus ramassée que celle de la seiche et dui
calmar, sa tête plus grosse, et il n'a que huit pieds au lieu
de dix. La lame calcaire de la seiche et la plume cornée du
calmar sont remplacées chez le poulpe par deux très-petits
corps durs allongés. Son sac, recouvert d'une peau ru-

gueuse, est dépourvu de nageoires latérales. Le poulpe n'a
pas les allures vives des seiches et des calmars ; il nage le
corps redressé, en étalant ses tentacules en rosace et en les
agitant, ce qui le fait avancer en tourbillonnant. Il rampe
sur les bas-fonds à l'aide de ses bras, qu'il fixe au sol, en
tirant son corps vers le point où ils sont attachés. Aussi ses
habitudes diffèrent-elles un peu de celles des autres céphalopodes. La seiche et le calmar poursuivent presque toujours leur proie à la nage tandis que le poulpe se cache dans
quelque fente de rocher pour y attendre le gibier en em-
buscade, comme font les araignées chasseuses ; puis lorsqu'un animal passe à sa portée, il jette rapidement ses bras
sur lui, l'enlace, le fixe au moyen de ses ventouses, et le
déchire de son bec crochu. D'autres fois, il s'enfonce dans
la vase, ne laissant sortir que l'extrémité de ses tentacules
qu'il agite doucement, et lorsque les petits poissons, amorcés par cet appât trompeur, s'approchent, le monstre levant
sa grosse tête, les saisit et les dévore.

Le poulpe est pourvu comme la seiche et le calmar d'un
sac à encre, mais ce liquide est chez lui moins abondant et
moins foncé ; il jouit en compensation, comme le caméléon,
de la merveilleuse faculté de changer de couleur avec la
rapidité de la pensée. A-t-il à craindre quelque ennemi, il
devient aussitôt gris, de blanc ou de purpurin qu'il était, et
à la faveur de cette nuance obscure et du trouble de l'eau,
il échappe à son adversaire en se glissant dans quelque
trou, ou sous quelque touffe de fucus.

Le poulpe ou la pieuvre est pour les pêcheurs de nos
côtes un objet d'exécration, comme la roussette, comme la
baudroie, comme tous les êtres enfin qui font tort à son
industrie et ne lui sont d'aucune utilité. Cet animal fait à
leur détriment une énorme consommation de petits poissons, de crustacés et de mollusques, et dès lors ils le considèrent, non comme un pêcheur de profession, gagnant
comme eux sa vie, mais comme un forban indigne de par-
don auquel il faut courir sus, et ils ne négligent aucune occasion de le détruire. De plus, le pêcheur est goguenard de
sa nature, et il prend un malin plaisir à raconter au bourgeois de ces histoires effroyables qu'on ne retrouve que
dans les vieilles traditions populaires.

Le poulpe est un des animaux sur lesquels on a débité le

plus de fables. Pline ouvre la marche, et donne à un animal de ce genre des proportions telles, qu'il ne pourrait passer par le détroit de Gibraltar. Malgré cette exagération digne du baron de Crac, Pline devait être surpassé, et cela en plein xviiie siècle, par le savant évêque Eric Pontoppidam, membre de l'Académie des sciences de Copenhague : suivant lui, le poulpe kraken des mers du nord est un animal formidable ; énorme comme une montagne vivante, il produit, quand il s'élève du fond de la mer, un bouillonnement semblable au maëlstrom, et, lorsqu'il s'enfonce, il cause un remous terrible qui engloutit les vaisseaux. Ses longs bras vont saisir le matelot jusque sur les plus hautes vergues des navires, et lorsqu'il ouvre sa gueule, comme un abîme immense, avec un rugissement horrible de faim, les baleines épouvantées s'y précipitent. Comme on le voit, le le savant évêque dépasse en imagination les plus habiles conteurs orientaux ; et cependant il s'est trouvé, au commencement de ce siècle, des écrivains qui ont admis la possibilité de pareils faits.

C'est ainsi que Denys de Montfort, dans un de ses ouvrages, après avoir reproduit cette histoire bouffonne, ajoute à l'appui de son récit une planche représentant ce lamentable événement, beaucoup plus digne de figurer sur le tableau d'un saltimbanque que dans un ouvrage sérieux.

Enfin, Victor Hugo, dans son roman, *les Travailleurs de la mer*, fait au poulpe, sous le nom de *pieuvre*, l'honneur de lui consacrer un long chapitre, mais c'est pour vouer l'infortuné mollusque à l'exécration du genre humain.

Où a-t-il pris son portrait de la pieuvre? je l'ignore ; mais ce n'est certainement pas dans les écrits d'un naturaliste, bien qu'il cite précisément Denys de Montfort avec éloge. Qu'il en fasse au moral le type de la férocité et de l'hypocrisie, qu'il dise de lui que c'est *de la glu pétrie de haine*, passe encore ; mais quand il aborde la description physique du céphalopode, cela devient plus grave.

D'abord il le compare à une foule d'animaux qui n'ont avec lui aucune espèce de rapport : « ..... Le buthus a des pinces, dit-il, la pieuvre n'a pas de pinces ; l'alouate a une queue prenante, la pieuvre n'a pas de queue ; le lion a des griffes, la pieuvre n'a pas de griffes ; le gypaète a un bec, la pieuvre n'a pas de bec..... »

Ici, je vous arrête, ô grand poëte! la pieuvre a un bec et un fort bec même; elle a un bec corné et tranchant comme celui d'un perroquet. Ce bec lui sert à briser l'enveloppe calcaire des crustacés et des mollusques dont il se nourrit, ce qu'il ne pourrait certainement pas faire avec ses ventouses.

Plus loin nous lisons : « La pieuvre a un orifice unique au centre de son rayonnement ! Cet hiatus unique, est-ce l'anus? est-ce la bouche? C'est les deux. La même ouverture fait les deux fonctions : l'entrée est l'issue. » Cela est aussi inexact que malpropre. La pieuvre a un orifice anal parfaitement distinct de l'orifice buccal, et débouchant au-dehors par le tube locomoteur. C'est ce que l'auteur eût pu voir dans tous les traités d'histoire naturelle, s'il eut daigné les consulter au lieu des fables ridicules de Montfort.

J'en passe et des meilleurs..... Quant au combat terrible soutenu par son héros Gilliatt contre la pieuvre, Dieu sait si les poulpes de nos côtes méritent une aussi mauvaise réputation, et si l'on court le moindre danger en cherchant à les capturer. Nous avons vu cent fois les pêcheurs de nos côtes prendre des poulpes qu'ils coupent en morceaux pour s'en servir comme appât. Le pêcheur est simplement armé d'un bâton terminé par un crochet en fer. Quand il a découvert le trou d'un poulpe, il y plonge son bâton en retournant le crochet qui s'enfonce dans les chairs de la bête, et il l'enlève hors de l'eau; puis, lui saisissant la tête, il la retourne comme un gant. Après quelques convulsions, les bras de l'animal se détendent et retombent inertes le long du bâton. Le monstre est mort. Les enfants eux-mêmes font la chasse au poulpe sans le moindre danger.

Jamais dans nos parages les poulpes n'atteignent de grandes dimensions. Ce qui paraît vrai, d'après le rapport de plusieurs navigateurs, c'est qu'il existe dans les mers tropicales d'énormes poulpes, *gros comme une barrique,* et dont la longueur, y compris les bras, peut atteindre trois ou quatre mètres. On comprend que ces monstres soient dangereux pour l'homme ; non qu'ils puissent les dévorer, mais parce qu'ils enlacent le nageur de leurs bras puissants, paralysent ainsi ses mouvements et l'entraînent sous l'eau, où il trouve infailliblement la mort.

Tous les céphalopodes ne sont pas nus ; il en est qui se fabriquent de jolies coquilles en spirale plate, tantôt revêtues d'une nacre étincelante, tantôt formées d'une porcelaine transparente et mince comme du papier.

Ce sont les argonautes, chantés par les anciens, comme ayant enseigné aux hommes l'art de la navigation. Oppien décrit la coquille comme un joli navire, portant en lui-même tous les attributs de l'art nautique, et l'animal comme un pilote habile se servant de ses bras comme de rames, et présentant au vent ses deux larges tentacules, comme les marins dressent leurs voiles. Il nous les représente, entraînés par la joie la plus vive à la vue des vaisseaux qui sillonnent les mers, les suivant à l'envi, se jouant à la proue de ces chars maritimes, et guidant les marins. Mais hélas !

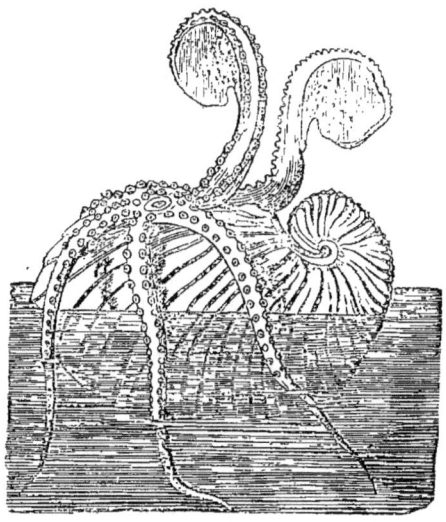

Fig. 30. — L'Argonaute.

ce poétique animal n'existe plus, ou plutôt il n'a jamais existé. La sévère observation a remplacé la riante fiction, et l'on sait aujourd'hui que l'argonaute est un animal fort voisin de la seiche, avec cette différence que la matière calcaire ne se trouve plus à l'intérieur comme la lame dorsale de cette dernière, mais qu'elle est sécrétée au dehors pour former la coquille.

Comme les autres céphalopodes, il se dirige à reculons, en refoulant l'eau au moyen de son siphon, et ne se sert de ses bras que pour saisir sa proie, ou pour ramper au fond de la mer, comme une araignée. L'argonaute ne visite d'ailleurs ni les côtes de l'Océan ni les plages de la Manche; celles de la Méditerranée jouissent seules de ce privilége.

Un autre genre de céphalopodes à coquille, dont la race est aujourd'hui perdue, est celui des ammonites dont on retrouve les restes à l'état fossile, en masses parfois tellement prodigieuses, qu'elles forment presque à elles seules certaines chaînes de montagnes. Ces coquilles, connues sous le nom de *Cornes d'Ammon*, à cause de la ressemblance de leur volute avec celle de la corne d'un bélier, varient pour la taille depuis la grosseur d'une très-petite tête d'épingle jusqu'au diamètre d'une grande roue de carrosse.

Si les proportions des tridacnes et de certaines ammonites sont bien faites pour nous étonner, la petitesse et surtout la multiplicité d'autres coquilles ne doivent pas moins frapper notre esprit. Si vous recueillez le sable qui s'amasse dans les crevasses des rochers baignés par la mer, ou même celui du fond à diverses profondeurs, vous le trouverez rempli de coquilles microscopiques de la forme la plus élégante, et le nombre en est parfois tellement considérable, qu'en certains points du littoral, il entre pour moitié dans la composition du sable.

Ces êtres, si petits que le microscope seul peut en dévoiler la structure, jouent cependant un rôle important dans la nature. Des couches de terrains de plusieurs lieues d'étendue sont exclusivement formées par l'agglomération de ces coquilles ou de leurs débris; tel est par exemple le calcaire grossier du bassin de Paris. On a calculé qu'un pouce cube de ce terrain renfermait environ cinquante-huit mille de ces petits tests, ce qui, pour un mètre cube, donnerait le nombre effrayant de trois milliards. On peut donc affirmer, sans crainte d'exagération, que tout Paris et la plupart des villages environnants sont bâtis avec les coquilles de ces animaux microscopiques.

La couche de craie blanche qui s'étend depuis la Cham-

pagne jusqu'en Angleterre, est remplie de ces petites coquilles, et c'est aussi d'une pierre formée de leurs débris,
qu'a été bâtie la plus grande des pyramides d'Égypte.
Ces petits êtres, presque insaisissables à la vue simple,
changent encore aujourd'hui le lit des mers, obstruent les
détroits, comblent nos ports, et forment avec les madrépores ces îles que le navigateur surpris voit surgir de loin
en loin au sein des régions chaudes du grand Océan; de
même qu'ils ont, à des époques antérieures à l'apparition
de l'homme sur le globe, comblé des bassins d'une étendue
considérable.

Les animaux qui habitent ces coquilles microscopiques
étaient autrefois classés parmi les mollusques céphalopodes;
mais grâce aux patients travaux de MM d'Orbigny et
Dujardin, on sait aujourd'hui que leur organisation les
rapproche des zoophytes, parmi lesquels ils forment une
classe à part sous le nom de foraminifères (du latin fora-
men, trou), à cause des nombreuses ouvertures dont leur
coquille est percée, et par où passent les filaments ou ten-
ticules qui servent à l'animal d'organes locomoteurs.

Mais si nous pénétrons dans ce monde nouveau et merveilleux que nous ouvre le microscope, nous serons frappés
de son immensité. A côté des foraminifères sont des millions de milliards d'infusoires animaux et végétaux qui sont
en quelque sorte les molécules constituantes de l'écorce
terrestre. Les diatomées, que leur cuirasse siliceuse rend
indestructibles, s'accumulent depuis le commencement du
monde au fond des mers; une goutte d'eau en contient
des milliers, et telle est leur abondance, que les plus
anciennes roches stratifiées et celles qui les suivent et se
forment encore aujourd'hui sous nos yeux, sont remplies et
quelquefois exclusivement formées de leurs dépouilles. Des
montagnes énormes sont bâties par leurs squelettes; à
quelque profondeur que descende la sonde, elle ramène
leurs carapaces mêlées au sable du fond; chaque fibrille
d'herbe marine en est couverte; chaque flaque d'eau
stagnante en est remplie; on les trouve répandues par milliards dans les glaces du pôle, et elles fourmillent jusque
dans les nuages de poussière que vomissent les volcans;
la terre, en un mot, n'est qu'une vaste catacombe de diatomées et de foraminifères. Et l'on ne sait ce que l'on doit

le plus admirer, ou de leur nombre prodigieux auprès
duquel pâlit celui des étoiles du ciel et des grains de sable
de la mer, ou de leurs formes tellement variées, tellement fantastiques, qu'elles défieraient l'imagination du des-
sinateur le plus fécond. Longtemps ballottées d'un règne à
l'autre, les diatomées ont été définitivement proclamées

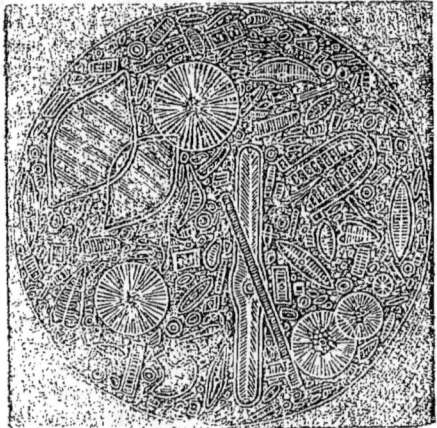

Fig. 31. — Diatomées fossiles de la craie vues au microscope.

membres du règne végétal; et si, comme les autres végétaux, elles ont la propriété de décomposer l'acide carbonique et de dégager de l'oxygène, quel rôle important
jouent dans la nature ces atomes organisés qui fournissent
ainsi à la respiration des animaux l'élément sans lequel
ils ne pourraient vivre.

Les détails de l'organisation d'êtres aussi petits échappent,
on le comprendra, à l'observation des plus habiles; mais
suivant toute probabilité, les foraminifères doivent pondre
des milliers d'œufs ou de gemmes presque invisibles aux
plus forts microscopes.

Nous voilà revenus à notre point de départ : les œufs.
Parmi les poissons et les autres habitants de la mer, il en

est beaucoup qui jettent leurs œufs près du rivage; aussi
en rencontre-t-on au printemps de grandes quantités qui
varient pour la forme et la grosseur; mais presque tous
sont petits et globuleux. L'œuvé d'un hareng fournit un bon
type de cette classe d'œufs, et leur quantité surprenante
explique comment, malgré le nombre prodigieux d'ennemis
qui font à ces poissons une guerre perpétuelle et toujours
heureuse, on voit chaque année leur légions innombrables
s'avancer dans nos mers.

Le savant et patient Leuwenhoëk nous apprend qu'une
seule morue peut pondre environ dix millions d'œufs, et en
admettant qu'un millième seulement de ces œufs arrive a
bon terme, on voit que la race des morues n'est pas
près de s'éteindre.

Les harengs, qui ne sont pas moins prolifiques que les
morues, paraissent dans la Manche en si grande quantité,
vers le mois de septembre, qu'ils ressemblent aux flots
d'une mer agitée. On n'est pas parfaitement édifié sur la
cause réelle de l'émigration de ces poissons, que quelques
naturalistes ont d'ailleurs niée. Ce ne serait point, dans tous
les cas, comme on l'a avancé, pour échapper à la poursuite
des baleines, des cachalots, et autres grands cétacés des
mers polaires, que les harengs et autres poissons voyageurs
viendraient tous les ans visiter nos côtes; pas plus que les
cailles et les hirondelles ne quittent nos régions chaque
année pour échapper aux éperviers et aux milans. La
principale cause de la migration des poissons est sans
doute le besoin de frayer; les œufs n'éclosant que dans les
eaux bien aérées et réchauffées par le soleil, leurs parents
se rapprochent des régions tempérées où leur progéniture
doit trouver les conditions les plus favorables à son développement. En outre, nos côtes fourmillent, à cette époque,
d'une quantité de vers, de mollusques et de petits poissons qui leur fournissent une nourriture aussi abondante
que délicate. De même que la douceur du climat et
l'abondance des productions de l'Italie attiraient sur l'Empire romain les hordes affamées des Barbares du nord, de
même la disette des mers polaires pousse sur nos côtes favorisées les bancs immenses des harengs. Lorsqu'ils sont bien
repus et qu'ils ont frayé, ils remontent vers le nord; mais
ls rencontrent alors les morues et autres poissons voraces

qui les attendent au passage et en font une consommation
prodigieuse.

Les morues, à leur tour, rencontrent des gaillards bien
endentés, tels que requins, cachalots, marsouins et autres
Gargantuas marins, sans compter quelques milliers de pêcheurs de toutes les nations, qui leur infligent la peine du
talion. Ce qui prouve la vérité de cet aphorisme, sinon la
richesse de la rime :

> Que parmi tous les animaux
> Les petits sont mangés des gros.

La nature trouve ainsi le moyen de satisfaire tous ces terribles appétits, et de maintenir en même temps un merveilleux équilibre entre la production et la destruction. Et s'il
n'est pas à craindre que les antiques races des harengs et
des morues viennent à s'éteindre faute d'héritiers, il n'y a
non plus aucun danger de voir ces prodigieuses lignées envahir l'empire des mers.

Les espèces destructives sont loin de se multiplier dans
la même proportion ; car, s'il en était ainsi, l'Océan serait
tranformé en un vaste champ de carnage, où bientôt le
combat finirait faute de combattants. Aussi, les œufs de certains gros poissons voraces, tels que les squales et les raies,
sont-ils confiés un à un à la mer. Mais les semant d'une
main moins prodigue, la nature n'a pas voulu qu'ils fussent
soumis aux mêmes chances de destruction que ceux qu'elle
jette chaque année par milliards au sein des eaux, et afin
de les préserver d'être le jouet des vagues ou de périr sur
le rivage, elle leur a donné une forme toute particulière.

On trouve fréquemment sur nos côtes, l'enveloppe vide
de l'œuf d'une espèce de squale, commune dans nos mers,
le squale roussette, connu vulgairement des pêcheurs sous
le nom de chien de mer. Cet œuf, d'une consistance cornée,
mais molle et élastique, ne peut être facilement brisé ni
pénétré. Sa forme générale peut être comparée à celle
d'une taie d'oreiller avec des cordons attachés aux quatre
angles. L'oreiller renfermé dans la taie est le jeune squale.
Les longs cordons ou appendices qui partent des angles sont
contournés comme les vrilles des plantes grimpantes et ont
a même destination ; ils servent à fixer les œufs au

algues, et les y maintiennent solidement ancrés de façon à défier la fureur des vagues. Afin que le jeune squale puisse respirer, l'enveloppe de l'œuf est percée à chaque extrémité d'un petit trou, par où l'eau passe en quantité suffisante, et lorsqu'il a atteint l'époque fixée pour sa délivrance, le bord supérieur de l'œuf, près duquel est située la tête du petit animal, se décolle pour lui livrer passage. Dès que le poisson est sorti, les bords élastiques se rejoignent, de sorte qu'à première vue on ne saurait dire si l'œuf est vide ou s'il renferme encore son habitant.

Plus fréquemment encore, on trouve sur la plage d'autres œufs d'une forme et d'une contexture assez analogues à celles du précédent; mais ceux-ci, au lieu des appendices entournés en vrilles, ont simplement les angles prolongés en pointe; ce qui leur donne quelque ressemblance avec un brancard

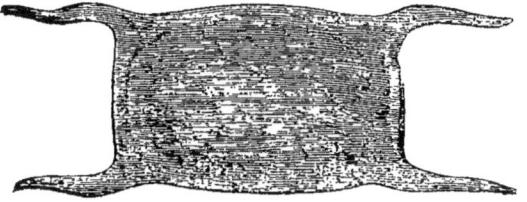

Fig. 32. — OEuf de Raie.

Ces œufs, de diverses tailles et d'un brun plus ou moins foncé, sont des œufs de raie; mais celui qui ne connaît pas leur véritable nature, serait vraisemblablement tenté de les prendre pour les fruits de quelque plante marine. Si l'on trouve l'œuf au printemps, il pourra contenir le jeune poisson, dont la figure est d'ailleurs aussi laide que celle de ses grands parents; sa longue queue est repliée sous la tête, et celle-ci est comme encastrée dans le corps plat qui s'épand de chaque côté en une large nageoire en forme d'aile. On voit la bouche, les narines et les ouïes ouvertes à la face inférieure, et les yeux placés à la face supérieure; c'est surtout cette séparation des organes de la face, qui donne à l'animal l'expression à la fois hideuse et grotesque qui le caractérise. Mais la forme du corps est merveilleusement adapté aux mœurs de ces poissons qui glissent lentement sur le fond de la mer, dont leur couleur les distingue à peine aux yeux de leur proie ou de leurs ennemis. Je me suis laissé dire par un voyageur gastronome que ces œufs pleins, cuits dans le bouillon en guise de *ravioli*, constituaient un mets délicieux. Cela se peut bien, et j'engage fort le lecteur à en faire l'expérience, pour peu qu'il tienne à connaître la vérité.

CHAPITRE VI

LES POISSONS

Combien de mystères impénétrables se cachent sous le miroir trompeur des eaux; combien d'étonnantes merveilles recèlent les profondeurs de l'Océan. L'homme ne songe point, lorsqu'il sillonne la surface des mers avec sa frêle embarcation, qu'il y a sous ses pieds de profondes vallées, de vertes prairies, des déserts sablonneux avec leurs oasis et leurs sources d'eau vive; que l'Océan a ses splendides forêts, ses jardins fleuris et ses riants paysages, à côté de ses rocs nus et brisés, de ses abîmes pleins d'horreur.

La vie abonde dans l'Océan, partout elle est répandue à profusion dans son sein. Près des rocs arides du Spitzberg, vers les plages inhospitalières de la terre Victoria, là où le sol ne produit plus même l'humble lichen; dans ces contrées glacées où l'ours polaire, où le renne lui-même ne sauraient trouver leur subsistance, la mer est remplie de fucus et de conferves au milieu desquels des myriades de petits êtres vivants passent leur existence. Sous des latitudes moins rigoureuses, le fond des mers est couvert d'antiques forêts, dont les tiges se rejoignent et s'entrelacent, formant d'épais fourrés, des berceaux de verdure; et au pied de ces forêts se déroule un tapis diapré de mousse et de petites plantes marines dont les riches couleurs et les formes élégantes ne le cèdent en rien aux végétaux terrestres. Sous ces dômes de verdure, dans ces prairies immenses se jouent des milliers de poissons, de mollusques et de zoophytes, dont les formes bizarres surpassent tout ce que l'imagination la plus riche pourrait inventer.

Et cependant ces riants paysages n'offrent qu'une apparence trompeuse de paix et de repos, sous laquelle se cachent l'agitation et les combats. A travers ces taillis épais, sous ces dômes de verdure, errent les bêtes fauves de l'empire aquatique, qui poursuivent leurs victimes dans l'abîme. L'Océan a ses races de loups, de tigres et de lions, qui arrivent à des proportions colossales et dévorent des générations entières de petits animaux. Les habitants des mers ne peuvent vivre que par la destruction ; c'est le sort du plus faible de devenir la proie du plus fort; là tous les êtres chassent perpétuellement, tuent ou sont tués. Et cette œuvre de destruction s'achève en silence ; nul cri de guerre ne se fait entendre, nul accent d'angoisse ne trouble l'éternel silence. Les combats s'engagent et se terminent dans un profond mystère. Parfois seulement on devine une de ces terribles luttes au sang dont se teignent les eaux, ou l'on trouve dans les filets des pêcheurs quelques-uns de ces vétérans portant les traces d'horribles blessures.

L'eau est le véritable élément du mouvement; ses habitants n'ont ni trêve ni loisir. Aucun animal n'est aussi mobile que le poisson; tantôt isolément, tantôt par bandes innombrables, les poissons errent continuellement; ils parcourent en tous sens les eaux, comme les oiseaux les airs; on les voit bondir, avancer, reculer, monter, descendre, se tourner en tous sens à leur gré; et leur agilité est si grande qu'elle a passé en proverbe.

Quelque rapide que soit le vol des oiseaux, la nage de plusieurs poissons ne leur cède pas en vitesse : on voit des requins suivre pendant plusieurs semaines des navires fins voiliers, les devancer en se jouant et sans efforts; le vol de l'aigle n'est pas plus rapide que la nage du thon; les saumons peuvent parcourir cent cinquante lieues en vingt-quatre heures, et franchir, en s'élançant hors de l'eau, des obstacles de plusieurs mètres d'élévation.

La grande mobilité des poissons n'exige pas d'ailleurs un

déploiement de forces aussi considérable qu'on le croirait :
le milieu qu'ils habitent, partout également dense, n'oppose
qu'une faible résistance à leur corps élancé, en forme de
coin, recouvert d'une peau lisse et glissante, et muni de
nageoires mues par des muscles puissants, qui prennent
attache sur une colonne vertébrale à la fois solide et souple.
La plupart de ces animaux sont en outre pourvus d'une
vessie aérienne remplie d'air, ou plutôt de gaz azote, qui paraît
communiquer avec l'estomac, et que le poisson peut dilater
ou comprimer à volonté, au moyen du jeu des côtes et de
certains muscles. S'il dilate cette vessie, il devient plus
volumineux, ou spécifiquement plus léger que l'eau, et
remonte à sa surface, tandis qu'il descend dans les profondeurs en la comprimant.

Malgré leur vigueur, leur agilité et leur puissante vitalité, les poissons ne sont pas favorisés de la nature, si on les
compare aux autres vertébrés, habitants de la terre et des
airs, aux mammifères et aux oiseaux.

En effet, l'organisation du poisson est très-restreinte ; ne
respirant que par l'intermédiaire de l'eau, c'est-à-dire ne
pouvant profiter pour revivifier son sang dans l'appareil
respiratoire que de la petite quantité d'oxygène contenue
dans l'air dont l'eau est imprégnée, son sang est resté froid.
De là, cette sensibilité engourdie, ces organes sensitifs en
partie atrophiés ; de là ce petit cerveau, composé de cinq
ou six tubercules comme noyés dans une sorte de mucosité
cérébrale ; ces nerfs moins destinés à la sensibilité qu'à faire
contracter et mouvoir les muscles de son corps.

Les poissons sont, en réalité, ceux qui, de tous les animaux vertébrés, donnent le moins de signe de sensibilité.
Un requin auquel un harpon arrache un lambeau de chair
en paraît à peine affecté et n'en poursuit pas sa proie avec
moins d'ardeur ; une anguille, une carpe, coupées par tron-
çons, se contractent et palpitent longtemps encore, tandis
que la moindre de ces blessures ferait périr un quadrupède
ou un oiseau ; c'est que leur sensibilité froide et lente s'é-
coule, s'épuise faiblement et presque sans douleur. Il semble
que la nature n'ait pas voulu que des animaux si exposés à
la destruction en sentissent trop douloureusement les
atteintes.

Le poisson, réduit à un très-petit nombre de sensations

6

et de besoins tels que ceux de la nourriture et de la reproduction, n'a de facultés que pour remplir ces fonctions purement matérielles. On ne trouve chez lui aucune trace
d'intelligence, et sa physionomie même est empreinte du
sceau de la stupidité.

Les yeux, ces miroirs de l'âme, qui chez l'homme reflètent
la pensée et le sentiment, les yeux sont éteints chez le poisson, et ceux de la carpe sont passés en proverbe pour dési-
gner un regard hébété. La vue doit être cependant le sens
le plus parfait chez les poissons; nageant la plupart avec
rapidité, il leur est nécessaire de jouir d'une vue fort étendue, car une vue courte les forcerait à nager lentement et
avec précaution, de crainte de se briser contre les rochers,
ou de ne pouvoir éviter la dent meurtrière de leurs ennemis. Mais les autres sens existent à peine chez eux. Toujours
cuirassés ou emprisonnés dans une peau écailleuse, ils ne
peuvent guère avoir la sensibilité du tact; ne pouvant se
nourrir qu'en poursuivant à la nage une proie qui nage
elle-même plus ou moins vite, n'ayant d'autres moyens
pour s'en emparer que de l'engloutir, un sentiment délicat
des saveurs leur aurait été inutile; leur langue immobile,
osseuse, ou hérissée de dents, presque dépourvue de nerfs,
ne peut servir à la sensation du goût. L'organe de l'ouïe doit
être bien plus imparfait encore; l'oreille, toute logée dans
le crâne, sans issue extérieure, n'a rien de commun avec
ce qu'on nomme les ouïes ou les branchies, organes de la respiration. Muets et condamnés à vivre dans l'empire du silence,
ce sens leur était à peu près inutile. Leur odorat ne peut
être exercé comme dans les animaux qui, respirant l'air,
ont sans cesse les narines affectées par les effluves des
corps; ce sens existe cependant chez eux, puisque les pêcheurs les attirent au moyen de diverses substances odo-
rantes.

Les amours des poissons sont froides comme eux; il n'y
a presque nulle relation entre les sexes chez la plupart
d'entre eux. A une époque déterminée, suivant les espèces,
le plus souvent au printemps, les femelles se rapprochent
des rivages et déposent leur frai sur les grèves sablonneuses exposées au soleil; puis viennent les mâles, qui
arrosent de leur laite et fécondent ces œufs dont ils ne
connaissent pas la mère, et dont ils ne verront pas les

produits. Les poissons n'ont presque aucun instinct conservateur de leur progéniture ; les plaisirs de la maternité leur sont étrangers, à ce point même, qu'on a vu de ces mères dénaturées dévorer quelquefois leurs propres œufs. ∽

Bien que les poissons forment la portion la plus considérable et la plus importante de la population des mers, il n'en est qu'un fort petit nombre d'espèces que le naturaliste puisse observer. Ce n'est qu'en les élevant dans des viviers, ou en recueillant ce que les pêcheurs ont remarqué dans leurs expéditions, que l'on a appris le peu que l'on sait des mœurs de ces animaux. La pêche ne nous fournit guère que les poissons qui vivent près des côtes ou à la surface des mers ; tout le reste nous échappe, et il en est peut-être un très-grand nombre d'espèces qui demeurent toujours cachées dans les gouffres de l'Océan.

Comme tous les autres animaux, les poissons ont des habitudes et un climat particulier à chaque espèce. Les uns, constamment sédentaires, ne quittent point le lieu qui les a vus naître, tandis que les autres exécutent périodiquement chaque année des voyages plus ou moins longs. Ceux-ci ne se rencontrent que dans les endroits rocailleux du littoral, ceux-là ne vivent que dans les eaux pures de la haute mer ; il en est qui habitent les herbages et les fonds vaseux, tandis que d'autres se plaisent et s'enfouissent dans le sable ; plusieurs aiment les eaux tranquilles, tandis qu'un grand nombre recherchent les courants occasionnés par les rivières ou l'agitation de la marée ; il en est enfin qui sortent de l'eau salée, remontent dans les fleuves et fournissent par là aux habitants de l'intérieur une partie des productions de la mer.

N'est-il pas merveilleux de voir l'homme, qui peut tout au plus subsister quelques secondes sous l'eau, réussir, par une infinité de moyens ingénieux, à s'emparer des poissons qui habitent un élément si opposé à sa nature ? Qu'il poursuive et force le gibier sur son propre terrain, qu'il le perce le ses traits ou de ses balles, rien de plus naturel ; mais il semble que les poissons sont séparés du pêcheur par une barrière impénétrable, et que, retirés au fond des eaux, ils soient à l'abri de toute atteinte. Il est vrai que si l'homme n'a ni les jambes du cerf, ni les ailes de l'oiseau, ni les nageoires du poisson, il a l'intelligence en partage, et sait inventer une foule de moyens pour surmonter toutes les difficultés.

Les premiers habitants du littoral durent d'abord remarquer que la mer, en se retirant, laisse dans les bassins naturels que forment certains rochers des flaques d'eau, dans lesquelles restent emprisonnés les poissons qui n'ont pas suivi le retour de l'eau ; ils virent qu'il était très-facile de les y prendre même à la main, et ce fut là le point de départ de l'art de la pêche.

En effet, de là à former artificiellement de ces sortes de réservoirs en pratiquant des enceintes à claire-voie, d'abord avec des pieux plantés dans le sable, puis plus tard avec des filets, il n'y avait qu'un pas. En faisant ces pêches primitives, on remarqua que plusieurs espèces de poissons s'enfonçaient dans le sable, et à chaque marée basse, on retourna celui-ci pour s'emparer des animaux qu'il recelait.

Peu à peu, les pêcheurs s'enhardirent, et ce fut probablement sur le modèle du poisson que fut construite la première barque. Devenus plus industrieux, les hommes abandonnèrent les bords de la mer, pour se porter au large, et chercher les habitants des eaux jusque dans les profondeurs de leur propre élément : tantôt labourant le fond de la mer avec des dragues, tantôt tendant de vastes filets pour arrêter les poissons qui nagent entre deux eaux, ou bien distribuant dans la mer une immense quantité d'hameçons amorcés d'appâts sur lesquels se jettent les poissons naturellement voraces. Puis enfin on organisa ces grandes pêches, dans lesquelles, chaque année, des flotilles de bateaux montés par de hardis matelots, s'en vont arrêter au passage les bancs des poissons voyageurs, pour les répandre par millions sur toute la terre, comme une manne céleste.

Suivons donc nous-mêmes l'exemple des premiers pêcheurs, en explorant les flaques d'eau salée et les bassins que forment les rochers du rivage

Dès que l'on s'approche d'un de ces réservoirs, une foule de petits animaux se mettent en mouvement, se croisent en tous sens avec une rapidité telle qu'on ne saurait distinguer tout d'abord ni leurs formes ni leur nature. Mais quelques minutes de patience et d'immobilité feront tout rentrer dans l'ordre, et vous pourrez distinguer alors, au milieu d'un grand nombre de petits crustacés (crevettes, talitres, etc.), dont nous parlerons plus loin, quelques jolis petits poissons pleins de vivacité. Cette vivacité jointe souvent à la largeur et à la profondeur des flaques qu'ils habitent, rendrait leur capture difficile, même à la main la plus habile, si le degré de civilisation auquel nous sommes parvenus comme pêcheurs ne nous permettait d'employer une foule de petits engins très-commodes. Si l'on est muni d'un simple filet de gaze, semblable à celui dont on se sert pour prendre les papillons, ou mieux encore d'une trouble (1), qui offre plus de solidité, on s'emparera facilement des animaux que l'on convoite ; et en les déposant dans un bocal de verre rempli d'eau de mer, on pourra les examiner tout à son aise.

Le poisson qui se présente le plus communément dans ces petites mares est la blennie (*blennius pholis*); c'est un petit poisson de quatre à cinq pouces de long (treize centimètres), au corps allongé, à la tête obtuse, présentant un profil presque vertical ; sa peau molle et sans écailles apparentes, est toujours enduite d'une mucosité qui lui a valu sur nos côtes le surnom de baveuse, que rend son nom scientifique *blennius*, tiré du grec. Sa couleur est très-

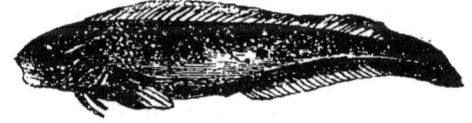

Fig. 33. — Blennie.

variable, et l'on en voit depuis le vert clair varié de jaune et pointillé de brun, jusqu'au vert olive varié de noir ; mais ce que l'on retrouve dans tous, ce sont de grands yeux brillants, entourés d'un anneau de beau rouge cramoisi.

On rencontre les blennies par petites troupes, nageant et

(1) La trouble est un file en forme de poche, à mailles très-serrées, dont l'embouchure est attachée au bout d'un cercle de bois ou de fer qui s'emmanche au bout d'un bâton.

sautant dans les flaques d'eau des rochers. Ce petit poisson tient parfaitement sa place dans un aquarium, et ne s'y laisse point mourir de faim, car il va souvent chercher sa proie jusqu'entre les dents des autres animaux. Il est d'ailleurs très-robuste, et si vivace, que j'en ai vu vivre plus de vingt-quatre heures hors de l'eau, ce qui rend son transport très-facile. Lorsqu'on veut le saisir, il s'agite violemment et cherche même à mordre; cette vivacité, jointe à la mucosité qui couvre sa peau, fait qu'on le retient difficilement dans la main.

On rencontre avec le pholis, mais moins abondamment, une autre espèce de blennie de même taille; sa couleur est un gris roussâtre, marqué sur le dos de taches brunes, ses nageoires inférieures sont nuancées de jaune.

Ce petit poisson, connu des pêcheurs sous le nom de loquette, a reçu des naturalistes celui de *blennie vivipare*. Bien que toutes les blennies paraissent avoir la faculté, bien rare chez les poissons, de produire des petits vivants, l'espèce dont nous parlons en ce moment est celle chez laquelle ce phénomène remarquable a été le mieux observé. La femelle porte ses petits pendant tout le printemps et l'été, et ce n'est qu'à l'automne qu'elle s'éloigne des côtes et se retire dans les eaux profondes pour mettre bas. Le nombre de ces petits est souvent considérable; au moment de leur naissance leur taille est de vingt-cinq à trente millimètres de longueur, et leur corps est tellement transparent, qu'à l'aide d'une forte loupe, on y peut observer la circulation du sang.

Les blennies ne sont pas à vrai dire vivipares à la manière des mammifères; elles sont *ovovivipares*, c'est-à-dire que, comme les vipères, elles ont des œufs qui éclosent dans leur propre sein avant d'avoir été pondus. Une autre particularité singulière qu'offre ce petit poisson, c'est que ses os ou arêtes sont de couleur verte, au moins après la cuisson, ce qui l'a fait appeler *green bone* par les Anglais.

Une troisième espèce de blennie se rencontre souvent en compagnie des deux précédentes, dont elle se distingue d'ailleurs facilement par sa taille presque double de la leur et par sa coloration. Son corps très-allongé et comprimé est d'un gris roussâtre, plus brun sur le dos, presque blanc sous le ventre, et, ce qui la fera distinguer facilement de toute autre espèce, elle porte sur l'épine dorsale, le long de la base de la nageoire, une dizaine de taches ocellées à centre noir entouré d'un cercle blanc; ce cercle blanc manque cependant chez beaucoup d'individus. Le nom de cette blennie est gonnelle (*blennius gunnellus*); elle est aussi vive que ses congénères, et fait, lorsqu'on veut la saisir, des bonds prodigieux. Bien qu'elle ait une vitalité moins persistante que le pholis, elle peut vivre encore cinq ou six heures hors de l'eau.

Les habitants des côtes ne mangent pas ces poissons, peut-être à cause de leur aspect visqueux; mais les oiseaux de mer, beaucoup moins délicats, en font une grande consommation.

Dans ces mêmes petits bassins rocheux que fréquentent les blennies, s'ébattent d'autres petits poissons fort curieux à observer.

En voilà dont le corps, à peine long de cinq à sept centimètres, est teinté de gris pointillé de brun, avec une tache noire ronde vers le bord de la première nageoire dorsale; d'autres, de même taille, sont teintés de roux maillé de noir et portent deux taches noires de chaque côté du corps, l'une placée derrière la nageoire pectorale, et l'autre à la base de la caudale.

Si vous interrogez les pêcheurs de nos côtes, ils vous diront que c'est de la *menuise*, mot qui semble correspondre à celui de fretin; d'autres les nomment des *buhottes*; mais pour le naturaliste, l'un est le gobie à une tache (*gobius minutus*), l'autre le gobie à deux taches (*gobius bipunctatus*). Ces petits poissons sont très-vifs; ils établissent leur demeure sous quelque grosse coquille ou dans quelque petite touffe d'herbes marines, et de là guettent les petits animaux qui passent à leur portée, s'élançant comme un trait sur leur proie et l'emportant dans leur repaire; ce sont surtout les petites crevettes qui font les frais de leur repas.

Les gobies offrent un détail de conformation assez curieux : leurs nageoires ventrales sont réunies en un seul disque creux formant l'entonnoir, et l'animal peut s'en servir comme d'une ventouse, pour s'attacher aux parois des rochers au milieu desquels il vit, ou contre le verre de l'aquarium; et il est même fort curieux de voir, dans ce dernier cas, avec quelle rapidité le gobie se fixe de cette façon.

Une autre espèce de gobié, plus grande que les précédentes, car elle atteint quatre à cinq pouces (dix à treize centimètres), est le boulereau ou goujon de mer (*gobius niger*); sa couleur est un brun olivâtre, varié de bandes plus claires, avec les nageoires dorsales bordées à la partie antérieure d'un liseré blanchâtre; il porte au-dessous de l'œil six lignes verticales formées de points saillants et serrés. Ce petit poisson a des mœurs tout à fait remarquables; mais il a malheureusement un grand défaut qui doit faire repousser son admission dans l'aquarium, ce défaut est celui d'homœophagie, ou, pour parler français, l'habitude indélicate de manger ses semblables, ou tout au moins ses congénères les gobies tachetés, et beaucoup d'autres animaux plus faibles que lui.

Fig. 24. — Boulereau.

Si l'on en croit le naturaliste Olivi, ce petit être aurait cependant des vertus qui s'allient mal avec sa férocité; car il serait le modèle des époux et des pères, vertus d'autant plus remarquables qu'elles sont bien rares chez les poissons. D'après les observations d'Olivi, car je n'ai jamais eu le bonheur de pouvoir les faire moi-même, le gobie noir, lorsque le moment de la ponte s'approche, va chercher des brins de fucus et d'herbes marines qu'il foule avec son corps et son museau, et il en fait une espèce de nid. Lorsque son travail est terminé, il va chercher les femelles prêtes à pondre, les amène à son nid et se charge seul de soigner le frai qu'elles y déposent. Quand les petits sont éclos, il les défend avec énergie, les guide à travers les eaux, et ne les abandonne que lorsqu'ils sont devenus assez forts pour suffire aux besoins de leur propre conservation. On sait que l'épinoche de nos eaux douces a des mœurs analogues.

Dans ces mêmes bassins naturels, parmi les herbes marines, glissent d'autres petits poissons dont les mouvements souples et agiles font étinceler au soleil leurs écailles d'argent. Les pêcheurs de nos côtes les confondent avec d'autre fretin sous le nom de *blancaille*, et ceux du midi les appellent *nonnat*, mot expressif dérivé sans doute du latin *non natus*, comme qui dirait à peine nés, à cause de leur taille exiguë. Le plus répandu, et en même temps le plus remarquable de ces lilliputiens de la mer, est celui que les pêcheurs désignent sous les noms d'argentine, de prêtre, d'abusseau, suivant les localités, et les naturalistes par celui d'*atharina presbyter*. C'est un joli petit poisson de deux à trois pouces (cinq à huit centimètres), à corps allongé, verdâtre en dessus, blanc en dessous, avec une belle bande d'argent le long des flancs. C'est cette broderie d'argent, ressemblant à celle d'une étole, qui leur a fait donner le nom de prêtre.

Les athérines se rencontrent en troupes souvent considérables au premier printemps et vers la fin de l'été le long des côtes, où on les pêche au moyen du carrelet, filet quadrangulaire dont nos pêcheurs d'eau douce se servent sous le nom d'échiquier. Leur chair est très-délicate, et l'on en fait d'excellentes fritures; mais le poisson meurt aussitôt qu'on le tire de l'eau et se corrompt très-vite. Dans certaines rivières du nord de la Bretagne, les athérines remontent en si prodigieuse quantité pendant les mois de mars et d'avril, qu'ils sont une véritable manne pour le pays dans ce temps de carême.

Si l'on soulève avec précaution les touffes de fucus ou d'herbes vertes (enteromorphes) qui garnissent souvent les bords des bassins creusés dans le roc par les mains de la nature, et surtout si ces bassins ont une certaine étendue en surface et en profondeur, l'on pourra découvrir un singulier poisson ; il est long de vingt-cinq centimètres environ, deformes lourdes et disgracieuses ; sa tête, d'une grosseur disproportionnée, est couverte de tubercules et d'aiguillons, et porte à son sommet deux gros yeux flamboyants très-rapprochés l'un de l'autre; la gueule, horriblement fendue jusque sous les yeux, montre des dents longues et aiguës; son corps, qui diminue progressivement de grosseur jusqu'à la queue, est recouvert d'une peau molle et lâche toute hérissée de petites verrues épineuses qui lui donnent un aspect hideux et repoussant. Ce poisson est, pour les naturalistes, le chabot de mer ou chaboiseau (*cottus scorpius*), mais les pêcheurs lui ont prodigué les noms les plus injurieux ; sur nos côtes on l'appelle diable, crapaud de mer, scorpion de mer ; les Anglais sont allés plus loin encore en lui donnant le nom de *father's lasher* (qui frappe son père), comme si des traits si hideux devaient être l'indice des vices les plus affreux.

Lorsqu'on fait mine de saisir ce poisson, il gonfle la membrane qui recouvre ses ouïes, ce qui augmente encore le

Fig. 35. —Chabot de mer.

volume de son énorme tête ; il agite ses nageoires armées d'aiguillons acérés, se hérisse en un mot de dards formidables, et fait entendre un bruit sourd et menaçant, qui ressemble assez au grognement d'un chien.

On a attribué ces bruits, que font entendre certains poissons, au mouvement de l'air que contient leur vessie natatoire, mais ce ne peut être ici le cas, puisque le chabot de mer en est privé. Les pêcheurs ne le touchent d'ailleurs jamais ; car, outre qu'ils redoutent beaucoup la piqûre de ses aiguillons qu'ils regardent comme venimeux, sa chair est immangeable. C'est au reste un poisson vorace et solitaire, qui attaque et déchire tout être plus faible que lui, et c'est pour mieux surprendre sa proie qu'il se cache sous les touffes de varechs, d'où il s'élance comme un trait sur les blennies, les gobies et autres petits poissons qui frétillent à sa portée. Ce n'est que pendant la saison chaude qu'il fréquente les rivages ; comme presque tous les poissons, aux approches du froid, il se retire dans les eaux profondes où il trouve une température plus douce.

Le chaboisseau, que nous avons trouvé caché sous les

touffes de fucus dans les bassins rocheux, se rencontre aussi parfois à sec, blotti sous quelque grosse pierre ou dans quelque trou de rocher, où il attend patiemment le retour de la marée, privé d'eau par conséquent pendant plusieurs heures.

Dans ces mêmes retraites, on peut rencontrer un poisson d'une taille beaucoup plus considérable, et que les pêcheurs de rivage recherchent avec autant de soin qu'ils en mettent à éviter le chaboisseau. Je veux parler du congre, auquel sa ressemblance avec l'anguille a fait donner le nom d'*anguille de mer*.

Il ne diffère guère, en effet, de notre anguille d'eau douce que par sa nageoire dorsale qui avance jusque vers la nuque, par sa mâchoire supérieure plus longue que l'inférieure, et par sa taille beaucoup plus forte. La première fois que je me rencontrai face à face avec un de ces animaux, que je venais de mettre à découvert en retournant une grosse pierre au moyen d'un levier, j'éprouvai, je l'avoue, un certain battement de cœur, et ma foi, ce n'était pas de plaisir. Ce gros poisson serpentiforme, enroulé sur lui-même, et qui fixait sur moi ses gros yeux sanglants et immobiles, me fit une peur affreuse ; je m'en vengeai en allant le dénoncer lâchement au premier pêcheur que je rencontrai, lequel en fit son profit. Il pouvait bien avoir quatre pieds de long, et était gros comme le bras.

Le congre est un animal très-vorace, qui attaque sa proie en l'enlaçant dans les replis de son corps, comme font les serpents. On en cite des invididus qui atteignent jusqu'à quatre et cinq mètres de longueur, et lorsque les pêcheurs ont affaire à quelque congre de cette taille, ils ne l'attaquent qu'avec circonspection.

La chair du congre est de nos jours peu estimée ; mais un tronçon rôti à la broche, et arrosé de beurre et de jus de citron, est cependant, à mon goût, un mets exquis. Les anciens rois anglais étaient, à ce qu'il paraît, de mon avis, car on voit dans une vieille charte du xiii⁵ siècle, que les baillis du comté de Bristol étaient spécialement chargés d'en approvisionner la table du souverain.

On a pu remarquer que certains poissons meurent aussitôt qu'on les retire de l'eau, tandis que d'autres résistent des heures et des jours entiers à l'émersion. Quelques mots sur le mécanisme de la respiration chez ces animaux, en feront facilement comprendre la raison.

Les branchies des poissons ne sont pas de vrais poumons; mais elles en tiennent lieu. Elles sont placées des deux côtés du cou, et recouvertes par les opercules, espèces de lames ou de volets qui s'élèvent et s'abaissent alternativement. Au-dessous des opercules est une fine membrane, nommée branchiale, garnie de nervures, à l'aide desquelles elle se ploie et se déploie comme un éventail. Sous cette membrane est une chambre qui communique avec la bouche, et qui renferme les branchies, analogues aux poumons. Ces branchies, courbées en arcs de cercle à la manière des côtes, sont mobiles sur leurs extrémités, et un grand nombre de muscles sont employés à les mouvoir. Sur la partie convexe de l'arc osseux règne un sillon dans lequel rampe une branche de l'aorte ou de la maîtresse-artère, qui, en se divisant et se subdivisant presque à l'infini, forme une espèce de frange qui s'élève au-dessus du sillon. Les fils innombrables de cette frange sont donc autant d'artérioles, et le sang apporté du cœur par l'aorte, se répand dans ces artérioles.

Lorsqu'on observe un poisson dans l'eau, on le voit alternativement ouvrir la bouche et les ouïes; en effet, le poisson pour respirer avale l'eau par la bouche; l'eau, arrivée dans la gorge, passe au travers des fentes que laissent entre eux les arcs branchiaux et arrive ainsi sur les branchies qu'elle baigne; l'eau cède au sang, au travers des parois vasculaires, une partie de l'air qu'elle renferme, et s'échappe ensuite par les ouvertures des ouïes. Les poissons respirent donc l'air qui est dissous dans l'eau, mais ne décomposent pas l'eau comme on l'a cru longtemps, et ils peuvent même respirer l'air en nature. Cette respiration, trois fois plus lente que celle de l'homme, fournit peu d'air à leur sang qui reste noirâtre, épais et froid.

Tant que le poisson est plongé dans l'eau, les nombreux rameaux de la branchie s'étalent et flottent en quelque sorte dans l'eau qui les baigne; quand, au contraire, on les tire hors de l'eau, ces rameaux s'affaissent sur eux-mêmes, se dessèchent bientôt au contact de l'air sec, le sang n'y peut plus circuler, et le poisson, ne respirant plus, meurt asphyxié. Et cet effet est d'autant plus prompt que les ouïes

sont plus largement fendues et plus à découvert, comme
dans les harengs, les sardines, les athérines, etc. C'est au
contraire à l'ampleur de la cavité branchiale, et à la possibilité de sa complète occlusion, qui lui permet de conserver
plus longtemps l'humidité nécessaire aux branchies, qu'c
doit attribuer la résistance des gobies, du chaboisseau,,
congre, des anguilles, etc.

Tout le monde sait que l'anguille sort de l'eau la n
rampe à travers les prairies, et s'avance même souvent très
loin de son élément naturel, à la recherche des limaçons,
des vers et de certaines herbes aromatiques dont elle es!
très-friande. Lorsque le jour la surprend avant qu'elle ait
pu regagner l'eau, elle s'enroule et se blottit sous quelque
touffe d'herbe et y attend la nuit. J'ai vu un paysan couper
en deux un de ces animaux, en fauchant son pré, situé à
plus d'un kilomètre de la rivière.

Ce n'est point là la seule particularité singulière qu'offre
l'histoire de l'anguille ; cet animal peut être regardé comme
un poisson d'eau douce, bien qu'il prenne naissance dans la
mer, puisqu'il passe dans les rivières et les étangs la majeure
partie de son existence. L'anguille se rend à la mer pour y
déposer son frai, et c'est dans l'eau salée que les jeunes
prennent leur premier développement. Lorsqu'ils ont acquis quelque force et une taille de dix à quinze centimètres,
ils remontent les fleuves en bandes serrées, auxquelles on
donne le nom de montée ; mais ce qu'il y a de plus singulier, c'est qu'on ne sait pas ce que deviennent les petites anguilles pendant la seconde période de leur développement,
car toutes celles que l'on prend dans nos eaux douces n'ont
jamais moins de trente à quarante centimètres de longueur.

L'on voit souvent sur la grève, surtout dans le voisinage
des petits ports, des têtes de gros poissons détachées du
tronc; des milliers de petits crustacés s'acharnent sur cette
proie facile. Si vous retournez une de ces têtes pour l'examiner de plus près, tout ce petit peuple de croque-morts
s'éparpille en un instant et disparaît comme par enchantement à la vue ; mais ils ne sont pas loin et attendent, blottis
sous les pierres, que vous leur abandonniez de nouveau leur
proie. Cette tête de poisson est large du haut, s'amincissant
en pointe vers le museau, et sa gueule largement fendue est
située non au bout de ce museau, mais tout à fait en dessous.

7

Ouvrez celle gueule, vous y verrez quatre rangées de dents
à trois pointes, aiguës et tranchantes, qui, malgré vous,
vous feront retirer les doigts. Ces têtes si bien endentées
ont appartenu à des roussettes, poissons du genre des requins, malheureusement fort communs dans la Manche.

Les pêcheurs les ont en grande horreur, non-seulement
parce qu'ils détruisent une immense quantité de poissons;
mais aussi parce qu'ils coupent et déchirent leurs filets. Lorsqu'ils en prennent quelqu'un, ils lui ouvrent le ventre et lui
coupent la tête; ils ne le capturent cependant pas, dans le
seul but d'assouvir leur vengeance, car la chair de la roussette se sale et se mange sous le nom de *chien de mer*. J'en
ai mangé une fois, et je compte bien ne jamais renouveler
l'expérience. Ce méchant poisson atteint un mètre et plus
de longueur; sa peau rugueuse est rousse, parsemée de
points noirs qui prennent la forme d'étoiles sur le dos.

Les gainiers emploient cette peau, beaucoup moins rude
que celle du requin, pour garnir des étuis de toutes sortes;
peinte en vert, elle constitue le galuchat commun.

Les roussettes pondent des œufs d'une forme singulière,
dont nous avons déjà parlé; mais d'autres espèces de squales
mettent au jour leurs petits vivants; de ce nombre est le
requin, ce grand cousin de la roussette, qui a sept à huit mètres de longueur et six rangées de dents. Il est fort heureusement peu répandu dans nos mers, et s'approche rarement
des côtes; aussi ne l'y prendrez-vous pas. Dieu vous garde
d'être pris par lui!

Lorsque le flot se retire, et surtout aux époques des
grandes marées, la plage présente le spectacle le plus
animé; on voit alors la grève se couvrir de femmes et d'enfants qui, les jambes nues, tenant à la main un panier et un
crochet emmanché d'un bâton, s'empressent d'aller recueillir les fruits que la mer abandonne sur ses rivages. Les uns
cherchent dans le sable ou parmi les rochers, les mollusques, les crustacés et autres animaux marins que la vague a
rejetés de son sein. Ils détachent des rochers les berlins ou
patelles, les vignots ou bigorneaux, les rans ou buccins, les
moules, les mactres, etc.; sous les touffes de varechs et
sous les pierres, qu'ils retournent à l'aide de leurs crochets,
ils trouvent divers crustacés tels que le carcin ou crabe enragé, le tourteau, l'étrille ou crabe laineux; dans les fla-

ques d'eau ils recueillent les crevettes, les crangons et les
quelques petits poissons que nous y avons vus.

Pendant ce temps, les pêcheurs, armés de bêches ou de
râteaux à larges dents triangulaires, s'avancent sur le sable
encore humide, ils retournent le sol pour recueillir les
animaux fouisseurs tels que les clovisses (vénus), les coques
ou bucardes, les couteaux (solen), les vers marins qui leur
servent d'appât et divers poissons qui se cachent dans le
sable. Suivez-les, ils vous enseigneront la manière de
prendre ces animaux.

Tenez, voyez ce pêcheur qui creuse avec sa bêche, dans
le sable, un sillon de quelques pouces de profondeur; il
vient d'enlever un petit poisson au corps allongé comme
une anguille; sa couleur est un bleu argenté nuancé de

Fig. 36. — Lançon.

bandes plus claires, sa tête est comprimée et se termine en
un museau pointu formé par la mâchoire inférieure, qui est
beaucoup plus longue que la supérieure; c'est la l'instrument qu'il emploie pour creuser le sable, et il s'en sert
avec tant de dextérité que, si on ne le ramasse promptement, il s'y enfuit de nouveau en un clin d'œil. Ce poisson
est le lançon *(ammodytes tobianus)*, et les pêcheurs le recherchent non-seulement à cause de la délicatesse de sa
chair, mais aussi parce qu'il constitue un excellent appât
pour les gros poissons, qui paraissent l'apprécier non moins
que l'homme.

Voici un autre pêcheur, à quelque distance du premier,
qui vient de faire une capture plus importante : le poisson
qu'il vient de déterrer est long de trois décimètres environ;
son corps est allongé, sa tête comprimée, ses yeux, très-

rapprochés l'un de l'autre, semblent deux émeraudes en-
châssées dans des cercles d'or ; sa couleur est en dessus
d'un brun roussâtre nuancé de gris, blanchâtre en dessous,
avec des taches jonquille sur le ventre, les flancs et la
queue ; une bande de cette couleur traverse dans toute sa
longueur la seconde nageoire dorsale dont le fond est
blanc ; en l'examinant de près, on voit se dessiner sous
l'œil et sur la tempe des traits délicats d'un beau bleu
d'azur ; mais ces belles teintes bleues et jaunes disparaissent
avec la vie de l'animal. Ce joli poisson est la Vive (*trachy-
nus draco*). Voyez avec quelle promptitude, et avec quelle
précaution en même temps, le pêcheur saisit l'animal par la
queue et le jette dans son panier. Si vous lui en demandez
la raison, il vous dira que la Vive mérite doublement son
nom : d'abord à cause de sa vivacité à se creuser un trou
dans le sable, pour peu qu'on lui en donne le temps ; puis
encore par sa vitalité qui lui permet de vivre assez longtemps hors de l'eau et de s'agiter violemment, même après
qu'on lui a retranché la tête. Quand aux précautions qu'il
prend pour la saisir, il vous les expliquera en vous
montrant du doigt les cinq épines longues et pointues qui
soutiennent sa première nageoire dorsale, et celles non
moins menaçantes qui arment ses opercules. Ces aiguillons font des blessures très-douloureuses et même parfois
dangereuses, bien qu'ils ne soient pas envenimés comme il
vous le dira sans doute.

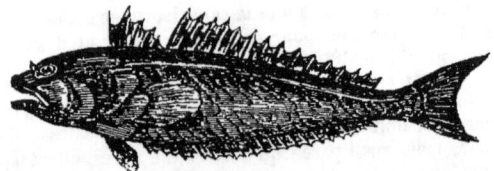

Fig. 37. — Vive.

L'inflammation considérable, souvent accompagnée de
fièvre, qu'occasionne la piqûre de la vive, est due au dé-
chirement des tissus et nullement à un venin particulier.

Les marins prétendent que le mal dure juste douze heures, c'est-à-dire le temps qui s'écoule entre deux marées hautes, et que le meilleur remède consiste à écraser sur la plaie le foie du poisson. Tout héroïque que puisse être ce remède, nous conseillons à nos lecteurs, s'ils avaient le malheur d'être piqués par les aiguillons de la vive, de plonger à l'instant la partie blessée dans l'eau froide, et si, malgré cela, l'inflammation se déclarait, d'y appliquer tout simplement un cataplasme de mie de pain et de lait.

La chair de la vive est fort délicate et d'un goût très-agréable ; elle a, en outre, l'avantage de se conserver long-temps; aussi ce poisson est-il fort recherché. Ce n'est que pendant la saison chaude que les vives s'approchent des côtés et se recèlent dans le sable; vers la fin de septembre elles regagnent les eaux profondes où on les prend avec des filets de fond.

Plus loin, vers les limites de la basse mer, des pêcheurs armés de râteaux à larges dents triangulaires labourent le sable encore couvert de quelques pouces d'eau; un enfant ou une femme les suit pour ramasser ce qu'ils font sortir du sable ; ce sont, outre les coquillages bivalves dont nous avons déjà parlé, des limandes, des carrelets, des soles, ou même de jeunes turbots et de petites barbues, poissons plats bien connus de tout le monde, ayant les deux yeux du même côté, la bouche tordue, et nageant toujours sur le même flanc qui reste blanc, tandis que celui qu'ils présentent à la lumière se colore plus ou moins. Leur tête écrasée obliquement, leur corps ovale, frangé de nageoires, les fait non moins remarquer que l'excellence de leur chair. Depuis l'antiquité, les poissons plats figurent, en effet, parmi les mets les plus délicats que fournit la mer. Un Grec gourmand disait qu'il voudrait avoir le gosier aussi long que celui de la cigogne pour pouvoir savourer dans un plus long trajet cette chair digne des dieux. Et l'on sait que l'empereur Domitien fit assembler le sénat de Rome pour décider à quelle sauce devait être accommodé un monstrueux turbot dont on lui avait fait présent :

> Le sénat discuta cette affaire importante,
> Et le turbot fut mis à la sauce piquante.

Et sans doute il s'en fût trouvé, parmi ces sénateurs, qui eussent brigué l'honneur d'accommoder eux-mêmes le poisson, s'ils n'eussent craint de le gâter et de payer de leur tête un crime aussi abominable.

Là se borne pour nous la recherche des poissons ; notre but étant d'explorer les rivages et non les profondeurs des mers. Le naturaliste ne peut se charger de tous les attirails nécessaires pour prendre lui-même le poisson ; il se contente de suivre les pêcheurs dans leurs travaux, de visiter leurs filets lorsqu'ils les retirent de l'eau, d'attendre les barques à leur arrivée au port, et de choisir à prix d'argent ce qui peut lui convenir. Il doit surtout visiter les parcs et les filets de rivage, que les pêcheurs tendent à marée basse, et qu'ils vont relever au reflux suivant ; il y trouvera parfois des espèces rares et curieuses, surtout après une tempête ou une tourmente de longue durée.

Mettant moi-même le conseil à profit, j'assistais fréquemment à l'arrivée des barques de pêche et au déchargement du poisson ; je voyais souvent ainsi des espèces que je n'avais jamais vues en nature, et que je ne connaissais que par des dessins plus ou moins bien faits, ou par les individus desséchés ou confits dans l'alcool que l'on conserve dans nos musées ; spécimens toujours déformés ou décolorés. Je vis passer ainsi devant mes yeux le bar ou loup de mer, qui ressemble à une grande perche de deux

Fig. 88. — Mulle-Rouget.

pieds de long, avec des écailles d'acier marquées d'un point d'argent. Le mulle-rouget *(mullus barbatus)*, aussi remar-

quable par la beauté de sa couleur pourpre que par l'excellence de sa chair. Les Romains avaient une telle estime pour
ce poisson, qu'ils le payaient des prix fabuleux lorsqu'il
dépassait les proportions ordinaires. Sénèque parle d'un
mulle du poids de cinq livres, qui fut vendu 5,000 sesterces,
ce qui ferait environ 1,000 francs de notre monnaie; il
est vrai qu'Apicius et Octavius se le disputaient. Au rapport de Pline, Asinius Celer, gourmand célèbre de son
temps, paya 8,000 sesterces (1,600 fr.) un mulle qui pesait
six livres.

Le mulle ne se pêche qu'accidentellement dans la Manche,
mais beaucoup plus communément dans la Méditerranee. Il
ne faut pas confondre le mulle-rouget avec le poisson auquel
on donne vulgairement le nom de *rouget* sur les marchés
de Paris; ce dernier est le *trigle* remarquable par sa tête
anguleuse cuirassée, et par les trois longues épines placées
au-devant de la nageoire pectorale. La chair du trigle est
fort médiocre, et hors de toute comparaison avec celle du
mulle. Je vis encore la dorée (*zeus faber*), poisson excel-

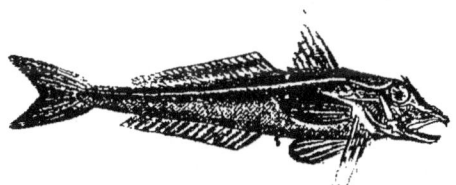

Fig. 39. — Trigle.

lent, dont le corps, d'un beau jaune vif, ressemble à une
pleine lune à laquelle on aurait ajouté un museau et une
queue. Les matelots le nomment poisson de saint Pierre,
d'après cette croyance assez singulière que c'est un poisson
de cette espèce que l'apôtre tira de la mer, par ordre de
Jésus-Christ, et dans la bouche duquel il trouva un denier
pour payer le tribut, comme le rapporte saint Mat-
thieu. C'est l'empreinte des doigts du saint, demeurée à tout

jamais sur l'espèce entière, que l'on voit dans la tache noire qu'elle porte sur chaque flanc.

Je ne parle que pour mémoire de perlons, lieus, merlans, raies, turbots, plies, barbues, petites morues, célans, brèmes de mer, etc., etc., etc., qui se pêchent habituellement sur nos côtes.

Un beau jour, se renouvela devant moi la dispute d'Apicius et d'Octavius; l'un était représenté par un gros Anglais joufflu et rose comme un jambon d'York; l'autre, par un Français long et maigre, que j'appris être le maître d'office de l'un des hôtels princiers de Boulogne; mais ce n'était point cette fois à propos d'un mulle, et la prodigalité ne fut pas poussée aussi loin.

Un pêcheur de la côte avait pris dans ses filets un grand poisson, de plus d'un mètre de long, ressemblant assez à un très-grand bars, coloré d'un gris argenté bruni sur le dos, avec les nageoires rouges; le pêcheur lui donnait le nom d'aigle de mer, et vantait la rareté et la bonté de l'espèce; c'était en effet un maigre (*sciœna aquila*), célèbre chez les anciens par la délicatesse de sa chair, et fort recherché encore de nos jours dans les ports du midi où on le prend plus fréquemment. Les deux adversaires se le disputèrent chaudement, au grand contentement du pêcheur; mais le grand maître-d'hôtel lâcha pied à quatre-vingts francs, et le gros Anglais fit porter triomphalement chez lui la pièce rare, léchant d'avance ses grosses lèvres sur le corail brillant desquelles tranchait la blancheur de ses longues dents.

La pêche est, pour le port de Boulogne, l'une des branches de commerce les plus productives; après la pêche du hareng et celle de la morue, qui se font au loin, la plus importante est celle du maquereau, à laquelle prennent part les pêcheurs des petits ports voisins.

Dès les premiers jours d'avril on prépare l'expédition; tout le monde est affairé sur le rivage et autour des barques; on arrange les filets, on réunit les barils, on fait chauffer le brai; femmes, enfants, tout le monde sans exception apporte son aide. La veille du jour fixé pour le départ, les pêcheurs se réunissent dès le matin en habit de fête, et se rendent, accompagnés de leurs familles, à la chapelle de Jésus flagellé, située dans une petite vallée à quelques centaines de pas de la colonne. Là, ils demandent au ciel de bénir leur expédition et de leur procurer une pêche abondante. Les murs de cette modeste chapelle sont couverts d'*ex voto* et de petits tableaux, qui généralement prouvent plus en faveur de la piété des donateurs que du talent des artistes. Enfin, le jour du départ arrivé, chaque homme se rend à son poste; les barques sont appareillées et, à la faveur d'une bonne brise, la flottille quitte le port accompagnée des cris et des hourras de toute la population que son sexe ou son âge attache au rivage. La pêche du maquereau se fait à Boulogne depuis avril jusqu'à fin juin, et ses produits s'élèvent chaque année à près d'un million.

Puis vient la pêche du hareng, la plus importante par ses produits et par le nombre de bras et de capitaux qu'elle emploie. Cette pêche se fait de juillet à fin septembre sur les côtes d'Ecosse, et d'octobre jusqu'en janvier dans la Manche. Des millions de harengs apparaissent tout à coup sur nos côtes, sans que l'on sache d'où ils sortent; ils forment comme des îles flottantes de six à dix milles de longueur sur trois à quatre de largeur, et leurs masses sont si serrées et si compactes que ni la sonde ni le harpon n'y peuvent pénétrer. Ce que les requins et les autres poissons en dévorent, Dieu seul le sait; ce qui en périt sur les côtes est incalculable; et l'on en salle encore plusieurs centaines de millions pour la consommation de l'hiver.

— « Vous n'avez jamais vu de plus beau spectacle, me disait un vieux pêcheur boulonnais, que celui des harengs s'avançant en colonnes serrées à la surface de l'eau, dans une nuit calme où la lune brille au ciel; on dirait un tapis d'argent tout parsemé de pierres précieuses, et l'eau qui les entoure paraît tout en feu. La mer ne semble pas assez grande pour contenir tant de poissons, et les filets rompent sous le poids. Mais un beau jour, ajoutait-t-il, on entend un grand bruit, comme lorsque la glace se fend, c'est le signal du départ, et dans l'espace d'une seule nuit, là où il y avait des milliards de harengs il n'en reste pas un seul. »

On pêche aussi sur les côtes du Boulonnais comme sur celles de la Normandie quelques sardines, mais ce n'est que dans les parages de la Bretagne qu'apparaissent, pendant la belle saison, leurs innombrables légions. Dès le mois d'avril les barques bretonnes ou pesqueresses vont au large épier l'arrivée des sardines, et c'est un coup d'œil des plus

7.

pittoresques que celui de toutes ces barques légères sur-
montées de grandes voiles, qui bondissent sur les vagues
comme une volée de mouettes.

La pêche a toujours été pour les populations répandues
sur les rivages de l'Océan une source d'abondance, et pour
les Etats maritimes l'une des principales causes de force et
de prospérité; car les pêcheurs sont au besoin d'intrépides
matelots, et les produits de leur industrie alimentent le
commerce. Sous son enveloppe grossière en apparence,
l'homme de mer cache un cœur sensible et bon, une âme
droite et forte; pour lui la mer est l'arène du courage et de
l'énergie, et sa vie est une lutte constante. Seul sur cette
immense étendue de l'onde, le marin sait qu'il ne faut lui
compter que sur ses propres forces et sur l'aide de Dieu;
il éprouve alors ce noble sentiment de fierté et de liberté
qui, en dépit de toutes les fatigues et de toutes les souffran-
ces, lui fera toujours déserter le repos du port pour l'agitation de l'Océan.

CHAPITRE VII

LES CRABES

Depuis quelque temps déjà j'avais quitté les falaises pour les dunes, et je fus bientôt fatigué de marcher en enfonçant à chaque pas dans le sable jusqu'à-mi jambe. Ereinté par ce sol mouvant de gravier et de coquilles en poudre, et attristé par la monotonie de ces monticules, qui s'étendent au loin comme une digue aussi houleuse que la mer qui expire à ses pieds, je repris le chemin de fer jusqu'à Rue, d'où je gagnai le Crotoy.

Ce port est situé à l'embouchure de la Somme, sur la droite de la baie de ce nom. On y jouit d'une fort belle perspective : devant soi s'étend la mer à l'infini ; à gauche est Saint-Valery avec sa colline boisée séparée du Crotoy par la baie de Somme ; à droite et derrière s'ouvre de vastes plaines bornées et encadrées au loin par les collines et les bois du Boulonnais.

A marée basse la vaste baie reste à sec et ne présente qu'une étendue de sable fin que l'on peut traverser à pied sec, sauf toutefois les deux bras de Somme que l'on passe en canot. En mettant le pied sur la grève, je me rappelai la chasse aux canards que j'y avais faite quelques années auparavant, et rien que ce souvenir m'eût fait grelotter, si je ne me fusse trouvé en ce moment en plein midi, sous un soleil resplendissant.

En aucun lieu du monde je n'ai vu une aussi grande quantité de crabes que dans la baie de Somme ; on les y ren-

contre par milliers, soit courant de côté sur le sable, soit
barbottant dans les flaques d'eau, soit blottis sous les pierres.
Mais les plus grosses et les plus belles espèces se retirent
avec le flot, se cachent dans les grosses pierrailles des digues ou dans des trous profonds ; il faut donc employer la
ruse pour s'emparer de celles-ci. La manière habituelle de
pêcher les crabes est de les chercher, à l'aide d'un bâton
armé d'un crochet, dans les trous, les fentes d'un rochers,
sous les pierres, etc. ; mais j'ai vu employer dans la baie de
Somme une méthode fort amusante, et qui produit souvent
d'excellents résultats. On jette sur le sable, à marrée basse,
des amorces liées par des cordelettes dont l'autre bout est
fixé à une pierre. Au retour du flot, les crabes prennent
l'amorce, la traînent dans leur trou, et la pierre qui les suit
les emprisonne ; mais il faut savoir choisir les pierres et les
proportionner à la force des crabes. On sait que les corps,
perdant de leur poids dans l'eau, peuvent être mis en mouvement par une force qui devient insuffisante à l'air ; c'est
ce qui explique comment le crabe, après avoir tiré la pierre,
ne peut pas la repousser.

L'espèce qui se présente le plus communément à la vue
est un petit crabe verdâtre tacheté de brun. Il est presque
impossible de faire un pas sur la grève sans voir fuir sous
ses pieds une armée de ces petits animaux qui, les pinces

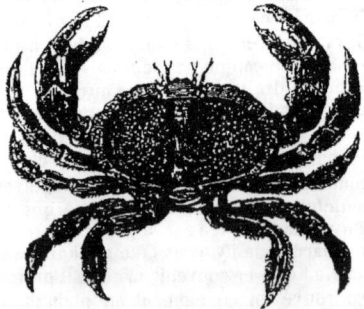

Fig. 40. — Crabe tourteau.

élevées d'un air menaçant, courant rapidement de côté, de
la façon la plus grotesque, en quête de quelque flaque d'eau

ou de quelque pierre qui puisse leur offrir un abri. C'est le crabe ménade (*carcinus moenas*) ou crabe enragé. Sa petite taille et sa chair coriace le font dédaigner comme espèce comestible. Il n'en est pas de même du crabe tourteau (*platycarcinus pagurus*), qui atteint vingt à vingt-cinq centimètres de largeur et un poids de deux kilogrammes. Cette espèce se tient soigneusement cachée dans les trous de rochers ou sous les grosses touffes de fucus, comme si elle savait que les qualités de sa chair lui font courir des risques sérieux. Lorsqu'en se retirant le flot le laisse sur le rivage, il se met à courir d'un air inquiet, et semble se mettre en garde en présentant ses grosses pinces en avant. Si l'on fait mine de le saisir, il agite ses armes et les fait claquer avec force comme pour effrayer son adversaire et se préparer au combat. Parfois, lorsqu'on le prend par l'une de ses pinces, il se donne un tour de poignet qui la casse, vous la laisse entre les mains et s'enfuit manchot dans son trou. Il faut toutefois user de prudence avec ces gros crabes, car leurs pinces sont redoutables, et lorsqu'ils mordent on ne peut leur faire lâcher prise facilement. Le meilleur moyen de s'en débarrasser dans ce cas est, dit-on, de leur enlever la pince inoccupée, ce qui leur fait aussitôt ouvrir l'autre.

On trouve encore, courant sur le sable, ou cachées sous les touffes de fucus que la mer a rejetées sur la plage, diverses espèce de crabes : tel est le xanthe rivuleux (*xantho rivulosus*), petit crabe de trois à cinq centimètres de dia - mètre, à carrapace d'un jaune verdâtre, tachetée de brun pourpré ou de violet. Dans cette espèce, la pince droite est presque toujours plus grosse que la gauche. Un autre crabe, voisin du précédent, se reconnaît à sa carapace bosselée, d'un brun rougeâtre et à ses pinces noires, c'est le *xantho floridus*.

Les espèces que nous venons de décrire se rencontrent plus fréquemment que les autres sur la plage, parce que, ne nageant pas, elles passent la plus grande partie de leur vie sur le sable, ou dans les petites flaques d'eau du rivage. Elles se meuvent à terre avec assez de rapidité ; mais si on les jette dans une eau un peu profonde, elles se laissent tomber au fond, en agitant leurs pattes à la recherche de quelque point solide auquel elles puissent s'accrocher.

Ces espèces, inhabiles à la natation, se reconnaissent à leurs pattes étroites, arrondies ou triangulaires ; tandis que chez les crabes nageurs, ces mêmes organes sont aplatis et élargis en forme de rame. Parmi ces derniers, l'un des plus répandus est l'étrille ou crabe laineux (*portunus puber*), sa carapace est rhomboïde, de couleur brune et couverte d'un duvet jaunâtre. Le dernier article de ses pattes postérieures est en ovale aplati avec une ligne élevée dans son milieu, comme une rame ; conformation qui permet à ce crabe de nager avec la plus grande facilité dans tous les sens, en avant, en arrière, de côté ; on le voit aussi parfois se soulever à la surface, et y rester quelque temps sans bouger. — L'étrille, à cause de sa vivacité, serait parfaitement placée dans un aquarium, si ses mœurs féroces n'en faisaient un voisin très-dangereux. Elle se tapit dans un coin, et de là, guette ses compagnons de captivité, sur lesquels elle se rue au moment où ils y songent le moins ; je l'ai vue déchirer et dévorer, en aussi peu de temps qu'il m'en faut pour l'écrire, deux jolis palémons que j'avais eu l'imprudence de placer dans le même bocal qu'elle.

Retournez cette grosse pierre ronde, que son sommet garni d'une épaisse chevelure d'algues fait ressembler à une tête de triton. Elle repose sur d'autres pierres, et sous sa base se trouvent ainsi aménagées de nombreuses cavités qui doivent servir d'asile à quelques animaux marins. Bon, la voilà qui roule en vous éclaboussant ; mais qu'y a-t-il dessous ! Un assez gros crabe tout couvert de vase ; prenez-le avec vos pinces et débarbouillez-le dans cette petite flaque d'eau. Oh ! l'affreuse bête ! Sa carapace est toute hérissée d'épines et de tubercules ; entre ses yeux s'allongent deux ongues pointes droites et aiguës, les côtés de sa cuirasse sont dentés comme une scie, et il agite d'un air féroce ses deux longs bras armés de grosses pinces.

C'est le *maïa squinado*, et il faut avouer que son extérieur est loin d'être séduisant. Hérissé comme il est, cet individu ne fréquente guère la bonne société ; il semble avoir conscience de sa laideur et vit solitaire, tapi sous les pierres ou caché dans la vase ; mais il ne faut pas trop se hâter de juger les gens sur l'apparence, et tel qu'il est, ce brave crabe est un fonctionnaire important de l'empire océanique, comme nous allons le voir dans un instant.

La nature est la grande école de l'homme; c'est là une vérité dont on n'est pas assez généralement pénétré. On

Fig. 11. — Maïa squinado.

peut dire qu'il n'est pas une seule de nos institutions sociales, pas une seule de nos découvertes scientiques, dont la nature ne nous offre le modèle, et qu'elle n'ait mis en pratiqué depuis le commencement du monde. L'homme se croit créateur; aveuglé par son orgueil, il ne veut pas voir que ses prétendues créations ne sont que de pâles copies des procédés de la nature, et que ce n'est que par l'étude de ces procédés qu'il parviendra à perfectionner ses arts et ses institutions.

Dans nos grandes villes nous voyons des milliers de bras employés à faire disparaître les détritus et les ordures qui vicient l'air et empoisonnent les eaux; des comités de salubrité discutent, font des réglements, et néamoins nos ruisseaux sont infects et les eaux qui nous abreuvent sont empoisonnées. Que sera-ce donc dans le vaste bassin des mers, où des myriades de plantes et d'animaux meurent tous les jours et se dissolvent lentement par la putréfaction? Là on n'enterre pas les morts, on n'enlève pas les immondices, on ne filtre pas les eaux, et cependant la vie et la santé y éclatent de toutes parts. Interrogeons maître squinado, ce rugueux citoyen de l'Océan, peut-être nous donnera-t-il là clef de ce mystère.

Comme nous l'avons dit, c'est un fonctionnaire important de l'empire des eaux ; ce n'est rien moins qu'un des membres les plus influents et les plus zélés du service de la salubrité des mers. Il vit de son travail, comme tous les honnêtes gens, et la nature a trouvé moyen de lui faire accomplir avec joie, et gratis, un travail peu attrayant pour tout autre, en lui inspirant le goût des immondices qu'il est chargé de faire disparaître. Plein du sentiment de ses devoirs, il se retire sous quelque pierre, au fond de l'eau, et attend là patiemment l'occasion de signaler son zèle. Tout à coup, averti par son odorat ou par un sixième sens qui nous est inconnu, il a deviné la présence de quelque immondice dans le voisinage ; comme un vaillant serviteur qu'il est, il quitte aussitôt sa retraite, se met en quête, et découvre bientôt, arrêté entre les tiges robustes d'une touffe de laminaires, le cadavre à demi rongé d'une vieille raie de la plus laide apparence, qui porterait un grave préjudice à la pureté des eaux, et par suite à la santé des habitants du voisinage.

Sans perdre de temps à dresser procès-verbal, à consulter les règlements de police, ou à faire son rapport à l'autorité, car la nature lui a donné de pleins pouvoirs qu'il exerce de père en fils depuis des siècles, il se met à l'ouvrage. Là est le mal et il s'agit de le faire disparaître, ce dont il s'occupe aussitôt en déchiquetant à belles dents le corps du délit, dont il fait disparaître les morceaux dans son estomac. Ne croyez pas qu'il va à lui seul dévorer les débris de la raie : la nature ne lui a pas accordé une telle puissance digestive ; il est secondé dans son œuvre par une foule de collègues, attirés comme lui par cette proie.

Mais ce n'est pas tout encore, ce pauvre crabe si laid, si repoussant aux yeux du vulgaire, va nous offrir bien d'autres merveilles : tant il est vrai que la beauté physique n'est pas toujours le partage de la beauté morale, et réciproquement. Saisissez votre maïa de manière à ce qu'il ne puisse ni vous mordre avec ses pinces ni vous piquer, bien qu'en le faisant il se trouvât dans le cas de légitime défense, et maintenant promenez votre loupe à travers les rugosités et les anfractuosités de sa carapace ; regardez bien surtout ces apparentes moisissures qui garnissent par petites touffes certains creux de sa cuirasse ; que voyez-vous là ? Oh ! les merveilleux petits arbres ; leurs branches de cristal, élégamment rami-

fiées, se terminent par une petite étoile rosée qui agite ses
rayons; ce sont en effets des polypiers garnis de leurs habitants.
Et cette croûte qui s'étend sur sa cuisse comme une dartre?
C'est une merveilleuse ruche de polypiers (eschares), et à
côté s'élèvent de petites touffes de mousses roses d'un effet
ravissant.

Ah! vous commencez à revenir un peu sur le compte du
pauvre squinado, et vous voyez que peu de princes ou d'em-
pereurs sont aussi galamment vêtus et accompagnés d'une
cour aussi nombreuse. Ce n'est cependant pas purement par
luxe que le crabe porte avec lui tout ce peuple étoilé. Chacune de ces petites fleurs vivantes est un estomac microscopique, qui mange et mange sans cesse, attirant dans les per-
pétuels courants que forment ses bras délicats, les molécules
désorganisées qui flottent dans l'eau environnante, pour les
convertir, par je ne sais quelle merveilleuse opération chimique, en cellules nouvelles et en nouvelles branches de
leur palais arborescent, tandis que les délicates petites
mousses roses, comme toutes les plantes, aspirent les gaz
délétères de l'eau impure, et lui rendent l'oxygène nécessaire à la vie des animaux les plus élevés comme à celle des
plus infimes.

Vous ne vous attendiez pas à trouver tant de merveilles
sur ce pauvre crabe, qui, à première vue, ne vous inspirait,
que le dégoût; c'est que pour voir, il faut savoir regarder. La
nature ne découvre ses beautés qu'à ceux qui les cherchent,
elle ne répond qu'à ceux qui l'interrogent et la sollicitent.

Une espèce, de mœurs fort singulières, mais que l'on
trouve beaucoup plus rarement, car elle habite le creux des
rochers habituellement submergés et que la mer ne laisse à
sec que lors des grandes marées, est la dromie (*dromia vulgaris*); ce crustacé est fort indolent, et a la curieuse habitude de se couvrir le dos de quelque coquille ou polypier
qu'il maintient à l'aide de ses quatres pattes postérieures. Il
arrive parfois que ce bouclier d'un nouveau genre (éponge
ou polypier) continue à se développer sur le dos du crabe.
J'en ai trouvé un portant sur son dos un alcyon, qui y avait
prospéré au point de le recouvrir complétement. Ce crustacé a la carapace arrondie, très-bombée, de couleur brune
et couverte de duvet; ses pinces sont légèrement teintées de
rose. Il a de cinq à huit centimètres de long.

Dans cette même zone des plus basses marées, lorsque
le flot laisse à sec des régions ordinairement submergées, à
la grande surprise des animaux qui les habitent, on trouvera
une foule de plantes et d'animaux curieux, fort différents de
ceux que l'on rencontre dans les limites des marées habi-
tuelles. Les fortes marées, qui n'ont lieu, comme nous
l'avons dit, que lorsque l'attraction de la lune et du soleil
se combinent ensemble, c'est-à-dire vers les sizigies ou vers
les nouvelles et les pleines lunes, sont une bonne fortune
pour le naturaliste, qui voudrait avoir alors les cent yeux
d'Argus pour mieux explorer la grève, et les cent bras du
géant Briarée pour ramasser plus vite tout ce qu'il y voit.

C'est dans cette bienheureuse zone, dans les trous de
rochers remplis d'eau que l'on pourra rencontrer ces singuliers petits crabes auxquels la forme particulière de leur
corps et l'allongement démesuré de leurs pattes ont fait
donner le nom de crabes-araignées. Tel est le crabe-fau-

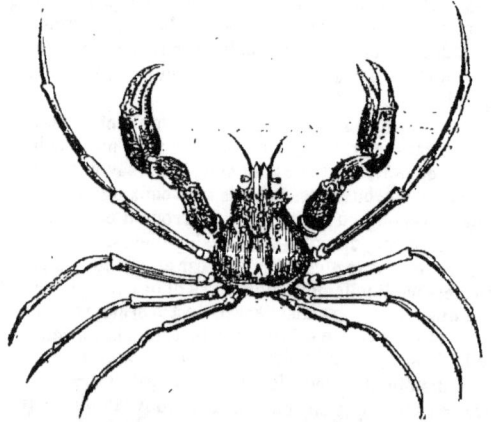

Fig. 12. — Crabe-Araignée.

cheur *oxyrhincus phalangium* ; sa carapace a la forme
d'un triangle dont le rostre ou l'extrémité de la tête forme-
rait le sommet ; elle est très-inégale, hérissée de pointes,
et notablement plus longue que large. Bien qu'il ne soit

pas nageur, l'oxyrhinque vit à une assez grande profondeur sous l'eau. Ces crabes-araignées sont des hôtes fort utiles dans un aquarium, lorsqu'ils veulent bien y vivre ; car ils remplissent avec un zèle louable le rôle de nettoyeurs, et se conduisent d'une façon fort honnête envers leurs compagnons de captivité ; ce qui tient probablement à la faiblesse de leurs pinces et à la délicatesse de leurs longs membres qui auraient beaucoup à souffrir des suites d'une collision.

S'il vous prend fantaisie maintenant d'étudier l'organisation des crustacés, vous n'avez qu'à saisir le premier crabe venu que vous trouverez courant sur la grève, il vous servira de type pour toutes les classes de crustacés en général. Ces animaux sont recouverts d'une coque dure et pierreuse, formée en partie de carbonate et de phosphate de chaux. Cette enveloppe ou carapace est composée de plusieurs pièces ou anneaux, mais beaucoup moins distincts que chez les insectes ; leur tête est presque toujours soudée à leur poitrine ou thorax, et comme cette conformation ne leur permet pas de se tourner aisément de côté pour regarder, la nature a compensé ce désavantage en plaçant leurs yeux au bout d'un prolongement ou pédoncule qu'ils peuvent mouvoir dans tous les sens. L'organe de l'ouïe paraît résider dans un petit tube placé de chaque côté de la tête, à la base des antennes. Encroûtés jusqu'au bout des pattes, ces animaux ne peuvent jouir du sens du tact que par les antennes ou cornes très-mobiles et très-délicates placées en avant de la tête, et par les palpes ou barbillons qui garnissent leur bouche ; leurs sens doivent d'ailleurs être assez parfaits, puisque beaucoup d'entre eux ne sortent que pendant la nuit pour chercher leur proie. Le corps se compose de la poitrine ou thorax, qui donne attache aux pattes en-dessous, et qui porte dessus le vaste bouclier ou carapace qui recouvre en entier le corps des crabes. L'abdomen ou queue vient à la suite ; cette queue, composée de plusieurs segments bien visibles, est très-courte chez les crabes, triangulaire, et presque toujours repliée sous le corps, à peu près dans la situation que prend celle d'un chien effrayé. Dans les écrevisses, homards, crevettes, etc., dont nous parlerons un peu plus loin, cette queue prend les proportions d'un véritable abdomen, étendu en arrière et se terminant par plusieurs pièces qui forment un appareil natatoire. Le nombre

des membres n'est pas le même chez tous les crustacés ;
mais le plus grand nombre d'entre eux sont pourvus de dix
pieds, dont ceux de la première paire terminés par une
pince à deux mâchoires.

Tous les crustacés munis de dix pieds sont compris dans
un même ordre sous le nom de *décapodes*. L'abdomen est
quelquefois muni de fausses pattes, petits appendices qui
servent à la natation, et au moyen desquels les femelles
retiennent sous leur ventre leurs paquets d'œufs. Au point
de vue de l'organisation animale, les crustacés occupent un
rang assez élevé dans la série des êtres. Ils ont un système
nerveux très-ramifié ; un cœur et des vaisseaux par lesquels circule un sang blanc dans toutes les parties du corps ;
des branchies pour respirer l'air contenu dans l'eau ; un efoi,
et des organes de sexes différents.

Les crustacés sont des êtres voraces et carnassiers que la
nature a pourvus d'instruments très-propres à satisfaire leur
féroce appétit : leur bouche est armée de plusieurs paires
de mâchoires dures et tranchantes, capables de découper
et de broyer les corps les plus solides, et agissant littérale-
ment comme celle des insectes broyeurs ; et, comme si cet
appareil puissant n'eût pas suffi, leur propre estomac est
encore garni de dents pour triturer une seconde fois les
aliments qu'ils avalent avec trop de gloutonnerie. Combien
de gens doués de la voracité des crabes, mais d'une diges-
tion moins facile, envieraient leur estomac endenté.

Les crustacés se reproduisent par des œufs ; on rencontre
fréquemment des femelles portant sous leur ventre, à l'aide
de leurs fausses pattes, ou agglutinés par une matière visqueuse, des masses d'œufs souvent considérables ; ainsi, on
a constaté sur une seule femelle de crabe ménade, plus de
100,000 œufs. Dans quelques îles abandonnées de l'Amérique du Sud, ces animaux pullulent dans une si effroyable
proportion, qu'on ne peut y aborder : c'est ainsi que quelques hommes de l'équipage de l'amiral anglais François
Drake ayant débarqué en 1605 sur une de ces îles, ils y
furent attaqués par une armée de gros crabes, qui, s'attachant à leurs jambes et les entammant, les firent tomber
malgré une résistance désespérée et les dévorèrent.

Dans beaucoup d'espèces, les petits sortent de l'œuf avec
une forme à peu près semblable à celle de leurs parents ;

mais il en eut d'autres chez lesquels le jeune offre des changements assez considérables, et souvent même à ce point qu'on pourrait le croire appartenir à une toute autre race. Les crabes du genre *carcinus* nous en offrent un exemple : longtemps on a pris pour un animal bien différent le jeune âge de ce crustacé; et, en effet, à moins d'en suivre tous les développements depuis sa sortie de l'œuf, il eut été impossible de croire à une si proche parenté entre deux êtres d'un aspect si différent. Cette larve de crabe est un petit animal plein de vivacité, pourvu d'une longue queue, de deux grands yeux, et le dos armé d'une longue épine. Comme on le voit, ce portrait ne ressemble pas plus au crabe que la chenille ne ressemble au papillon ou le têtard à la grenouille. Après le premier changement de peau, sa forme tend à se rapprocher un peu de celle qu'il doit prendre avec l'âge de raison; les yeux se détachent et deviennent pédiculés, les pinces se développent et les jambes ressemblent à celles du crabe; mais la queue est encore longue et munie de fausses pattes comme celle d'une écrevisse. Ce n'est qu'après le second changement d'enveloppe que l'animal quitte son costume d'enfant pour revêtir l'habit du crabe fait. Alors cette queue traînante comme le bout d'une chemise qui passe à travers la fente du pantalon des petits marmots, se replie sous le ventre et y garde désormais cette position.

On trouve fréquemment, dans les coquilles des moules et d'autres bivalves, un petit crabe à peine gros comme une petite lentille; c'est le pinnothère pois (*pinnotheres pisum*), auquel on attribue généralement, mais à tort, comme nous l'avons déjà dit, les symptômes alarmants qu'éprouvent parfois les personnes qui ont mangé des moules. Le petit animal, n'ayant guère de ressource pour se défendre contre ses ennemis, use d'industrie; à peine a-t-il vu le jour qu'il se met en quête de quelque coquille bivalve, non pas vide, mais bien habitée, et où il trouvera le logement et la nourriture; c'est aux moules qu'il donne ordinairement la préférence, bien qu'on le rencontre également dans diverses autres coquilles. On prétend que le pinnothère ou pinnophylax, comme l'appelle Pline, ne fait aucun mal à son hôte, et qu'il se contente de prélever une petite part sur la maigre pitance qui entre avec l'eau dans sa coquille. Cela nous

paraît trop vertueux pour un crabe, et nous le soupçonnons
fort de grignotter un peu sa bienfaitrice, qui est bien forcée
de le souffrir.

Voyez-vous à quelques pas devant vous ce singulier animal à moitié sorti de sa coquille, et se traînant sur le sable
comme un cul-de-jatte, dans son écuelle ; tout ce que l'on
voit de son corps est d'un crabe : il présente en avant deux
pinces d'inégale grosseur, sa tête est armée de deux longues antennes très-mobiles, et son corps, enveloppé d'une
carapace solide, donne attache a quatre paires de pattes
dont les deux dernières sont fort courtes. Tout dénoterait
en lui un vrai crabe, s'il n'était, comme les limaçons de
mer, pourvue d'une coquille contournée en spirale. Ra-
massons-le pour l'examiner de plus près : remarquez d'a-
bord que cette coquille ne vous est pas inconnue ; elle
a une singulière ressemblance avec celle du buccin,
dont vous pouvez recueillir de nombreux échantillons
sur le rivage ; remarquez en outre que, malgré tous les
efforts qu'il fait pour rentrer dans cette coquille, l'animal
n'y réussit que fort imparfaitement. Evidemment cette coquille n'est pas faite pour lui, et, en réalité, il n'en est pas
le propriétaire légitime, mais simplement le ravisseur.

Cet animal est bien en effet un véritable crabe ; la nature
lui a donné des armes et une cuirasse comme à ses congénères, mais elle a oublié la partie de l'armure qui devait
défendre les parties postérieures de son corps. Le pagure
(c'est le nom que lui donnent les naturalistes), le pagure
traîne après lui une queue molle et sans défense, morceau
appétissant pour ses voraces compatriotes ; aussi cherche-t-il
à réparer autant que possible l'oubli de la nature par des
moyens de défense artificielle, et surtout en cachant sa triste
et dangereuse nudité.

Malheureusement pour lui, ou plutôt malheureusement
pour d'autres, l'art de bâtir ne fait point partie de ses con-
naissances, et il lui faut trouver une maison toute faite. Il
se met donc en quête, et s'il trouve quelque bonne et forte
coquille vide à sa taille, il s'en empare aussitôt. Il y entre à
reculons, pour y loger son abdomen, puis, à la moindre
apparence de danger, il se renfonce dans sa forteresse,
comme nous l'avons vu faire à celui que nous tenons à la
main, ne laissant passer que sa tête et ses pinces dont il

menace l'ennemi. Cette habitude de se retirer ainsi dans une coquille, comme un ermite dans sa cellule, lui a fait

Fig. 43. — Pagure-Bernard, un
a Pagure retiré dans une coquille de buccin.

donner le nom de *Bernard-l'Ermite*. Mais nous allons voir que notre cénobite ne vit pas toujours aussi saintement que son vertueux patron. En effet, le pagure ne trouve pas toujours sur le rivage une coquille vide à sa convenance, et celle qu'il convoite est souvent ornée de son propriétaire naturel ; mais cela ne l'embarrasse pas le moins du monde, et comme en vertu de l'axiome de droit *non bis in idem*, il faut que la coquille soit vide pour qu'il puisse s'y loger, il résout le problème en mangeant celui qui se trouve dédans; opération par laquelle il se procure un bon logis et un succulent diner.

Lorsque, par suite des progrès de l'âge, la coquille est devenue trop petite, le pagure la quitte et en cherche une autre; aussi rencontre-t-on sur nos côtes des ermites de toute taille et habitant toutes sortes de coquilles. Le crabe ermite (*pagurus bernhardus*) est pourvu, à l'extrémité de sa queue, d'une pince au moyen de laquelle il se cramponne au fond de la maison d'emprunt, et il s'y maintient si vigoureusement, qu'on lui romprait plutôt les pinces ou le corps que de lui faire lâcher prise. J'ai vainement tenté d'y réussir par la force, mais j'ai obtenu par la ruse un résultat satisfaisant.

Curieux de voir comment l'ermite s'y prenait pour entrer dans sa cellule, j'en ramassai un qui vagabondait sur le sable, traînant après lui la large dépouille d'un buccin. Le crabe rentra aussitôt de son mieux, fermant de sa grosse pince, comme avec un couvercle, l'ouverture de la coquille, de telle sorte que je ne l'eusse tiré de là que par morceaux. Une idée me vint alors, je pris une allumette et me préparai à chauffer l'animal opiniâtre. Ce moyen me réussit à merveille, car la moitié de l'allumette était à peine brûlée sous le fond de la coquille, que je tenais au moyen de petites pinces, que le pauvre ermite en sortit vivement et se laissa tomber sur le sable, où il se mit à courir le plus rapidement qu'il put, traînant après lui sa queue d'un air assez embarrassé. Après l'avoir vu errer pendant quelque temps, je le pris en pitié, et lui jetai une coquille de pourpre que je trouvais vide, il la saisit aussitôt avec ses pinces, la retourna dans tous les sens, en explora l'intérieur au moyen de ses antennes, puis, comme satisfait de son examen, il la posa à terre et y introduisit à reculons le bout de sa queue, car la coquille était trop petite pour que la partie postérieure de son corps pût s'y loger tout entière. Il se remit ensuite à vagabonder comme avant, jusqu'à ce qu'il eut trouvé une petite flaque d'eau dans laquelle il se réfugia. Je lui jetai alors sa première coquille qui avait eu le temps de se refroidir. Il n'eut pas plutôt aperçu celle-ci qu'il s'en approcha aussitôt, et, avec une merveilleuse rapidité, abandonna la pourpre pour reprendre sa demeure primitive, et sans plus l'examiner, comme s'il la reconnaissait parfaitement.

Les crabes ermites ont des habitudes très-belliqueuses, et lorsqu'on met deux de ces animaux en présence, ils ne manquent jamais d'engager la bataille. Ils se frappent de leurs pinces comme avec une massue, se mordent avec fureur, et se coupent souvent les pattes ; et malheur au vaincu s'il ne peut se dérober par une prompte fuite, car il servira de pâture au vainqueur. C'est d'ailleurs un spectacle fort divertissant que le repas d'un ermite : il saisit sa proie fort adroitement dans la plus grosse de ses pinces, la dépèce avec l'autre et porte chaque morceau à sa bouche avec la régularité d'un gastronome armé de sa fourchette. Le pagure vit assez volontiers dans un aquarium, mais il y commet parfois des attentats regrettables.

Tous les crabes que nous avons examinés jusqu'à présent appartiennent à l'ordre des *décapodes* (ayant dix pieds) et à la section des *brachyures* ou à queue courte, sans en excepter le pagure. Il se présente à nous, dans le homard (*homarus vulgaris*), un type appartenant à une autre section des décapodes, à celle des *macroures* ou crustacés à longue queue. Les écrevisses, les crevettes, les crangons rentrent dans cette catégorie. Nous ne retrouvons plus ici la forme des crabes, dont le corps est presque toujours plus large, ou tout au moins aussi large que long. Chez les macroures l'abdomen est très-développé, étendu en arrière, et terminé à son extrémité par plusieurs petites pièces disposée en éventail, qui remplissent les fonctions de nageoires.

Le homard n'est pas rare sur nos côtes ; il se tient dans les endroits rocheux, à une très-petite profondeur, surtout pendant le temps de la ponte, qui a lieu en été. Ce crustacé, qui atteint jusqu'à 50 centimètres de longueur, se distingue par sa carapace allongée, presque cylindrique, lisse en dessus, et terminée en avant par un rostre tridenté de chaque côté, par ses grosses pinces et ses longues antennes. La langouste (*palinurus locusta*), beaucoup moins répandue sur nos côtes que le homard, diffère de ce dernier par sa carapace épineuse, ses antennes plus grosses, hérissées de poils ou piquants, et par l'absence des grosses pinces qui sont remplacées par une paire de pieds à peu près semblables aux autres.

La chair de ces deux espèces est, comme l'on sait, fort

estimée. En France, on préfère la langouste au homard ;
mais, en Angleterre, on paraît donner le premier rang à ce
dernier ; quant à moi, m'étant plus occupé de la science de
Cuvier que de celle de Brillat Savarin, que j'estime fort
d'ailleurs, j'avoue en toute humilité mon incompétence ; il

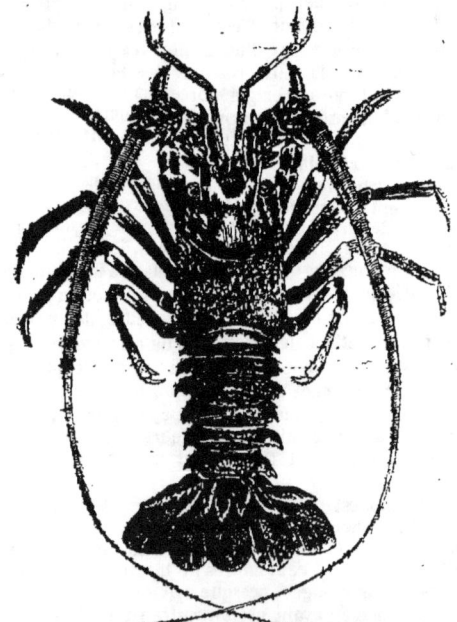

Fig. 44. Langouste.

me semble pourtant que la chair renfermée dans les grosses
pinces du homard est particulièrement digne d'estime.
    Les femelles de ces crustacées portent leurs œufs sous le
ventre, au moyen des filets particuliers qui le garnissent.
Quand ces œufs sortent du corps de la mère ils sont très-petits ; mais ils grossissent sensiblement pendant une vingt-

taine de jours; fait remarquable en ce qu'il est contraire à la règle générale. La femelle les détache alors pour les fixer aux rochers ou pour les abandonner aux vagues. Les petits ne sortent pas de l'œuf avec la forme qu'ils doivent avoir plus tard; cette forme est même tellement différente de celle du homard et de la langouste, que les naturalistes les avaient regardés jusqu'à ce jour comme des animaux d'un ordre différent.

Le premier âge de la langouste, ou sa larve, a les formes bizarres de certains crustacés de l'Inde, auxquels on a donné

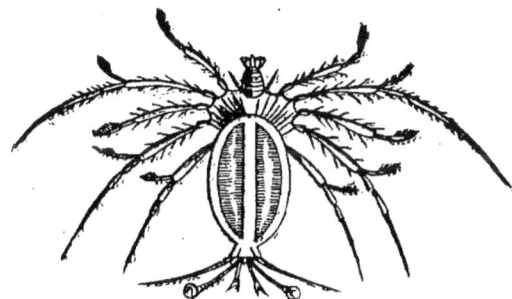

Fig. 45. — Larve de Langouste.

le nom de phylosomes à cause de leur corps aplati comme une feuille; ce qui porte à croire que ces derniers animaux ne sont eux-mêmes que les larves d'autres crustacés. Quoi qu'il en soit, les jeunes langoustes ont le corps aplati comme une feuille, membraneux, transparent, divisé en deux boucliers dont l'antérieur très-grand, ovalaire, forme la tête, et le second, plus petit, porte les pieds et se termine en arrière par un abdomen court et grêle; leurs yeux sont portés sur de longs pédoncules, et leur pieds, terminés par de forts crochets, présentent à la deuxième articulation un appendice garni de barbes qui sert à la natation. Comme on le voit par ce portrait, l'enfant ne ressemble guère à sa mère; mais il se transforme avec le temps et devient une véritable langouste.

Tout le monde a vu aux étalages des marchands de poisson et de comestibles des homards, sinon vivants du moins cuits. Dans ce dernier état ils sont d'un beau rouge; mais, lorsqu'ils sont vivants, leur couleur est un brun violacé ou verdâtre taché de jaune; c'est donc bien à tort qu'un de nos plus célèbres écrivains, qui, sans doute, avait plus étudié ce crustacé à table que dans son propre élément, lui a décerné le titre pompeux de *cardinal de la mer*.

Les homards ont, comme les crabes tourteaux, la singulière habitude de se casser les membres pour échapper à ceux qui les saisissent, et cette amputation volontaire atteint aussi parfois les grosses pinces; mais comme tous les crustacés ont la faculté de reproduire ceux de leurs membres qu'ils ont perdus, ils n'y regardent pas de si près. Ces animaux sont d'ailleurs d'une humeur très-batailleuse, et, au temps des amours surtout, ils se livrent entre eux de terribles combats, dans lesquels ceux qui sont armés de fortes tenailles infligent souvent à leurs adversaires de cruelles blessures. Lorsqu'un membre est grièvement blessé, ce n'est pas au point lésé qu'il se détache, mais bien à la jointure, et lorsque la fracture n'a pas lieu à ce point, l'animal y supplée lui-même en faisant l'amputation convenable. Bientôt un petit moignon se forme au bout de la jointure, il s'allonge peu à peu, reconstitue enfin la partie perdue du membre. C'est ce qui explique pourquoi l'on rencontre fréquemment des crustacés dont les pinces sont de grosseur inégale; sauf le cas où, comme chez les pagures, l'une d'elles a subi un arrêt de développement.

Certains insectes sont, comme les crustacés, revêtus d'une enveloppe solide et inflexible : les coléoptères sont dans ce cas; mais les insectes passent leur enfance, c'est-à-dire leur période d'accroissement, à l'état de larves et de nymphes, dont les téguments mous et élastiques sont naturellement très-extensibles, et l'insecte, dès qu'il a atteint l'état parfait, conserve constamment sa forme et sa taille; son vêtement ne devient jamais trop étroit, il ne s'use point, et, par conséquent, il n'a nullement besoin d'en changer. Mais il n'en est pas de même des crustacés ; bien que beaucoup d'entre eux subissent des métamorphoses comme les insectes, c'est à l'état parfait qu'ils prennent leur croissance, et comme leur enveloppe calcaire est inflexible, et ne laisse aucun vide qui permette à leurs parties molles de s'étendre, ils sont obligés de la quitter de même qu'un habit devenu trop juste. L'enveloppe nouvelle qui se trouve sous l'ancienne, d'abord molle et extensible, se durcit peu à peu à l'air.

L'époque du renouvellement de leur carapace est toujours, pour les crustacés, une époque critique ; après avoir dépouillé leur cuirasse, ils se trouvent revêtus d'un simple vêtement d'étoffe fort mince, qui ne les défendrait pas contre les outrages de ceux-là même qu'ils méprisent lorsqu'ils sont renfermés dans leur bonne armure. Aussi passent-ils ce temps de mue dans une profonde retraite. La matière calcaire qui donne cette dureté à l'enveloppe des crustacés est préparée dans l'intérieur du corps, aux deux côtés de l'estomac, sous la forme de deux petites pierres hémisphériques mal à propos désignées sous le nom d'yeux d'écrevisses, et employées autrefois en médecine.

Les crustacés ne dépouillent pas seulement l'enveloppe du corps et des pattes, ils abandonnent aussi celle des yeux et des antennes ; et c'est en vérité un travail rude et fort difficile pour le pauvre animal, qui quelquefois meurt à la peine. Ce qu'il y a de plus singulier, c'est que le homard abandonne sa vieille défroque sans la briser ; lorsqu'on rencontre celle-ci au moment où elle vient d'être abandonnée, on croit voir un animal entier, et ce n'est qu'en y regardant de près qu'on reconnaît n'avoir affaire qu'à une simple enveloppe.

Lorsque le moment de la mue approche, le crustacé cesse de prendre de la nourriture, il se prépare à cet acte important par un jeûne rigoureux ; on le voit frotter ses pattes les unes contre les autres, se retourner sur le dos, replier et étendre sa queue à différentes fois, agiter ses antennes, et faire toutes sortes de mouvements, dans le but, sans doute, de détacher sa peau pour la quitter ; puis, gonflant son corps comme un individu qui, en se croisant trop brusquement les bras, fait craquer son habit dans le dos, il fait une ouverture entre le premier anneau de l'abdomen et la carapace, et c'est par là qu'il fait sortir la partie antérieure de son corps, après avoir dégagé ses yeux, ses antennes, ses pinces, et successivement toutes ses pattes. Mais c'est précisément là le difficile, et l'on a peine à comprendre com-

8.

ment l'animal peut dégaîner de leur étui les yeux qui sont portés sur de minces pédicules comme une tête d'épingle sur sa tige; et les pinces dont le dernier article est beaucoup plus gros que les précédents. Il en vient cependant à bout en quelques minutes : il ne lui reste plus alors qu'à se débarrasser des anneaux de l'abdomen et de la queue, ce qu'il fait au moyen d'une violente secousse.

Le homard, comme le plus grand nombre des crustacés, a deux sortes de mouvements : la marche et le saut. C'est naturellement au moyen de ses pieds qu'il accomplit le premier mode de locomotion ; mais c'est à l'aide de sa queue qu'il exécute le second. Pour mieux dire, les pieds lui servent à la progression et la queue à la rétrogression, ou au recul, pour parler français ; car, lorsque le homard frappe l'eau de sa queue en la reployant sous son corps, il est lancé en arrière, et il a dans cet organe une telle force, que, d'un seul coup, il peut parcourir une distance de plusieurs mètres avec une grande rapidité. La position naturelle du homard est droite, et ce n'est que par suite de son immersion dans l'eau chaude que l'abdomen prend la position recourbée qu'on lui voit d'ordinaire.

Ce crustacé paraît avoir des sens assez développés ; sa vue au moins doit être excellente, puisqu'on le voit souvent s'élancer avec la rapidité d'une flèche entre deux rochers qui ne laissent entre eux qu'un espace à peine égal à la largeur de son corps.

Chez le homard, comme chez les crustacés les mieux organisés, les yeux sont composés, c'est-à-dire formés par la réunion d'une multitude de petits yeux ayant chacun sa cornée, son corps vitré et son filet nerveux particuliers. Les cornées sont carrées chez le homard, mais quelques crustacés les ont hexagonales comme celles des insectes, et toutes sont soudées entre elles, de façon à constituer une espèce de cornée commune, dont la surface présente une multitude de divisions semblables aux mailles d'un filet ; c'est pourquoi on les appelle yeux à facettes. Du reste, chacun des petits appareils constituants de ces organes multiples est parfaitement distinct de ceux qui l'entourent, et forme avec eux un faisceau de tubes, terminés chacun par un filet nerveux provenant du renflement terminal d'un même nerf optique. Si l'on prend une portion de cette cor-

née à facettes, bien nettoyée à sa face interne, et qu'on la
soumette au microscope, chacune des facettes agi.a comme
une petite lentille, et l'on pourra voir à travers chacune
d'elles une petite image d'un objet placé à la distance convenable. Mais il ne faut pas croire, cependant, que les animaux munis d'yeux composés voient le même objet répété
autant de fois qu'il y a de facettes à leurs yeux; et le homard, lorsqu'il poursuit une proie, n'en voit pas un trou-
peau à travers les 2,500 facettes de son œil. Toutes ces
images partielles aboutissent en un foyer unique, et pei-
gnent sur l'expansion du nerf optique une seule image.

On trouve, enfoncé dans le sable ou la vase, un petit homard en miniature qui n'a que cinq centimètres de long;
son corps est d'un vert sale, rougeâtre sur la carapace, et
les segments de son abdomen sont bombés et striés. Ce petit
crustacé ne sort de son trou que la nuit, pour chasser les
vers marins et les mollusques. Les naturalistes lui ont donné
le nom de *gébie littorale*.

On confond généralement sous le nom de crevettes, *che-*
vrettes, salicoques, bouquets, diverses espèces de genres
différents, mais qui, toutes, rentrent dans une même famille, celle des salicoques; ces espèces, fort nombreuses,
sont, à la vérité, assez difficiles à distinguer; mais nous in-
diquerons au moins celles que l'on rencontre le plus communément. C'est d'abord le crangon (*crango vulgaris*), si
abondant sur nos côtes. On le mange sous le nom de crevette; mais sa chair est beaucoup moins estimée que celle
de la véritable crevette, qui est pour les naturalistes le palémon à scie (*palémon serratus*), et les gourmets ne s'y
trompent pas. Ces deux espèces sont d'ailleurs faciles à distinguer : le crangon est d'un tiers plus petit que le palémon,
sa carapace est déprimée et son rostre est très-court; sa
couleur est un gris verdâtre ponctué de brun. Le palémon,
plus grand (8 à 10 cent.), a sa carapace cylindrique, prolongée en avant par un rostre long et dentelé en scie; sa
couleur est le rouge pâle. Une autre espèce de palémon que
l'on trouve parfois réunie à la précédente, est le *palémon*
trilianus; sa taille est un peu plus petite, sa livrée est couleur de chair pointillée de rougeâtre, et sur l'abdomen se
distinguent plusieurs bandes circulaires d'un rouge violacé.

Les palémons sont recouverts d'un test beaucoup moins

solide que celui des autres crustacés; leur rostre, qui se prolonge en lame d'épée dentelée, leur sert d'arme défensive

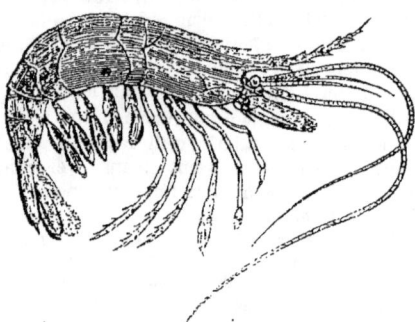

Fig. 46. — Crevette palémon.

contre leurs nombreux ennemis; ceux-ci, parmi lesquels sont beaucoup de poissons friands de leur chair délicate, ne peuvent les avaler qu'en les faisant glisser à reculons dans leur estomac, à cause de leur scie menaçante; aussi ces petits crustacés, connaissant l'avantage dont les a pourvus la nature, font toujours face à l'ennemi et ne se sauvent jamais en tournant le dos.

Les crangons, qui ne sont pas si bien armés, s'enfoncen souvent dans le sable. Mais, malgré ces moyens de défense et leur vivacité, les crevettes servent de pâture à presque tous les animaux marins, sans compter la consommation effrayante qu'en fait l'homme; aussi la nature prévoyante, qui sait toujours maintenir une juste balance entre la destruction et la production, leur a-t-elle accordé une fécondité prodigieuse : les femelles pondent plusieurs fois par an des milliers d'œufs qu'elles portent sous la queue jusqu'au moment de leur éclosion.

Les petits qui en sortent sont de singulières créatures, qui ne ressemblent pas plus à leur parents que le ver blanc au hanneton. Ils ont une grosse tête que supporte un petit corps pyriforme, muni de chaque côté d'un appendice natatoire. Ces petits êtres vivent en société, et font, à quelque distance, l'effet d'un nuage de particules blanches en mou-

vement. Lorsqu'ils sont dans un aquarium, il est facile de les
observer; on n'a qu'à approcher une bougie du vase dans
lequel ils se trouvent pour les voir accourir vers la lumière,
comme font les phalènes ou les moucherons.

On trouvera en abondance, soit à l'état de larves, soit à
l'état parfait, beaucoup d'espèces de salicoques dans les flaques d'eau que laisse la mer en se retirant au reflux; mais
il est fort difficile de s'en emparer, car ils filent avec la rapidité d'une flèche au moment où l'on croit les saisir, et leur
couleur les fait confondre facilement avec le sable. Le meilleur moyen de s'en emparer est de promener dans l'eau un
filet de gaze.

Dans les régions rocheuses du littoral, on trouve souvent
des excavations naturelles remplies d'eau et abritées par
quelque saillie du roc; ces bassins, où la lumière pénètre à
peine, servent de retraite à un grand nombre d'animaux
marins et surtout de petits crustacés; malheureusement la
situation même de ces réservoirs, et l'obscurité qui y règne, en rendent l'exploration presque impossible. J'ai cependant employé, souvent avec succès, un moyen fort simple pour attirer les habitants de ces lacs intérieurs : je
présentais à l'ouverture le corps de quelque petit poisson
mort, et je ne tardais pas à voir les voraces petits êtres se
précipiter par centaines sur cette proie facile ; alors, glissant doucement mon filet le long de la paroi supérieure, et
le ramenant ensuite vivement à moi en plongeant, je man-
quais rarement de faire bon nombre de prisonniers.

J'ai pris ainsi, non-seulement les espèces décrites plus
haut, mais plusieurs autres beaucoup plus rares; entre autres, le palémon à cornes annelées (*pandalus annulicornis*),
jolie espèce au corps transparent marqué de lignes transversales rouges, et dont la tête est surmontée de longues
antennes ornées de distance en distance d'anneaux écarlates.
Toutes ces petites espèces figurent très-bien dans l'aquarium, et échappent assez facilement, par leur vivacité, aux
pagures et autres crustacés voraces de moyenne taille. Mais
elles sont délicates et, par conséquent, difficiles è transporter. La plupart d'entre elles meurent peu d'instant après
qu'on les a retirées de l'eau.

Lorsqu'on se promène par les journées chaudes de l'été
sur la plage sablonneuse, en longeant l'ourlet qu'y forme la

mer, on voit sauter sous ses pas des myriades de très-petits
animaux, qui font d'abord l'effet de nuées de sauterelles;
leur nombre est parfois tellement considérable que la crête
des vagues en paraît couverte; ils grouillent dans les flaques
d'eau de mer, et sont en tas sous les touffes de fucus. Il semble que l'on n'ait qu'à se baisser pour les ramasser à poignée; mais, dès que l'on approche la main, pst, pst, pst!
il n'en reste plus un; les tas s'éparpillent de tous côtés, par
bonds répétés, comme une troupe de kangaroos. Si l'on
parvient enfin à s'en emparer, après une chasse active, on

verra un petit crus-
tacé de 10 à 12 milli-
mètres de longueur,
dont le corps, de cou-
leur cendrée, est di-
visé en un grand
nombre de segments
et porte sept paires
de pattes. C'est au

Fig. 47. — Talitre (puce de mer).

moyen de leur queue, repliée sous leur corps et développée
vivement, comme un ressort, qu'ils exécutent ces bonds
prodigieux qui leur ont fait donner le nom vulgaire de *puces
de mer*. Leur nom scientifique est *talitrus saltator*, qui indique également leur talent de sauteur. Si on les observe
dans les flaques d'eau que laisse la mer, en se retirant au
reflux, on verra qu'ils nagent, non pas dans la position ho-
rizontale, comme tous les autres crustacés, mais couchés sur
le flanc. On peut aisément s'en procurer un assez grand
nombre, au moyen d'un filet de gaze.

Ces petits animaux sont très-utiles dans un aquarium; ils
remplissent avec un zèle digne d'éloges les fonctions d'a-
gents de la salubrité publique, en dévorant tous les détritus
organiques qui pourraient empoisonner l'eau. Malheureusement les gros mangeurs de la communauté, sans égards
pour les services qu'elles leur rendent, croquent à belles
dents les pauvres puces d'eau. On les voit disparaître en
quelques jours comme par enchantement, et quelques débris de carapace, quelques membres brisés, épars sur le fond
de sable, indiquent seuls que là vécurent des talitres

CHAPITRE VIII

LES ANNÉLIDES

Anatifes, croyance singulière à leur égard. — Cirrhipèdes, balanes ou glands de mer ; une aventure désagréable ; conseils au lecteur. Anné-lides à tuyaux ; serpules, térébelles ; annélides tubicoles et annélides errantes : polynoë; aphrodite; ses armes redoutables ; néréides, neph-thys ou chatte ; quelques réflexions sur la pêche à la ligne. — Comment péchait Marc-Antoine ; l'arénicole, le siponcle ; organisation des anné-lides. — Reproduction singulière des syllis et des myrianes.

Lorsqu'on suit le flot jusqu'à la dernière limite où il se retire à la marée descendante, on observe fréquemment à la surface des roches de cette zone extrême, de singuliers coquillages de forme conique, composés de plusieurs pièces distinctes, et portés au bout d'un long pied ou pédicule par lequel ils sont fixés au rocher. S'il est à sec, le coquillage reste fermé de toutes parts ; mais dès que le flux vient lui apporter l'espoir d'une nourriture abondante, il semble re-naître à la vie. On le voit alors entr'ouvrir ses valves et en faire sortir de nombreuses antennes poilues qu'il étale en avant pour les ramener vers lui, et toujours dans le même sens, comme pour attirer quelque chose vers leur centre. Ces antennes, que les naturalistes appellent des *cirrhes*, sont les bras de l'animal, et les mouvements qu'il leur im-prime ont pour but d'entraîner vers la bouche les corpus-cules alimentaires qui se trouvent en suspension dans l'eau, et que l'animal ne saurait aller chercher, attaché comme il est au rocher. Mais si vous voulez observer l'animal à votre aise, (et il est réellement bien digne de votre curiosité), il faut vous déchausser et ne pas craindre un bain de pied, car vous ne le verrez jamais fonctionner que sous l'eau. Re-marquez d'abord que la coquille est formé de cinq pièces,.

ce que nous n'avons jamais vu dans aucun mollusque ; quatre de ces pièces sont régulières, de forme triangulaire, le sommet dirigé en haut ; la cinquième est allongée, étroite, courbée, et forme comme le dos de la coquille. Celle-ci est

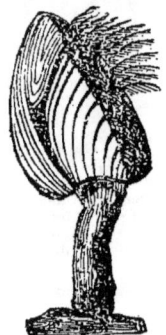

supportée par un pied membraneux, deux ou trois fois aussi long que le test, et qui peut se contracter, s'allonger, se courber à la volonté de l'animal. — Lorsque celui-ci veut se livrer à la pêche, il entr'ouvre par en haut ses valves, réliées entre elles par une membrane interne, et étale en éventail ses bras ou cirrhes. Ces organes, qui paraissent ne servir qu'à la préhension, sont composés d'un grand nombre de petits articles, comme les antennes des écrevisses, et garnis dans toute leur longueur de filaments soyeux. Ces poils, s'écartant droit des deux côtés de chaque cirrhe, se croisent dans tous les sens avec ceux des cirrhes voisins,

Fig. 48. — Anatife.

de manière à former un véritable filet que l'animal resserre et retire à lui dès que sa proie y est engagée. Ces êtres curieux sont connus sous le nom d'anatifes (de *anas*, canard, et *fero*, je porte, je produis), appellation due à une croyance singulière analogue à celle que nous avons rapportée en parlant des macreuses.

Voici d'ailleurs ce qu'en dit Gérard Herbal, dans un écrit publié en 1656 :

« Il y a dans le Lancashire, dit-il, une petite île où l'on trouve des débris de navires brisés par la tempête, et des troncs de vieux arbres pourris qui ont été aussi jetés par la mer. On remarque sur ces bois une certaine écume, qui bientôt se change en coquilles dont la forme rappelle à peu près celle des moules. De l'un des côtés de la coquille sort un pied par lequel elle s'attache au bois ; dans la coquille est une masse ou gelée qui, avec le temps, prend la forme d'un oiseau. Lorsque celui-ci est parfaitement formé, la coquille s'ouvre et la première chose qui paraît est la queue ; puis sort le corps, et, à mesure qu'ils se dévelope, il ouvre de plus en plus la coquille, jusqu'à ce qu'il sorte tout à fait et ne pende plus que par le bec. Peu de temps après il arrive à sa grosseur et tombe dans la mer, où il se couvre de plumes et devient un canard. Le peuple du Lancashire ne le désigne pas sous d'autre nom que celui de *tree goose*, et il est si commun dans cet endroit, qu'on peut s'en procurer un des plus gros pour 3 pences. »

Le digne Gérard Herbal se trompait-il de bonne foi ou se moquait-il de ses contemporains? C'est ce que je ne saurais décider. Ce qu'il y a de singulier, c'est que cet ancien préjugé s'est perpétué jusqu'à nous, et que j'ai rencontré, un vieux pêcheur qui m'a conté le fait comme l'ayant vu. Les naïfs partisans de cette croyance pensent que s'ils ne voient pas sortir le canard de la coquille, c'est que celui-ci s'envole pendant la nuit; et ce qui le prouve, disent-ils, c'est qu'on ne retrouve plus l'animal dans son enveloppe. Le fait est que les anatifes, retirés de l'eau, se dessèchent promptement, et à tel point qu'il faut une grande attention pour découvrir au fond de la coquille les restes de l'animal racorni au delà de toute expression.

Bien que muni d'une coquille, l'anatif n'est pas un mollusque, il forme, avec quelques genres voisins, une classe qui, sous le nom de *cirrhypèdes*, sert de trait d'union entre les crustacés et les mollusques d'une part, et d'autre part entre ces derniers et les annélides.

Ceux qui voudront nous suivre dans la dissection d'un de ces animaux verront que les cirrhipèdes offrent en effet des caractères propres à chacune de ces trois classes.

Si après avoir coupé le pédicule par lequel l'animal est fixé au rocher, nous enlevons deux des grandes valves de la coquille, nous le mettrons à nu, tel qu'il est représenté dans la figure ci-jointe. Le corps de l'anatife est enfermé dans un manteau comme celui des mollusques; retiré de son enveloppe, il présente sur les côtés plusieurs sillons qui correspondent au nombre des pieds, et ceux-ci sont en nombre égal à ceux des crustacés. Entre les cirrhes est un renflement qu'on pourrait considérer comme la tête, mais on n'y dis-

Fig. 48.
Anatife mis à nu.

9

tingue pas d'yeux ; la bouche, composée d'une lèvre supérieure, de trois paires de mâchoires transversales et
d'une petite langue, a la plus grande analogie avec celle
des crustacés en général. Les branchies ou organes respiratoires sont placées à la base des pieds, comme chez certains
crustacés, et le système nerveux est composé d'une série de
renflements ganglionnaires comme dans les articulés. Si l'on
fend longitudinalement le pédicule, dont la membrane extérieure tapisse la coquille en dedans, on voit dans sa cavité
une substance granuleuse de couleur bleu de ciel foncé, ce
sont les ovaires, et les œufs que l'on retrouve à certaines
époques dans les plis du manteau, sont également d'un
beau bleu.

Ce qu'il y a de plus singulier dans la vie de l'anatife, c'est
que cette pauvre créature, enracinée pour la vie là où elle
s'est fixée, était dans son enfance un petit être vif et re-
muant, assez semblable à une jeune crevette, nageant libre
et vagabond d'un lieu à un autre au moyen de cils délicats,
et pourvu d'yeux pour se diriger, jusqu'au moment où,
jetant l'ancre dans un lieu favorable, il s'est bâti une bonne
maison de pierre et est devenu propriétaire, ou plutôt
attaché à la glèbe pour toujours. De sorte que, contraire-
ment à ce qui se passe généralement chez les animaux qui
subissent des transformations et dont les organes se multiplient et se développent avec l'âge, les anatifes paraissent
jouir d'une organisation plus parfaite dans leur enfance que
dans l'âge adulte.

Ces animaux semblent regretter la liberté dont ils jouis-
saient dans leur enfance :

> Volontiers gens boiteux baissent le logis,

a dit le bon La Fontaine, et pour voyager à peu de frais et
sans fatigue, ils s'attachent aux navires et peuvent ainsi
visiter tous les points du globe et reproduire leur race sur
les rivages du monde entier. D'autres encore s'attachent aux
cétacés et aux gros poissons et suivent leur fortune.

Les naturalistes donnent à l'anatife commun le nom de
pentalasmis anatifera ; une autre espèce qui se rencontre
également sur nos côtes est le poucepied (*pallicipes cornu-
copia*) ; elle se distingue de la précédente par le plus grand

nombre de ses valves irrégulières (22 à 50) et par son pédicule relativement plus gros et écailleux.

Les anatifes ont de très-proches parents dans les balanes ou glands de mer, ainsi nommés à cause de leur ressemblance grossière avec le fruit du chêne. Ces petits cirrhipèdes se distinguent des anatifes, principalement par l'absence du pédoncule; leur coquille, composée de six pièces soudées entre elles, adhère aux corps sous-marins par sa base : on les trouve groupés en quantités souvent considérables, non-seulement sur les rochers, mais encore sur des morceaux de bois, des pierres, des coquilles; ils paraissent même affectionner particulièrement celle de la patelle, sans doute à cause de ses habitudes tranquilles.

Je fis connaissance avec les balanes d'une façon assez désagréable : c'était, il m'en souvient, la première fois que j'observais des anatifes; j'avais pris position sur une belle roche, bien garnie de ces animaux et qui, à marée basse, était à peine recouverte d'un pied d'eau. J'étais là depuis dix minutes environ, tout absorbé dans la contemplation des procédés de ces petits êtres, lorsqu'en voulant changer ma position, que je commençais à trouver fatigante, je mis le pied sur une touffe de fucus qui masquait un trou; je glissai, perdis l'équilibre, et mon bain de pied se trouva changé instantanément en un bain de siége. Ce n'était là que le côté plaisant de ma mésaventure; l'eau était peu profonde, nullement froide (c'était au mois de juin), et dans ma chute je ne me fis aucun mal. Mais en tombant j'avais instinctivement étendu les mains pour me retenir, et de l'une d'elles je m'étais cramponné au rocher voisin. Or, ce point du rocher était couvert de balanes, et lorsque, m'étant relevé, je cherchai la cause d'une douleur assez vive que j'avais ressentie à la main, je la vis tout ensanglantée et criblée de petites blessures semblables à des morsures de sangsues. C'étaient les coquilles quadrangulaires et tranchantes de ces animaux qui avaient pénétré dans les chairs. Je vois d'ici le lecteur rire à mes dépens; mais je m'en console en songeant que le récit de ma mésaventure peut le rendre prudent, et lui éviter un accident beaucoup plus grave que celui dont j'ai été victime.

Lorsqu'on chemine à travers les rochers, il est bon de regarder à ses pieds, afin d'éviter les crevasses et les touffes de fucus que leur enduit visqueux rend glissantes comme le verglas. Une chute malheureuse peut entraîner la rupture d'un membre, et par suite l'impossibilité de retourner sur ses pas; or, le flot n'attend point.

Sur ces mêmes rochers qu'habitent les balanes et les anatifes, nous trouverons des groupes de tubes singulièrement contournés: chacun des tubes est attaché au rocher par son extrémité, puis après avoir serpenté sur la moitié de sa longueur, ou s'être enroulé une fois ou deux sur lui-même, comme pour donner plus de solidité à sa base, il s'élève hardiment. Ce tube paraît formé d'une seule pièce, et il est strié transversalement. Si l'on détache un groupe de ces cornets calcaires, l'œil ne distinguera d'abord aucun être vivant dans leur intérieur; seulement une petite masse rougeâtre en occupe le fond. Placez ces tubes dans un vase rempli d'eau de mer et attendez, ou plutôt n'attendez pas, mais occupez-vous d'autre chose pour revenir observer vos cornets dans une heure ou deux. Il faut ce temps aux timides habitants de ces tubes pour se préparer au nouveau

Fig. 49.—Serpules.

milieu dans lequel ils se trouvent. Au bout de ce temps, vous verrez s'élever, avec une prudente lenteur, au-dessus de chaque tube, une espèce de bouchon rouge ou violet, qui s'épanouit peu à peu comme une fleur en bouton, et déploie enfin un rang de tentacules plumeux qui le couronnent d'un panache de pourpre. Mais prenez garde, car, si lent que soit l'animal à faire son apparition sur la scène, il est plein de vivacité pour la retraite; au moindre choc, au moindre ébranlement du liquide, il replie son brillant diadème et se plonge au fond de son tube, et cela si rapidement que l'œil a peine à saisir le mouvement. Telle est la sensibilité de ces animaux qu'il suffit de passer la main rapidement au-dessus, sans même toucher le vase, pour les voir disparaître instantanément; et cependant on ne leur a pas encore découvert d'yeux. Ces animaux sont des serpules, et les naturalistes leur ont donné le nom de *serpula contortuplicata* à cause de leur tube contourné.

Autrefois l'on se contentait des caractères extérieurs d'un animal pour lui assigner son rang dans l'échelle des êtres ; aussi ne faut-il point s'étonner que les naturalistes anciens plaçassent les serpules parmi les mollusques à coquilles, auprès des tarets et des vermets, qui se construisent des tubes à peu près semblables. Mais si l'on tire une serpule de son tuyau, ce que l'on peut faire aisément, l'animal y étant libre et non point fixé par des muscles puissants, comme les mollusques à leur coquille, l'on verra combien il en diffère par son organisation. Son corps est vermiforme, composé de nombreux anneaux dont chacun porte une paire d'appendices ou pieds terminés par une soie. Les tentacules plumeux, d'un rouge vif, que nous l'avons vu déployer en éventail au-dessus de l'ouverture de son tube, sont ses branchies, ses organes de respiration, que gonfle, en les colorant, un sang vermeil. C'est également au moyen de ces élégants panaches qu'il arrête au passage la proie qui lui sert de nourriture.

Les serpules couvrent de leurs tubes enchevêtrés les uns dans les autres, non-seulement les rochers, mais les coquilles et tous les corps sous-marins ; et l'on trouve parfois à marée basse des débris de poterie couverts de leurs tuyaux. On en rencontre d'ailleurs sur nos côtes plusieurs espèces qui se distinguent entre elles par la forme de leur cornet et par quelques détails de leur organisation. Celle dont nous avons parlé précédemment a son tube rond et scié transversalement, comme une corne d'antilope ; d'autres sont lisses et anguleuses ; les unes sont contournées en spirale, les autres droites ; celles-ci sont couchées, celles-là élevées en l'air.

Toutes les annélides tubicoles (tel est le nom que leur donnent les naturalistes) ne sécrètent pas leur tuyau d'une seule pièce comme les serpules ; ramassez à vos pieds, dans cette flaque d'eau, ces tubes vides formés de débris de coquilles et de grains de sable ; ils offrent des caractères bien différents ; les uns sont composés de débris et de grains de sable assemblés grossièrement et sans art ; les autres sont faits des mêmes matériaux, mais chaque grain, chaque

pièce y est si bien adaptée, qu'on dirait une mosaïque.
Autant le premier est rugueux et inégal, autant le dernier
est lisse et d'une épaisseur égale dans toute sa longueur,
épaisseur qui ne dépasse celle d'une feuille de papier. Ces
tuyaux sont vides, mais nous en trouverons facilement
d'autres munis de leurs habitants, à moitié enterrés dans le
sable, vers la limite des basses eaux.

Tenez, voici d'abord le premier, le mal bâti ; tirez-le
avec précaution du sable, afin de ne point blesser l'animal
qui sortira lui-même de son habitation ; car il la quitte souvent pour errer sur les rochers au milieu des plantes marines, ou pour s'abandonner à la vague, en agitant, comme
autant de rames, ses nombreux tentacules. Sa maison est
d'ailleurs si mal construite, qu'elle ne doit pas lui couter
beaucoup de peine à refaire, et qu'il ne doit par conséquent
y tenir que médiocrement.

Mais le voilà sorti ; mettez-le dans un vase rempli d'eau
de mer avec une poignée de sable au fond, et vous pourrez
l'examiner à votre aise.

Son corps, composé d'anneaux, comme celui des serpules, est garni sur les côtés de
mamelons aplatis munis de soie.
Sur le dos, près de l'extrémité
antérieure, s'élèvent par paires
six branchies en forme d'ar-
buscules, qui, sans cesse agitées
par le sang, présentent alternativement des teintes ambrées
ou écarlates, suivant que ce
liquide abandonne leurs rameaux ou les remplit. De la
tête part une touffe de cent à
cent cinquante longs filaments
blancs qui peuvent s'étendre, se
contracter, se diriger dans tous
les sens ; ce sont les bras de
la *térebelle*, qui réalise ainsi la
fable de Briarée, le géant aux
cent bras. Lorsque l'annélide

Fig. 50. — Térébelle.

veut changer de place, elle allonge en avant quelques-
uns de ses filaments, semblables à de longs vers blancs, en

fixe l'extrémité au sol, puis, les raccourcissant par la con-
traction, fait avancer son corps ; d'autres tentacules vont se
fixer plus loin, se contractent à leur tour et entrainent le
corps de la térébelle qui chemine ainsi assez vite. Ces êtres
singuliers ressemblent, sous ce rapport, à de petites poulpes
dont les bras seraient filiformes et en nombre considérable. C'est à l'aide de ces filaments que la térébelle construit son tube ; il est merveilleux de les voir saisir au loin
les grains de sable et les débris de coquilles, les ramener
près de l'annélide, les disposer dans l'ordre nécessaire autour de son corps, où ils sont soudés ensemble par une humeur visqueuse, véritable mortier hydraulique fourni par
l'animal, qui se trouve en fort peu de temps abrité dans une
forteresse crénelée, comme vous pouvez le voir ; car l'orifice de son tuyau est garni de distance en distance de petits
appendices de sable.

Le second tube, le bien construit, dont la régularité et le
poli rappellent une mosaïque, renferme également un ver
marin, une annélide, d'une organisation assez semblable à
celle de la térébelle ; comme
celle dernière, il porte sur
les côtés de ses premiers anneaux plusieurs paires de
branchies délicatement ramifiées, mais il n'a point ces
cent bras dont se sert la térébelle pour marcher, nager
et bâtir. Il a plus de peine à
construire sa maison et y
apporte tous ses soins ; aussi
ne la quitte-t-il pas aussi
facilement ; mais placez-le
dans l'eau de mer et vous
verrez que la nature n'a pas
été plus ingrate à son égard
qu'à celui de sa congénère :
au bout de quelques instants
vous verrez sortir par l'ouverture du tube deux mer-

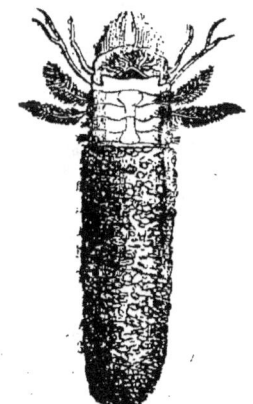

Fig. 51. — Amphitrite dorée.

veilleux peignes d'or : c'est à ce riche ornement qu'elle
doit son nom d'amphitrite dorée (*pectinaria auricoma*).

On peut déposer dans un aquarium, les amphitrites et les serpules, elles en sont même un des plus beaux ornements; mais ces animaux demandent à être surveillés de près, car ils se laissent assez souvent mourir au fond de leur tube, et leur dépouille empeste l'eau en fort peu de temps. De ce qu'une annélide passerait un jour entier, ou même deux, sans montrer hors de son tuyau son brillant panache, il ne faudrait pas conclure que l'animal est mort; mais si l'ouverture se couvre d'une membrane blanchâtre comme d'un linceul, c'est un signe certain que la mort a frappé l'habitant dans sa demeure, et il faut se hâter de l'enlever.

Le genre de vie sédentaire des *annélides tubicoles* indique suffisamment un caractère timide et la privation d'armes propres à l'attaque ou à la défense. En effet, si l'on arrache ces animaux de leur retraite, ils ne cherchent même pas à fuir, et se bornent à s'enrouler sur eux-mêmes en contractant autant que possible toutes les parties de leur corps. Il n'en est plus de même des *annélides errantes*; celles-ci, comme leur nom l'indique, ont l'humeur vagabonde et guerrière, et mènent une vie indépendante. Plus favorisées que leurs compagnes recluses, elles ont une tête distincte, munie d'yeux, et leur bouche est armée de solides mâchoires; leur corps, composé d'un grand nombre d'anneaux, peut s'allonger ou se raccourcir considérablement; il est pourvu d'un appareil locomoteur très-développé, qui leur permet de marcher ou plutôt de ramper avec assez de vitesse, ou bien de nager avec agilité.

On a dit avec raison que chaque animal avait ses ennemis; mais si la nature a donné aux uns les moyens de poursuivre et d'attaquer leur proie, elle a appris aux autres la manière de se défendre ou d'échapper. Certaines classes industrieuses et actives, telles que les araignées et les insectes, offrent à ce point de vue les traits les plus variés et les plus curieux. Les annélides qui habitent au sein des eaux et qui sont sans cesse en présence d'une foule d'ennemis redoutables, offrent peu d'industrie; mais la nature a donné aux unes des armes formidables, et aux autres, comme nous l'avons vu, la faculté de sécréter ou de construire des tubes solides dans lesquels elles trouvent une retraite.

Malgré les armes dont les a douées la nature, les annélides errantes sont prudentes ; elles ne sortent guère que la nuit pour attaquer ou surprendre les petits animaux dont elles font leur nourriture, et restent assez généralement pendant le jour, cachées sous les pierres et les touffes de fucus, ou enterrées dans la vase ou dans le sable. C'est donc dans ces retraites qu'il faut les découvrir.

Levons ces pierres que le flot vient de quitter ; voilà justement sous l'une d'elles un de ces animaux ; il est ramassé dans sa cachette comme pour mieux se dérober à la vue de ses ennemis ; mais, dès qu'il se voit découvert, il s'allonge, se tord en spirale comme un serpent. Le voilà qui marche, il mesure ainsi quatre centimètres de longueur. C'est le *(polynoë squamata)*, ainsi nommé à cause des douze paires de larges écailles qui se recouvrent l'une l'autre sur son dos comme les tuiles d'un toit ; leur couleur est grisâtre pointillée de brun. Sa tête, armée de fortes mâchoires recourbées, porte quatre yeux bien distincts et quatre antennes. Les pieds nombreux, en forme de tubercules charnus comme ceux des chenilles, sont munis de faisceaux de soies qui constituent de chaque côté une sorte de bordure épineuse. Ces soies plus fines mais bien plus raides qu'un cheveu, sont les armes dont la nature a gratifié les annélides errantes ; ce sont de véritables épieux d'une admirable structure, sur laquelle nous reviendrons avec détail un peu plus loin. En attendant, continuons nos recherches.

Fig. 52.
Polynoé écailleux.

Voici, rampant sur le sable et tout couvert de vase, un animal qui, au premier aspect, ne parait offrir rien de bien remarquable ; sa forme ovalaire rappelle un peu celle d'une énorme limace de près de un décimètre de long. Mais si vous le plongez dans un vase rempli d'eau de mer, il aura bientôt changé d'aspect. Au bout de quelques minutes, lorsqu'il sera fait à son nouveau séjour, vous le verrez ramper sur le fond du vase débarrassé de la boue qui souillait son corps ; et cet animal dont la vue seule, il n'y a qu'un instant, vous inspirait le dégoût, vous paraît maintenant une des

9.

merveilles de la création. Son corps est couvert en dessus
d'un feutrage soyeux et brillant sous lequel sont cachées
quinze paires de plaques écailleuses qui recouvrent les
branchies, et les côtés sont garnis d'une bordure flottante
formée par des faisceaux de soies très-longues. Cette magnifique robe de soie où toutes les nuances du prisme se

Fig. 53. — Aphrodite hérissée.

mêlent aux reflets de l'or et de l'acier bruni, ne le cède
en richesse ni au plumage du colibri ni aux ailes du papillon
des tropiques. Cet animal est l'aphrodite hérissée (*aphro-
dita aculeata*), à laquelle on donne sur les côtes le nom
vulgaire de souris de mer.

Il est assez étrange de voir un animal revêtu de si éclatantes couleurs, qui d'ordinaire, ne se développent qu'en
pleine lumière, rechercher les lieux obscurs et retirés, s'enfoncer dans le sable ou la vase, et ne se montrer au grand
jour qu'avec une robe souillée de boue. C'est que l'aphrodite a de nombreux ennemis; les crabes surtout, contre la
solide cuirasse desquels ses armes sont impuissantes; elle
le sait; elle sait aussi que sa trop brillante enveloppe la tra-
hirait, et voilà pourquoi elle sacrifie sagement toute idée
de vanité, au soin de sa sûreté. Mais ces longs poils brillants d'or, ces aigrettes étincelantes de rubis et d'émeraudes
ont cependant un but plus utile qu'on ne le pourrait croire
au premier abord. Placez quelques-uns de ces poils sous la
lentille d'un microscope et vous serez frappé de la diversité
de leurs formes. L'aphrodite porte sur elle un véritable ar-
senal; il n'est peut-être pas une arme blanche, inventée
par le génie meurtrier de l'homme, dont on n'eût pu trouver ici le modèle. Voici des lames à double tranchant, la
longue latte de nos cavaliers, le yatagan des Arabes; voilà
le cimeterre turc, le kris javanais, la javeline barbelée des
Caraïbes; puis ce sont des harpons, des gaffes, des lames de

toute formes légèrement soudés à l'extrémité d'une tige aiguë. Ces pinces mobiles restent implantées dans le corps de
l'ennemi, comme les dards du porc-épic ; mais le manche
qui les supportait reste et devient une longue pique aussi
acérée qu'auparavant. Et pour que ces armes si fines et si
délicates ne puissent s'émousser ou se briser, elles ont chacune leur étui où l'animal les fait rentrer à volonté, comme
le chat ses griffes.

En soulevant les pierres que le flot vient d'abandonner,
vous trouverez sans doute la néréide, au corps allongé, linéaire, composé d'une centaine de segments, et rappelant
l'aspect de nos mille-pieds terrestres. Sa tête porte quatre
antennes et quatre yeux ; ses branchies, insérées sous les
pieds, ont la forme de petites languettes charnues.

Une particularité assez singulière des habitudes de cette
annélide, est de chercher un abri dans les coquilles habitées par le crabe-ermite. Mauvaise compagnie pour le
pauvre crabe, car les pêcheurs, qui estiment fort la néréide
comme appât, arrachant le malheureux ermite de sa retraite
pour y chercher le ver.

C'est au genre des néréides qu'appartient ce petit ver
filiforme et phosphorescent qu'on trouve assez fréquemment dans les huîtres.

Une autre annélide souterraine est la *nephthys*, connue
des pêcheurs, qui l'emploient comme amorce sous le nom de
chatte. C'est un long ver, au corps aplati, composé de cent
cinquante à deux cents anneaux suivant sa taille ; car, chez
ces animaux, le nombre des segments augmente avec l'âge.
Sa tête se prolonge en une grosse trompe armée de petites
mâchoires et entourée de barbillons déliés ou tentacules ;
es pieds munis de soies, portent en dessous les branchies.
La nephthys est d'un blanc argenté et irisé, sur lequel se
détache en rouge la ligne dorsale. Ses nuances délicates et
sa vivacité lorsqu'elle court sur le sable, en font, malgré son
allure rampante, un fort joli petit animal.

Un pêcheur me disait que lorsqu'il amorçait avec la chatte,
il prenait du poisson à tout coup ; en effet, je lui en vis prendre un assez grand nombre en fort peu de temps, sa provision de chattes étant abondante ce jour-là.

Une autre annélide, également fort recherchée des pêcheurs comme appât, est l'arénicole ; on reconnaît facile-

ment le lieu où elle est terrée par les petits cordons de sable contournés sur eux-mêmes que l'animal rejette au dehors lorsqu'il creuse sa galerie.

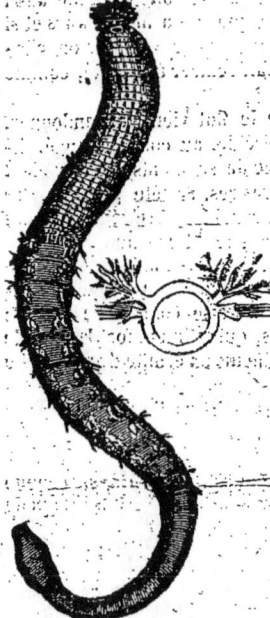

Celle-ci a, le plus habituellement, un pied ou un pied et demi de profondeur, mais parfois elle descend beaucoup plus bas, et si on n'enfonce pas la bêche de manière à lui couper la retraite, l'arénicole parvient à s'échapper.

Cette annélide ressemble beaucoup pour la forme à notre lombric ou ver de terre commun, mais elle s'en distingue par la rangée de branchies écarlates qu'elle porte de chaque côté du corps. Sa couleur générale varie du brun noirâtre au jaune rougeâtre très-clair, et cette différence de coloration paraît tenir au milieu dans lequel vit l'animal. Les arénicoles que l'on trouve dans la vase sont toujours de couleur foncée, quelquefois même noires; mais c'est à tort que les naturalistes en ont fait

Fig. 54. — Arénicole.

une espèce à part, sous le nom d'*arenicola carbonaria*; celles qui habitent le sable pur sont toujours d'un jaune rougeâtre (*arenicola arenaria*). Les pêcheurs préfèrent ces dernières pour amorcer leurs lignes et assurent que le poisson y mord mieux.

Procurez-vous un de ces animaux; — vous voyez qu'il n'a pas de tête distincte, mais la partie antérieure de son corps est renflée et donne passage à une trompe protractile; c'est à l'aide de cette trompe qu'il creuse le sol, et la manière dont il s'y prend pour s'y enfoncer est assez curieuse pour mériter qu'on en fasse l'expérience. Placez donc votre arénicole sur la surface du sable, et observez ses mouvements : vous la verrez d'abord tâtonner avec sa trompe, comme pour chercher un point convenable pour commencer sa galerie. Lorsqu'elle l'a trouvé, elle y enfonce un peu sa tête, et déroule tout à coup sa trompe qui pénètre dans le sol en le refoulant de tous côtés ; elle se cramponne alors au fond du trou qu'elle a formé, puis, faisant rentrer sa trompe, elle tire son corps en avant. A l'aide des soies qui garnissent les côtés de ses anneaux, elle se maintient alors dans la position qu'elle vient de prendre, et enfonce de nouveau sa trompe plus avant dans le sable. La rapidité avec laquelle l'animal exécute ces mouvements est très-grande, et il ne lui faut que quelques minutes pour creuser une galerie de plus d'un pied de profondeur.

Mais nous voici arrivés à l'extrême limite des basses eaux ; déjà nous voyons les laminaires balançant comme des éventails leurs larges frondes d'un vert olivâtre, et de grosses pierres disséminées çà et là sont couvertes d'une chevelure épaisse d'algues de toutes sortes. Si vous l'examinez de près, cette forêt sous-marine vous paraîtra aussi remplie d'habitants que les forêts vierges du tropique ; dans leurs crevasses et leurs anfractuosités ces blocs de rochers cachent des milliers d'animaux. Tenez, en voici un excavé en dessous, et formant une caverne où ne pénètrent jamais les rayons du soleil ; des actinies de toutes couleurs y déploient leurs tentacules bariolés comme les fleurs d'un brillant parterre ; le sable humide et vaseux est sillonné par les routes qu'y ont tracées les annélides ; chaque angle, chaque repli de la pierre sert de logette à quelque animal. Nous en aurions pour tout un jour à faire l'inventaire de cette ménagerie, mais le flot ne nous accorde qu'une heure.

Tâchons, au moyen du levier, de soulever ce fragment de roc ; peut-être y trouverons-nous quelque rareté. Allons, courage, encore un effort ; là ! et le bloc tournant, glisse et se renverse en nous éclaboussant, et laisse à nu une surface de sable vaseux entrecoupée de sillons et piquetée de trous. Voici des annélides, qui, surprises par l'éclat du jour, rampent dans leur sillon d'un air inquiet ; des petits crabes qui courent de côté en élevant leurs pinces d'un air menaçant ; des mollusques qui se hâtent de rentrer dans leurs coquilles.

Mais que peut être ce petit peloton noirâtre ? on dirait
d'une cordelette nouée et renouée vingt fois sur elle-même ;
cela bouge, mais si lentement qu'il faut une grande attention pour y distinguer le mouvement.

Ah ! voilà un bout du cordon qui se dégage de la pelote
et s'allonge peu à peu comme un ver ; c'est la tête de
l'animal ; elle ne se distingue du corps que par un léger
renflement. Mais le ver continue à s'allonger comme un fil
de caoutchouc ; regardez, il a au moins trois pieds : il s'allonge encore, encore, encore, il a au moins 6 pieds,
7 pieds, 8 pieds, 10 pieds ! Il s'en tient là, mais peut-être
irait-il au delà s'il voulait.

Vu ainsi, c'est un long ver de couleur chocolat, marqué
tout le long du corps d'une ligne plus pâle ; il est de la
grosseur d'un tuyau de plume aplati, et glisse d'un mouvement si lent qu'il paraît immobile, et qu'on le prendrait
volontiers pour un de ces longs rubans de fucus que la
vague abandonne souvent sur la plage.

C'est ce qu'en pense sans doute cette grosse limace de
mer, qui n'a pas l'air de se douter que ce long cordon brun,
qui va la toucher, est un animal, comme elle en quête de
sa nourriture.

Tout d'un coup sa bouche s'ouvre en forme de cloche, et
il en sort une sorte de trompe flexible qui s'enroule comme
un doigt autour de sa victime. Celle-ci se débat, mais en
vain ; elle se tord dans tous les sens, mais tous ses efforts
sont inutiles, la perfide trompe l'enserre toujours, et l'é-
treinte devient de plus en plus terrible. La victime est épui-
sée ; elle ne se débat plus ; alors son aveugle assaillant fait
doucement rentrer sa trompe, enveloppe sa proie de ses
lèvres et l'attire lentement dans son gosier, où elle entre
ligne par ligne comme un lapin dans la gueule d'un boa,
marquant son passage le long de son corps par un nœud
qui devient de moins en moins apparent, jusqu'à ce qu'il
disparaisse complétement, sans doute réduit en une pulpe
molle longtemps avant d'avoir atteint son but définitif. Le
ver meurtrier contracte alors ses anneaux, rentre peu à peu
en lui-même, se ramasse de nouveau en un petit cordon
pelotonné, et reste immobile, engourdi comme un serpent
repu. Ce ver extraordinaire est la *nemerte*, et des pêcheurs
m'ont affirmé en avoir vu de plus de 30 et 40 pieds.

Mais le îlot remonte et mouille presque nos pieds, cédons-lui la place, et, chemin faisant, résumons en quelques mots les observations que nous avons pu faire sur les annélides.

Ces animaux nous offrent, pour caractère distinctif, cette tendance de l'organisme à se partager en anneaux disposés à la suite les uns des autres, que nous avons déjà remarquée chez les crustacés, et qui existe également chez les insectes ; mais elle est ici bien plus marquée.

Chez les crustacés et les insectes, les anneaux, au lieu de former exactement le chapelet, se réunissent, se soudent les uns aux autres en constituant des groupes d'organes. Le corps de l'animal se trouve généralement partagé en trois parties, comme dans les animaux supérieurs, c'est-à-dire en tête, poitrine et ventre.

Chez les annélides, il n'en est plus de même ; le corps est composé d'une série d'anneaux plus ou moins nombreux, dont chacun ressemble à tous les autres, si l'on excepte la tête chez les espèces les mieux organisées. Chaque anneau porte des membres rudimentaires, et renferme un ganglion, espèce de cerveau en miniature, relié aux suivants par des cordons nerveux. Il semble, en un mot, que chaque anneau soit un animal élémentaire, un organisme propre à compléter une vie particulière plus ou moins liée à celle des organismes voisins, et constituant avec eux un ensemble qui jouit à son tour d'une vie générale, comme on voit les rameaux, les bourgeons d'un arbre avoir une existence jusqu'à un certain point indépendante de l'existence du végétal entier ; puisque, détachés de la souche-mère, ils continuent à vivre et reproduisent même un être semblable à celui dont ils faisaient partie, ainsi que le prouve chaque jour la reproduction des plantes par les boutures, marcottes, etc.

En raison de cette dissémination de la vie dans toutes les parties du corps des annélides, on peut en retrancher une portion sans que cette mutilation entraîne la mort. Bien plus, chez les espèces les plus simples, telles que les lombrics, les siponcles, et toutes celles qui n'ont pas de tête distincte, on peut enlever plusieurs anneaux, soit à la partie antérieure du corps, soit à la partie postérieure, et voir l'animal, non-seulement survivre à cette mutilation, mais encore reproduire et les centres nerveux détruits et les segments du corps enlevés avec eux.

Dans les espèces où le premier anneau est le siége des

organes de la vue et de ceux du toucher (tentacules), et joue le rôle de tête, le ganglion nerveux prend une plus haute importance, en raison de ses relations avec les autres, et comme conducteur de cette cohorte aveugle ; mais on peut également retrancher de nombreux segments de la partie postérieure, et les voir se reproduire au bout d'un certain temps. Un fait plus singulier encore, et qui montre que les annélides sont déjà placées sur un des degrés les moins élevés de l'échelle des êtres, est celui de la reproduction de certaines espèces, qui s'opère par scission, comme chez les polypes et les animaux les plus inférieurs.

La syllis molinaire offre ce mode de génération joint à celui de l'oviparité : du dernier anneau de la queue des syllis, pousse une tête, un corps, un nouvel animal semblable au premier, lequel, parvenu à une grandeur suffisante, se remplit d'œufs, puis se détache du corps de la mère. Semblables entre eux extérieurement, ces deux animaux sont très-différents par leur rôle ; le premier continue à vivre et à se reproduire par scission, tandis que le second pond des œufs ou émet la laite qui doit les féconder, suivant son sexe, et meurt après avoir rempli la seule fonction à laquelle la nature semble l'avoir appelé.

Dans un autre genre d'annélides, les myrianes, le cas est encore plus singulier : l'annélide mère reproduit un être semblable à elle, comme la syllis; mais celui-ci, avant de s'en séparer, pousse spontanément et d'une manière toute pareille un autre animal, qui, à son tour, en produit un troisième, et ainsi de suite. De telle sorte que l'on voit quatre ou cinq de ces annélides, se formant bout à bout et à la file les uns des autres, comme les tubes d'une lunette à longue vue.

La génération ne semble être, chez ces vers, qu'une simple prolongation par le moyen de l'accroissement, comme dans les plantes multipliées de rejets.

Ces faits feront comprendre comment l'on peut détacher un certain nombre de ces anneaux du reste du corps, sans faire perdre à l'un ou à l'autre tronçon aucune des propriétés vitales dont jouissait l'individu entier. Si l'on coupe transversalement un ver de terre, un siponcle, etc., en deux, trois, dix morceaux, chacun des fragments peut continuer de vivre à la manière du tout, tandis qu'un mammifère mutilé périt immédiatement, si on lui enlève quelque partie centrale importante, et les fragments que l'on détache de son corps périssent plus instantanément encore. C'est que le système nerveux se centralise de plus en plus à mesure qu'on remonte des animaux inférieurs vers les plus élevés, tandis que, au contraire, il se dissémine de plus en plus partout le corps dans les êtres inférieurs, et à ce point, que chez les zoophytes, qui occupent les derniers degrés de l'échelle animale, nous ne trouverons même plus un système nerveux distinct, mais un mélange confus de matière nerveuse et musculaire. Or, comme l'a si bien dit Cuvier, le système nerveux c'est l'animal tout entier.

Parmi les animaux les plus perfectionnés ou sensibles, tout le système nerveux converge en un seul point; il n'a qu'un seul centre, le cerveau, qui imprime à l'individu unité d'action, de sentiment, de vie. Chez les animaux invertébrés, les diverses ramifications des nerfs, avec leurs nombreux petits cerveaux ou ganglions, multipliant les centres de vitalité, il y a moins d'unité, de coordination dans l'économie; tout ne converge pas en un seul foyer comme au cerveau lumineux de l'homme et des mammifères. Dans chaque ganglion d'une annélide (et ils en ont autant que d'anneaux), siègent ces aptitudes qui n'appartiennent qu'au cerveau dans les animaux supérieurs, mais réduites à leur plus simple expression; aussi leur reste-il encore, après la mutilation, plusieurs centres vitaux, tandis que chez les animaux supérieurs, une lésion grave du cerveau entraîne toujours la mort.

CHAPITRE XI

LES ÉTOILES DE MER ET LES OURSINS

Le concombre de mer ou holothurie; un ragoût chinois; la pêche du tré
pang. — Radiaires; oursins; leur organisation; leurs procédés pour
creuser le roc. — Etoiles de mer ou astéries; le soleil de mer; l'astérie
fragile, sa manie de suicide; manière de préparer les étoiles; un nouveau
mode de dissection.

Lorsque, dans les fortes marées, les vagues, se retirant
au delà de leurs limites accoutumées, laissent à découvert
les corallines et les céramies, qui semblent marquer le contour des terres comme les lignes coloriées de nos cartes de
géographie, c'est, pour le naturaliste, le moment de déployer son activité. Les touffes serrées de ces plantes marines servent d'abri à de milliers d'animaux, et en recueillant des masses de ces végétaux dans un panier, pour les
transporter ensuite dans un vase rempli d'eau de mer, on
ne peut manquer de recueillir des êtres fort curieux et tout
à fait intéressants à étudier.

C'est au milieu de ces touffes de coralline qu'on rencontrera, rampant lentement sur ses mille petits pieds ou tentacules, le concombre de mer, dont le nom scientifique est
holothuria. C'est un singulier animal, au corps cylindrique,
dont la forme rappelle assez bien en effet celle du concombre; l'extrémité antérieure du corps est creusée d'une
sorte d'entonnoir au fond duquel est la bouche, et celle-ci est
bordée à l'extérieur d'un cercle de tentacules ramifiés, qu:
s'épanouissent en couronnes ou rentrent dans l'entonnoir à
la volonté de l'animal. La surface du corps est partagée en
cinq bandes longitudinales parde doubles rangées de pieds
ou tentacules rétractiles, terminés par des cupules qui agissent à la manière des ventouses en s'appliquant sur les
corps.

Si vous voulez en savoir plus long sur l'organisation de l'holothurie, ouvrez-la dans sa longueur comme un véritable concombre : vous verrez d'abord partir de la bouche un long canal intestinal, à peine renflé dans son milieu pour former l'estomac, et se terminant vers l'extrémité du corps dans une sorte de cloaque, en forme de vessie ovale, où se trouve renfermé l'organe de la respiration. Celui-ci a la forme d'un arbre creux très-ramifié, qui se remplit et se vide d'eau alternativement.

L'appareil circulatoire est un système de vaisseaux assez compliqué qui s'étend de chaque côté du canal intestinal, et

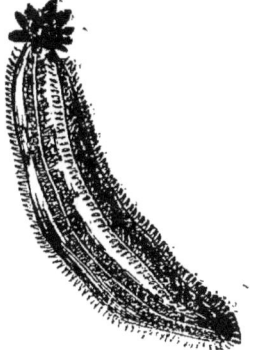

Fig. 55. — Holothurie.

dans les mailles duquel s'entrelace l'extrémité de l'arbre respiratoire. On voit en outre une multitude de petits tubes blancs qui s'étendent le long du corps en partant de la bouche. Ces tubes blancs sont les ovaires, qui prennent au temps de la gestation une extension prodigieuse, et se remplissent d'une matière rouge et grumelée qui n'est autre que les œufs. Lorsqu'on veut saisir une holothurie, elle se contracte avec force, et lance en un jet rapide l'eau qu'elle renferme. Parfois même elle rejette au dehors ses intestins et déchire ses téguments.

L'idée seule d'un ragoût composé d'holothuries donnerait des nausées à un Européen, mais les Chinois, peuple omnivore par excellence, estiment cet animal comme un mets délicat, et paient fort cher les belles espèces.

Célèbre depuis longtemps dans le commerce de l'Inde sous le nom de *trépang*, que lui donnent les Malais, l'holothurie est l'objet d'un immense commerce de toutes les îles indiennes de la Malaisie avec la Chine et la Cochinchine. Des milliers de jonques malaises sont armées chaque année pour la pêche de ce zoophyte, estimé chez tous les peuples polygames. Les Chinois les font bouillir avec du genseng et d'autres épices, et en obtiennent une gelée nutritive et stimulante fort propre à rétablir les forces des gens épuisés.

Cette pêche exige d'ailleurs beaucoup de patience et de dextérité. Les Malais, penchés sur l'avant de leur embarcation, tiennent à la main plusieurs longs bambous disposés pour s'adapter les uns à la suite des autres, et dont le dernier est garni d'un crochet acéré. Les yeux exercés de ces pêcheurs percent la profondeur des eaux, lorsqu'elles sont calmes, et aperçoivent, à plusieurs mètres de distance, l'holothurie accrochée par ses tentacules aux coraux et aux rochers. Alors le harpon descendant doucement, va frapper sa victime, et rarement le Malais manque son coup.

Les trepangs se vendent de deux cents à deux cent cinquante francs le pesoul (1) et forment l'une des branches les plus considérables du commerce de cabotage entre les îles de la Sonde et la Chine.

On trouve sur nos côtes plusieurs espèces d'holothuries, principalement le concombre de mer (*holothuria pentactes*), que l'on rencontre fixée aux pierres ou aux rochers, dans les endroits les moins exposés à la lumière, dont l'éclat paraît leur être fort désagréable; sa couleur est brune, et elle atteint jusqu'à deux décimètres de longueur.

Les holothuries appartiennent à l'embranchement des *radiaires* ou animaux rayonnés, c'est-à-dire dont les organes sont disposés symétriquement autour d'un axe longitudinal. Cette forme, peu apparente extérieurement chez les holothuries, devient tout à fait évidente dans les oursins ou châtaignes de mer et dans les genres voisins.

Les oursins, que l'on rencontre assez communément dans les fentes des rochers ou sous les pierres à marée basse, sont de petites balles hérissées d'épines délicates, variées de lilas et de vert (*echinus miliaris*). L'animal, mou et gélatineux, est renfermé dans cette enveloppe dure et épineuse, comme une châtaigne dans sa coque.

A l'intérieur de cette boîte calcaire est tendue la membrane qui relie et maintient les organes de l'animal. Cette cuirasse, calcaire comme la coquille des mollusques, et de forme globuleuse plus ou moins aplatie aux pôles, est composée d'une quantité innombrable de petites pièces polygonales disposées par bandes régulières, comme les côtes d'un melon, et couvertes de petits mamelons sur lesquels sont fixées des épines raides et cassantes. C'est à ce dernier ca-

(1) Le pesoul vaut cent livres chinoises.

ractère que ces animaux doivent leurs noms d'oursins, de
hérissons, de châtaignes de mer, ou celui plus scientifique

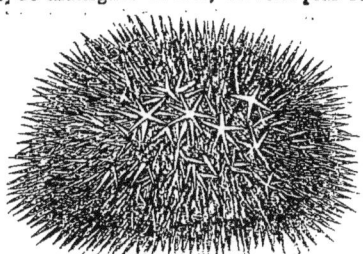

Fig. 56. — Oursin épineux.

d'*echinides*, tiré du grec *echinos* (hérissé d'épines); mais
tout cela signifie toujours la même chose.

L'enveloppe des oursins est en outre percée de plusieurs
séries régulières d'innombrables petits trous, par où sortent
des pieds tubuleux complétement rétractiles et susceptibles
de s'allonger au delà des épines, pour se fixer par leur extrémité, creusée en ventouse, sur les corps solides. Au point
où convergent toutes les bandes de l'enveloppe, c'est-à-dire
au centre même du disque, se trouve la bouche, gueule
effroyable, comparativement à la taille de l'animal. Cette
bouche d'ogre est armée de cinq dents seulement, mais
quelles dents! ce sont de larges ciseaux enchâssés dans une
charpente calcaire très-compliquée et mue par des muscles
puissants. Ces dents ont avec celles des mammifères ron-
geurs ce singulier point de ressemblance, qu'elles croissent
par la base à mesure qu'elles s'usent et restent toujours de
même longueur et tranchantes.

Ce n'est que lorsqu'ils sont vivants que les oursins déploient ce luxe d'épines et de pieds tentaculaires; ceux que
l'on rencontre en assez grand nombre sur la plage sont dépourvus de ces appendices; les vagues, en les roulant sur
le sable, les en ont dépouillés, comme on dépouille une
châtaigne de ses épines en la roulant entre deux pierres.
Même sur ces enveloppes vides et desséchées, il est difficile
de bien distinguer la forme et l'agencement des plaques
qui composent la carapace, tant ces petites pièces sont bien
jointes les unes aux autres; mais si l'on brise cette enve-

loppe et qu'on l'examine à l'intérieur, on apercevra distinctement leur forme polygonale.

En observant cette curieuse structure, on se demande
tout naturellement comment l'animal peut grandir, ainsi

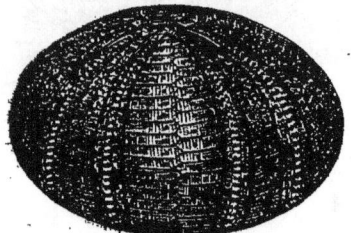

Fig. 37. — Oursin dépouillé.

renfermé dans cette cuirasse calcaire ; se débarrassera-t-il,
comme les crustacés, de son habit devenu trop étroit pour
en revêtir un autre ? ou ces plaques s'accroîtront-elles,
comme les os des vertébrés nourris par des vaisseaux san-
guins ? Non, car ces plaques sont épaisses, d'une substance
inerte, et ne reçoivent ni artères ni veines ; la nature qui
se plaît à varier à l'infini ses procédés, et qui semble se
jouer des problèmes les plus difficiles, a employé un moyen
différent, mais non moins admirable, pour conserver les
proportions de la cuirasse en rapport avec celles de l'animal qui y est enfermé. La membrane délicate qui revêt à
l'intérieur la carapace des oursins s'insinue entre les bords
de chaque plaque, et, comme le manteau des mollusques,
elle sécrète et dépose continuellement sur ces bords des
particules de matière calcaire, de sorte que toutes les
plaques s'accroissent par leurs bords simultanément, et la
forme originaire de l'enveloppe est conservée. Figurez-vous
le Panthéon ou les Tuileries (car pour le naturaliste et le
philosophe, la différence de taille ne change rien au merveilleux), dont chaque pierre, chaque poutre, chaque
châssis, grandirait continuellement sans rien changer à la
forme ni aux proportions du tout, et vous aurez l'idée de
l'un des miracles renfermés dans ce petit oursin, à qui la
nature a donné une enveloppe capable de résister au temps,
et de former, à l'état fossile, un des caractères de ce livre

merveilleux dans lequel est racontée l'étonnante histoire des temps passés.

On trouve les oursin à marée basses dans les fentes des rochers, sous les pierres, entre les plantes marines ou sur le sable. On en connaît plusieurs espèces sur nos côtes ; le plus commune est l'oursin comestible (*echinus esculentus*), de la grosseur et de la forme d'une pomme ordinaire. Son test est percé de dix rangées de trous rapprochés par paires, se rendant régulièrement de la bouche au point opposé, comme les méridiens d'un globe terrestre ; il est couvert de piquants courts, rayés, ordinairement violets. Au printemps, les ovaires des femelles se remplissent d'œufs qui les font rechercher comme aliment ; l'on prétend même que c'est un mets fort délicat ; on les mange comme les œufs à la coque, en y trempant des mouillettes de pain ; ce qui leur a fait donner, en quelques endroits, le nom d'œuf de mer.

Ce n'est pas sans étonnement que l'on voit se mouvoir sur le sable cette boule épineuse et le mode de locomotion des oursins mérite toute l'attention de l'observateur.

Nous avons dit que leur coque était percée de plusieurs rangées de trous, donnant passage à des pieds tentaculaires que l'animal allonge ou retire à volonté. Ces pieds, que les naturalistes ont nommé des ambulacres, sont mus par un mécanisme fort singulier que je vais tâcher d'expliquer : la forme de ces organes est celle d'un tube creux, retenu dans la peau de l'animal par une tête globuleuse, de sorte que chaque pied est comme un clou à grosse tête enfoncé à travers la peau de dedans en dehors. La partie renflée de ces pieds, retenue dans la peau, est une petite vessie remplie de liquide ; lorsque l'animal veut allonger ses pieds, il en comprime la tête vésiculeuse, dont le liquide, refluant dans la partie tubuleuse, l'étend et la raidit ; et lorsqu'il cesse de comprimer cette partie renflée, le liquide y rentre aussitôt et la partie extérieure s'affaisse. Comme on le voit, l'effet est analogue à celui qui se produit lorsqu'on souffle dans un gant, les doigts se raidissant tant que dure le souffle, et retombant dès que l'on retient son haleine. Chacun de ses pieds est terminé par une petite cupule qui fait l'office de ventouse ; lors donc que l'oursin veut cheminer, il allonge ses jambes vers le point où il tend, les fixe au sol, tire dessus, en projette d'autres plus loin, et ainsi de suite.

Les ambulacres sont, comme nous l'avons vu, répandus

par séries régulières sur toutes les parties du corps, de sorte
que l'oursin peut marcher dans tous les sens, et même tourner sur lui-même comme une roue ; mais, le plus souvent,
il marche avec les jambes qui entourent la cavité bucale,
c'est-à-dire la bouche tournée vers le sol. Les épines qui
couvrent sa carapace lui servent d'ailleurs aussi bien que
les pieds pour la locomotion, car elles sont mobiles. Enlevez
une de ces épines, et vous verrez sur l'emplacement qu'elle
occupait, un tubercule rond, tandis que la base de l'épine
est creusée en godet qui s'adapte et tourne sur le tubercule,
ce qui donne toute liberté de mouvement à l'épine retenue
sur le tubercule par un ligament court et élastique.

Outre les pieds tubuleux ou ambulacres que nous avons
décrits plus haut, on découvre, à l'aide d'une forte loupe,
entre les épines du test, un grand nombre de filaments très-
fins, terminés par une sorte de pince à trois branches. Ces
organes, dont on ne connaît pas encore bien l'usage, ont
reçu des naturalistes le nom de *pedicellariæ*. Cuvier pen-
sait que c'étaient des sortes de siphons servant à introduire
et à faire sortir l'eau qui remplit l'intérieur de la coque;
d'autres les ont regardés comme des animaux distincts qui
vivraient en parasites sur les oursins.

On a compté sur un oursin de trois pouces de diamètre
neuf cent cinquante pièces polygonales, sur lesquelles
étaient distribués quatre mille cinq cents mamelons garnis
chacun de son épine, et trois mille huit cent quarante trous
par où sortaient autant de pieds ou ambulacres. Malgré le
grand nombre de leurs pieds, les oursins progressent lentement; parfois aussi ils s'abandonnent au caprice des flots,
et les épines dont ils sont hérissés les garantissent des chocs.
Les oursins ont, comme les holothuries, autour de la bouche, un anneau nerveux d'où partent cinq branches principales correspondant aux ambulacres.

C'est déjà un spectacle fort curieux de voir marcher ces
boules épineuses; mais ce qui doit paraître encore plus
étonnant, c'est de voir ces mêmes oursins se creuser des
retraites dans les roches les plus dures, telles que le grès
et le granit des côtes de Bretagne, roches qui font feu au
choc de l'acier, et que l'industrie de l'homme n'attaque
qu'avec le fer aciéré.

On trouve en effet, à marée basse, dans les blocs de granit que la mer ne découvre que pendant quelques instants,

des cavités arrondies de toutes dimensions, depuis la grosseur d'une noisette jusqu'à celle d'une pomme, occupées par des oursins de tout âge. Ce n'est plus ici, comme chez les pholades, par les actions combinées d'un acide désagrégeant et du frottement répété de leur test raboteux que les oursins ont creusé la roche ; c'est par la voie mécanique seule. Il est assurément fort surprenant qu'un être en apparence aussi faible, surtout dans le jeune âge, puisse parvenir à creuser avec ses dents des trous profonds dans des roches aussi résistantes et aussi compactes ; mais, en examinant les moyens que la nature a fournis au petit mineur, on arrive à le comprendre. Les dents mobiles de l'oursin, terminées par des pointes très-dures et mues par des muscles puissants, agissent incessamment comme des pics pour inciser la pierre ou pour saisir et ébranler les grains quartzeux qui entrent dans la composition du granit, tandis que l'animal prend un point d'appui solide au moyen de ses pieds munis de ventouses. L'action continue de l'eau de mer favorise d'ailleurs singulièrement la désagrégation des roches.

On trouve généralement les trous d'oursins vides pendant les mois chauds de l'été, sans doute parce que ces animaux les quittent pour descendre plus profondément dans l'eau, où ils trouvent une température plus convenable ; mais ils y reviennent à l'automne et paraissent y séjourner pendant tout l'hiver.

Il n'est point de formes régulières ou bizarres dont le règne animal ne nous offre des modèles, et la faune maritime est, sous ce rapport, encore plus variée que la faune terrestre. Tous les jours les vagues rejettent sur le rivage des animaux singuliers, auxquels leur forme a fait donner le nom d'*étoiles de mer*, et ils ressemblent en effet aux étoiles, telles qu'on les voit à la vue simple, ou telles qu'on les représente dans les arts. Aristote parle déjà de ces animaux sous le nom d'*aster*, dont les naturalistes modernes ont tiré celui d'*asteria,* que portent aujourd'hui ces êtres singuliers. L'espèce la plus commune sur nos côtes est l'étoile à cinq rayons (*A. rubens*) ; son corps est plat et se prolonge en cinq rayons à peu près égaux et semblables. La face supérieure est couverte d'une peau dure et chagrinée, d'un rouge sombre, quelquefois violacée ; au centre de la face inférieure, qui est de couleur claire, est placée la bouche, armée de petits corps durs ou dents ; à la suite vient l'esto-

10

mac, qui ne paraît pas occuper une grande place ; mais il communique avec des estomacs supplémentaires qui s'éten-

Fig. 58. — Étoile de mer.

dent dans les rayons, et que l'on peut voir en enlevant la peau de ces rayons en dessus. Si l'on examine un rayon en dessous, on verra qu'il est divisé dans toute sa longueur par une rainure, de chaque côté de laquelle sont deux rangées de petites ouvertures, par où sortent des tentacules ou pieds. Nous avons déjà dit que les naturalistes nommaient ces appendices des ambulacres, mais nous les appellerons tout simplement des pieds, puisqu'ils servent à la marche. Ces pieds sont mus par un mécanisme semblable à celui que nous avons décrit chez les oursins, avec lesquels les astéries ont d'ailleurs la plus grande analogie d'organisation, malgré leur dissemblance de forme.

Si vous partagez suivant sa longueur un des rayons de cette étoile, vous apercevrez parfaitement deux rangs de petites boules, semblables à des perles, qui sont les têtes vésiculeuses des jambes ; si vous pressez ces têtes avec le doigt, vous voyez le liquide qu'elles contiennent passer dans la partie tubuleuse de la jambe qui s'allonge aussitôt ; mais comme celle-ci est très-contractile, elle refoule le liquide dans la boule, dès que la pression du doigt ou du muscle cesse

Outre ces pieds retractiles qui sont, comme ceux des oursins, terminés par une ventouse, on voit sous chaque rayon d'innombrables petits tuyaux disposés par groupes; ce sont les organes de la respiration. A l'extrémité de chaque rayon, on remarque certains points colorés que plusieurs naturalistes, à l'exemple d'Ehrenberg, considèrent comme des yeux véritables. L'on voit, par les détails qui précèdent, qu'il existe une grande analogie d'organisation entre les étoiles et les oursins, et la disposition étoilée des premières n'est pas si éloignée de la forme sphérique des derniers qu'on serait d'abord tenté de le croire : recourbez en effet les cinq rayons de l'étoile en dessous, de façon que les pointes de ces rayons se touchent, et vous aurez un véritable oursin, avec ses bandes, ses rangées d'épines et ses ambulacres, etc.

Les étoiles de mer se trouvent en très-grande abondance sur la grève à marée basse; celles que l'on ramasse à sec paraissent généralement mortes, mais elles ne sont le plus souvent qu'engourdies, et si on les place dans l'eau de mer, elles reprennent bientôt l'existence. Ramassez donc une de ces astéries, et la plongez dans un de ces petits bassins naturels formés dans les creux des rochers, vous la verrez bientôt se mouvoir; cependant, comme il pourrait bien se faire que l'animal fût mort en réalité, et que dans ce cas vous perdriez patience avant de le voir se mettre en marche, voici à quels caractères vous reconnaîtrez s'il est mort ou vif : si le corps présente au toucher une consistance assez ferme, il est sans doute encore vivant; mais si, au contraire, ses rayons sont flasques et pendants, c'est qu'il a cessé de vivre. Une astérie bien vivante, placée dans l'eau de mer, donne d'ailleurs des signes d'activité au bout de quelques minutes ; on voit bientôt projeter en avant ses pieds à ventouse, puis s'avancer lentement, et glisser en quelque sorte sur le sol. Si quelque pierre ou quelque autre obstacle s'oppose à sa marche, l'astérie ne s'en émeut aucunement, et continue d'avancer aussi tranquillement, aussi régulièrement que sur un plan uni ; lorsqu'elle arrive à la pierre, elle pousse tout doucement un de ses rayons contre sa surface, un autre le suit, puis un troisième, et l'obstacle est franchi aussi facilement que s'il n'existait pas. Les rayons de l'étoile de mer sont doués d'une singulière souplesse, et embrassent les objets sur lesquels ils s'appliquent, de manière à en épouser la forme, et l'animal peut ainsi escalade des rochers à pic et même surplombants, retenu par ses innombrables ventouses.

Parmi les étoiles de mer que vous recueillerez sur la plage, vous pourrez en observer qui n'ont que trois ou quatre rayons; mais en y regardant de plus près, vous découvrirez de très-petits rayons complémentaires qui commencent à pousser. Les astéries ont, en effet, la faculté de reproduire les portions de leur corps dont elles ont été privées, et cette faculté de reproduction est même portée à un tel point chez ces animaux, que non-seulement ils refont sans peine les parties de leur corps qui leur sont enlevées; mais que chaque portion importante, retranchée de leur corps, peut devenir une étoile complète. Bien qu'elles puissent ainsi se reproduire de boutures, les astéries pondent de grandes quantités d'œufs, qu'elles conservent sous leur corps, en formant avec leurs rayons repliés une sorte de poche d'incubation.

Quelque étroite que paraisse la bouche des étoiles de mer, quelque petit que soit leur estomac, elles avalent parfois des proies énormes; on les voit souvent s'attaquer à des mollusques de moyenne taille, qu'elles engloutissent avec leur coquille; pour cela elles font saillir au dehors la membrane de leur estomac, en enveloppent leur proie, et la font ensuite rentrer avec le corps qu'elle embrasse dans leur intérieur; puis, lorsque la proie est digérée, elles rejettent la coquille.

Le corps des astéries est soutenu par une charpente osseuse composée de petites pièces curieusement combinées; le long de chaque branche règne une sorte de colonne formée de rondelles ou de vertèbres articulées les unes avec les autres, desquelles partent les branches cartilagineuses qui soutiennent l'enveloppe extérieure. On peut obtenir facilement ce joli squelette en en confiant la dissection aux plus habiles ouvriers en ce genre, je veux parler des fourmis. A l'aide de leurs vigoureuses mâchoires, elles auront bientôt dépécé les parties molles, et laissé à nu le squelette aussi net qu'un morceau d'ivoire sculpté.

La couleur de l'astérie commune est généralement d'un rouge sombre en dessus; on en trouve des individus pourpres ou violacés. Une autre espèce également à cinq branches, mais de plus grande taille, est en dessus d'un jaune fauve, c'est l'astérie orangée (*Ast. aurantiaca*).

Le nombre des rayons des étoiles de mer n'est pas toujours limité à cinq; ce nombre est parfois beaucoup plus
considérable : l'une
des plus belles espèces
de nos mers, le *sola-
ster papposa*, connu
vulgairement sous le
nom de soleil de mer,
douze rayons attachés
à un large disque de
couleur   d'écarlate.
Rien n'est beau com-
me cette astérie, lors-
qu'elle s'épanouit au
soleil comme un dah-
lia vivant.

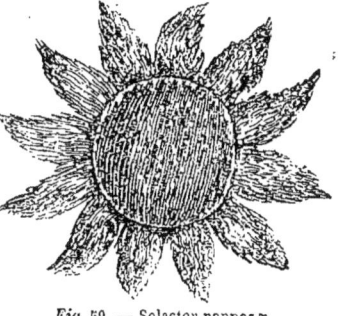

Fig. 59. — Solaster pappos **p**

Les espèces que nous venons de décrire sont littorales;
on les trouve fréquemment sur la plage à marée basse;
mais d'autres astéries vivent à de plus grandes profondeurs,
et un hasard heureux peut seul les faire rencontrer vers les
limites des basses eaux. De ce nombre est une singulière
espèce qui n'est pas rare dans nos mers, bien qu'on ne la
rencontre jamais sur la grève; car, si l'on emploie la drague pour râcler le fond à quelque distance de la côte, on la
ramène souvent par paquets. Cette étoile représente exactement un petit oursin, à la circonférence duquel seraient
attachés cinq longs mille-pieds; l'oursin forme le disque de
l'astérie et les cinq myriapodes ses rayons. Ceux-ci sont en
effet très-grêles, très-allongés et garnis de chaque côté dans
toute leur longueur d'un rang d'épines. Ces rayons, très-
mobiles, s'agitent dans tous les sens comme des vers, mais
ils sont aussi fragiles que la queue des lézards, et lorsqu'on
veut saisir cette astérie, elle se brise d'elle-même en morceaux. Cette habitude singulière lui a fait donner le nom
d'étoile fragile (*ophiura fragilis*) et rend fort rares les spécimens complets de cette espèce dans les collections.

La première fois que je pris un de ces animaux, je réussis
à le déposer entier dans le bateau; mais ayant voulu glisser
dessous une feuille de papier, pour mieux admirer ses formes et ses couleurs, à peine l'avais-je touché que, à mon
grand désappointement, ses membres se disloquèrent. Toutes
mes tentatives, pour conserver ce genre d'étoiles, ont été

jusqu'à présent déjouées par cette déplorable manie de suicide, et je n'ai jamais pu obtenir que des disques sans bras,
ou des bras sans disque.

On trouve sur les rochers, près de la limite des plus basses
marées, une autre espèce d'ophiura, plus petite et beaucoup
moins fragile, c'est *l'Ophiura lacertosa*, dont les rayons,

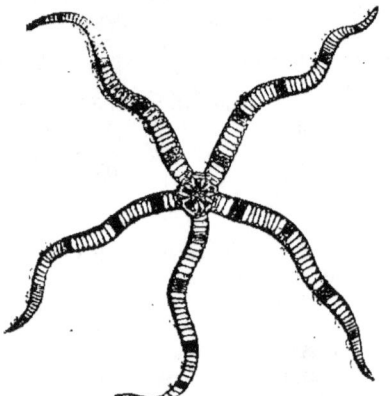

Fig. 60. — Ophiura lacertosa.

dépourvus d'épines, sont garnis d'écailles imbriquées qui
les font ressembler à des queues de lézard; d'où le nom
générique de ces sortes d'étoiles : *Ophiura*, queue de serpent. Je l'ai trouvée en grand nombre sur le banc rocheux
du Portel.

Lorsqu'on veut préparer les astéries pour les conserver,
il faut les faire sécher, et cette opération, bien que très-
facile, demande encore certaines précautions. On doit d'a-
bord les laver avec soin dans l'eau fraîche afin de leur enlever tout le sel, puis les étaler sur une planche doucie et
les sécher à l'air libre. Si on les plaçait dans la collection
avant leur parfaite dessiccation, on risquerait fort de les
voir se gâter.

CHAPITRE X

LES POLYPES, LES MÉDUSES ET LES ÉPONGES

Les anémones de mer ou actinies; leur puissance digestive. Prédominance de l'estomac dans la vie animale. L'hydre. — Les polypiers; leur rôle important dans la nature. Le corail. Les madrépores. Reproduction des polypes. Iles madréporiques. L'alcyon. Les sertulaires et les plumulaires. La merveille des mers. Eschares Flustres. — Méduses; métamorphoses singulières. Béroë. — Phosphorescence de la mer. Le noctiluque. — Les éponges. — Infusoires marins.

Sur ces rochers à fleur d'eau que la mer vient de découvrir, vous apercevez de petites masses charnues, de grosseur variable, et dont la forme imite assez bien celle d'une bourse de quêteuse. Ces masses paraissent immobiles et collées au rocher par leur base; mais avancez un peu plus loin, là où une mince nappe d'eau couvre encore la roche, et vous jouirez d'un tout autre spectacle : les bourses se sont ouvertes, ou plutôt changées en fleurs dont les nuances agréables et variées ne le cèdent en rien aux plus belles fleurs de nos serres ; de plus, ces fleurs sont animées, et agitent dans tous les sens leurs brillants pétales. Ce sont des anémones de mer, ou, pour leur donner leur nom scientifique, des *actinies*. Disons en passant que le nom d'anémones ne leur convient qu'imparfaitement; car, par leurs nombreux tentacules colorés, ils rappellent bien plutôt les marguerites ou les chrysanthèmes aux innombrables pétales.

Observez de plus près ces êtres singuliers, vous reconnaîtrez un corps en forme de bourse, fixé par sa base au rocher, et se terminant supérieurement par un très-grand nombre de tentacules ou cornes charnues disposées sur

plusieurs rangs circulaires, et au milieu desquelles se trouve
la bouche. Celle-ci sert d'ouverture a l'estomac, qui est un
cas sans autre issue apparente. C'est, comme vous le voyez,
une organisation assez simple, comme qui dirait un vase à
doubles parois. Les tenta-
cules sont creux et com-
muniquent avec l'espaœ
compris entre les deux parois, espace toujours rempli d'eau. C'est par la con-
traction de ces membranes
que l'animal fait remonter
l'eau dans les tentacules et
les étend ainsi à volonté;
lorsqu'au contraire il dis-
tend ces parois, le liquide
abandonne les tentacules
qui se referment sur la bou-

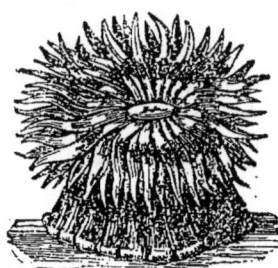

Fig. 61. — Actinie pourpre.

che, absolument comme dans un bouton de marguerite les
pétales sont reployés sur le réceptacle.

Si vous touchez une de ces actinies épanouies, elle se
contracte et se referme aussitôt, et vous n'avez plus sous les
yeux qu'une petite masse charnue. Ces êtres sont donc
doués de sensation et de mouvement, bien qu'on ne retrouve chez eux aucune trace de système nerveux; mais là
où l'on voit des muscles, on doit supposer des nerfs pour
les exciter, et si nous ne les voyons pas, c'est probablement
que nous ne savons pas les trouver.

Les actinies sont non-seulement capable de mouvement,
mais même de progression; remarquez bien la position
qu'occupent les anémones que vous avez sous les yeux, et,
avec un peu de patience, vous pourrez constater que quelques-unes d'entre elles se sont déplacées, non pas brusquement, mais d'un mouvement aussi lent et aussi régulier que
celui de l'aiguille d'une horloge. Elles rampent ou plutôt
elles glissent sur leur pied. Ce pied, composé de muscles
qui rayonnent du centre à la circonférence, s'allonge d'une
façon imperceptible vers le point où tend l'animal, se fixe
par sa portion antérieure, puis, se contractant, tire après
lui le reste du corps. On prétend que l'actinie use encore
d'un autre moyen de locomotion, qui est de se retourner
sens dessus dessous du côté de ses tentacules dont elle se

mais je ne l'ai jamais vue employer ce moyen. Lorsque l'animal veut se fixer à un corps, il applique à la surface sa base aplatie, puis soulève en dôme le centre de son pied qui agit alors comme une ventouse; et telle est sa force d'adhérence dans cette position, qu'on le déchirerait plutôt que de lui faire lâcher prise.

Les actinies sont des créatures très-voraces; on les voit sans cesse arrêter au passage les petits animaux qui passent à leur portée, remplissant les intervalles de leur repas par un perpétuel dessert d'animalcules microscopiques, qu'attire dans le gouffre béant le courant déterminé par le mouvement des tentacules.

Il est fort surprenant de voir des êtres mous et dépourvus d'armes, comme le sont les actinies, s'attaquer à des animaux très-bien defendus et en faire leur proie; c'est cependant ce qui a lieu : les anémones de mer engloutissent souvent des crabes et de gros coquillages tels que des moules, qu'elles font entrer dans leur estomac en les poussant avec leurs tentacules et en les y maintenant à l'aide de ces organes qui ferment hermétiquement leur bouche. Puis, lorsque, par une opération mystérieuse difficile à comprendre, elles ont extrait toute la substance alibile de l'animal, elles en rejettent le résidu par la bouche, en renversant leur estomac.

Leur puissance digestive est incalculable, et cependant, chose étrange, cette puissance digestive ne peut s'exercer que sur les corps étrangers, et jamais sur ceux de leur propre espèce. J'en ai vu un exemple singulier : une grosse actinie disputait à une plus petite une proie dont s'était emparée cette dernière, et comme aucune des deux ne voulait lâcher prise, la plus faible, entraînée, se détacha du rocher et passa dans l'estomac de son adversaire avec la proie en litige à laquelle elle se cramponnait. Je déplorais charitablement le sort de la malheureuse petite anémone, sur laquelle j'avais vu se refermer les tentacules de sa vorace compagne, et je me livrais à une foule de réflexions philosophiques sur cette éternelle raison du plus fort, qui paraît être la suprême loi de la nature, lorsque je vis la grosse actinie ouvrir ses tentacules, et rejeter saine et sauve celle qu'elle avait avalée quelques minutes auparavant. Celle-ci, après avoir tournoyé plusieurs fois sur elle-même, se fixa sert alors comme de bras pour se cramponner au rocher;

de nouveau au rocher, reprit sa chasse, et se mit à dévorer avec autant d'appétit qu'avant l'accident. De quelle force de vitalité sont donc doués ces animaux pour sortir sains et saufs d'une pareille épreuve, pour résister à l'action des sucs gastriques capables de dissoudre les crustacés dans leur carapace et les mollusques dans leur coquille ?

Il est à remarquer que chez les animaux les plus simples, là où l'on ne retrouve plus ni système nerveux distinct, ni membres, ni organes sexuels, on retrouve toujours l'estomac ; c'est là l'organe par excellence de l'animalité ; c'est le fondement de la vie brute, et l'on peut dire, avec Rabelais, que : *messer gaster* est le premier maître ès-arts de l'univers, que c'est lui qui a enseigné aux hommes et aux bêtes tout ce qu'il faut faire pour exister, en suscitant tous les besoins et les instincts.

Nos actinies sont, en effet, des estomacs organisés, de vrais sacs transmettant les sucs nutritifs au reste du corps par simple imbibition ; et l'on ne retrouve chez elles d'autres instincts que ceux qui sont nécessaires aux fonctions de cet organe important. Ces animaux ne mangent pas pour vivre, ils ne vivent au contraire que pour manger. Ils ont d'ailleurs, comme tous les animaux inférieurs, comme tous les zoophytes ou animaux-plantes, la faculté de reproduire en peu de temps les parties de leur corps tronquées, amputées, déchirées de quelque manière que ce soit. Une actinie que l'on coupe en deux, en quatre, ou dont on emporte la moitié, parvient au bout de quelque temps à se rétablir, à se compléter même parfaitement, comme si elle n'avait éprouvé aucun mal. Faute d'organes des sens pour voir, entendre ou sentir leurs ennemis ; faute d'industrie pour éviter les chocs destructeurs ; faute de membres enfin, pour s'enfuir ou se défendre, ces animaux n'auraient pu résister à toutes les causes de destruction auxquelles ils sont en butte, si la nature ne leur avait accordé si libéralement la faculté de reproduire leurs parties coupées ou détruites.

Cette singulière faculté de reproduction est encore poussée plus loin chez certains polypes d'eau douce, nommés avec raison *hydres*. Vous les retournez comme un gant, vous les hachez en morceaux, et chacunes de ces parcelles d'hydre reproduit sans difficulté, et dans un temps assez court, les parties qui lui manquent pour faire un animal complet.

C'est que, comme nous l'avons déjà dit, il n'y a plus ici

un système nerveux, un centre de vitalité distinct; la substance nerveuse est disséminée par tout le corps, et comme
pétrie avec la matière musculaire ou gélatineuse dont est
formé l'animal.

Ces êtres, véritables hydres de la fable, semblent indestructibles; plus on veut les tuer, plus on les multiplie, à
moins qu'on n'arrête totalement leur existence soit en les
maintenant hors de l'eau, soit en les désorganisant par le feu
ou d'autres agents destructeurs.

Mais, revenons à nos actinies : l'espèce que l'on rencontre le plus communément sur les rochers de nos côtes de la
Manche est l'actinie pourpre (*actinia equina*), à laquelle on
donne souvent le nom vulgaire d'anémone lisse, à cause de
la surface unie et douce de sa peau.

Lorsqu'on explore, à marée basse, la surface humide des
rochers, expédition qui demande une certaine prudence,
pour les raisons que j'ai exposées en parlant des balanes;
lorsqu'on explore ces rochers, dis-je, on les trouve en certains points couverts de petites masses de gelée verte ou
rouge, variant pour la taille depuis celle du pois jusqu'à
celle de la prune. Lorsqu'on les touche, on ne les trouve pas
molles et glaireuses comme on s'y serait attendu, mais, au
contraire, assez fermes, douces et glissantes. Les unes paraissent vertes, d'autres entièrement rouges; mais la plupart
sont d'un beau pourpre rayé de vert; leur couleur passe,
d'ailleurs, par toutes les nuances intermédiaires entre le
vert et le rouge. Si vous voulez les détacher du rocher auquel elles sont fixées, il faut tout doucement soulever un
côté de leur pied ou base en y glissant l'ongle du pouce, ou
la lame d'un couteau d'ivoire, de manière à faire rentrer
l'air sous la ventouse; sans cela vous ne les en arracheriez
que par morceaux.

Un moyen plus expéditif et meilleur, lorsqu'on veut les
conserver pour l'acquarium, est de les enlever instantanément avec la portion du roc auquel elles adhèrent, au
moyen d'un coup adroitement frappé avec le tranchant d'un
marteau de géologue. Lorsqu'on les aura placées dans un
vase rempli d'eau de mer, elles se détacheront d'elles-
mêmes.

L'anémone lisse peut, sans inconvénient, passer plusieurs
heures hors de l'eau; sans doute, grâce au liquide dont elle
conserve une provision entre la double paroi de son corps;

et l'on en voit même quelques-unes braver les rayons du
soleil, bien que généralement elles paraissent rechercher
l'ombre.

L'anémone lisse est peut-être l'une des espèces les moins
remarquables de celles qui habitent nos côtes; mais ce n'en
est pas moins un fort joli animal.

Peu d'instants après avoir été placée dans l'aquarium, elle
développe ses tentacules pour chercher sa nourriture, et
l'on peut alors l'admirer dans tous ses détails. Entre autres
particularités remarquables, elle porte, tout autour de la
base des tentacules, une couronne formée de petits globules
d'un bleu brillant comme celui de la turquoise. C'est d'ailleurs un animal robuste, très-propre à orner un aquarium,
et qui supporte fort bien le voyage, emmailloté dans des
algues humides. Lorsqu'il est fait a son nouveau séjour, on
le voit glisser lentement sur les parois du vase ou sur le fond
sableux, s'attachant parfois à la fronde de quelque fucus
dont la large feuille offre à sa base un point d'appui commode, et y restant des semaines entières. D'autres fois il se
détache pour se laisser flotter librement dans l'eau, comme
le font les mollusques aquatiques, en creusant sa base qu'il
transforme en bateau. .

Les actinies peuvent rester plusieurs semaines sans nourriture ; mais, lorsqu'elles en trouvent à leur convenance,
elles en absorbent des quantités énormes.

Il est préférable de leur donner peu de nourriture à la
fois, mais à des intervalles assez rapprochés, afin de les tenir
toujours en haleine ; on les voit alors agiter leurs tentacules
dans l'attente d'une proie, chaque fois que l'on approche
du vase ; tandis que le jeûne prolongé les plonge dans une
espèce de torpeur.

Le bœuf cru est une nourriture qui paraît leur convenir;
elles en rejettent les fibres décolorées après s'en être assi-
milé toutes les parties nutritives. Elles sont aussi très-
friandes d'insectes et surtout de grosses mouches.

L'actinie pourpre se propage rapidement dans un aquarium bien tenu, et c'est un spectacle fort intéressant que
celui d'une couvée d'anémones roses ou vertes, de la grosseur d'un pois, agitant leurs tentacules, déliés comme des
fils, à la recherche de quelque petite proie microscopique.

L'espèce dont nous venons de parler est la plus répandue

sur nos côtes; vous la rencontrerez où et quand vous voudrez. Mais si vous explorez avec un peu d'attention les trous et les fentes des rochers, vous trouverez bien d'autres espèces et des plus belles. Tenez, regardez dans ce bassin rocheux bien abrité contre le vent et le soleil, vous en verrez plusieurs épanouies.

Si nous avons comparé celles de tout à l'heure à des chrysanthèmes, nous pouvons comparer celles-ci à des dahlias, car quelques-unes d'entre elles ont jusqu'à un décimètre de diamètre. Leurs bras ou tentacules sont plus robustes et plus courts que ceux de l'actinie pourpre, d'où leur nom de *crassicornis* (cornes épaisses), mais leurs couleurs sont également brillantes et variées à ce point, qu'il est même rare d'en trouver deux absolument semblables : on en voit d'écarlates, de roses, de lilas, de grises, de vertes, et toutes ces nuances sont tellement fines et transparentes, que le pinceau le plus habile ne saurait les rendre fidèlement.

Cette variabilité dans les couleurs rend très-difficile la détermination des espèces, et fait que le même animal porte souvent une kyrielle de noms à rendre jaloux un grand d'Espagne. C'est le cas de notre anémone à cornes épaisses : *actinia crassicornis* pour les uns, elle devient *actinia senilis*, *actinia digitata*, ou *actinia holsatica* pour les autres.

De quelque nom qu'on la baptise, l'anémone à cornes épaisses est une fort belle espèce, lorsqu'elle épanouit autour d'elle ses tentacules transparents comme du verre, et marqués à leur base d'un anneau rose.

Mais prenez-en une pour l'examiner de plus près, vous la touchez : pst ! plus rien ! Où est-elle maintenant ? Évanouie dans l'air, ou rentrée dans la pierre ? Pas tout à fait.

Voyez-vous ce petit tas de sable et de débris de coquilles, à la place où s'épanouissait notre dahlia ? c'est là tout ce qu'il en reste.

Touchez ce petit tas de sable; vous trouverez qu'il a la consistance et l'élasticité du caoutchouc; mais enlevez-le et le mettez avec ses compagnons dans un plat rempli d'eau de mer, et dans quelques heures vous le reverrez aussi épanoui et aussi beau qu'il était tout à l'heure.

On aurait pu ajouter un nom de plus à ceux que possède déjà cette actinie, celui de *gulosa*; rien n'approche, en effet, de la voracité de cet animal : j'en vis une, que j'observai dans une petite flaque d'eau où elle s'était réfugiée,

11

engloutir et digérer, en moins d'une demi-heure, un petit
poisson de la longueur du doigt et deux crabes de la largeur
d'une pièce de deux sous.

Ce dernier fait peut donner une idée de la vigueur musculaire dont doivent jouir ces actinies, pour pouvoir saisir,
pousser, et maintenir dans leur estomac, malgré leurs efforts
désespérés, des animaux de la force des crabes de cette
taille, qui se débattent et offrent déjà une certaine résistance
à la main qui veut les saisir. Et cependant, il suffit que l'im-
prudent approche une patte à portée des tentacules de l'a-
némone pour qu'il soit saisi, enlevé et plongé dans cet alam-
bic vivant en moins de temps qu'il n'en faut pour le dire.

Si, pour se rendre compte de cette force, on présente le
doigt aux tentacules de l'actinie, on éprouve, au contact de
ceux-ci, la sensation grippeuse ou âpre d'une lime, sensation dont le microscope peut seul donner le secret.

Tirez donc votre Oberhaeuser ou votre Chevallier de sa
boîte; vissez-y un bon jeu de lentilles qui grossisse de 128 à
140 fois en diamètre, et mettez au foyer, comprimé entre
deux glaces et dans l'eau, un fragment de tentacule convenablement étalé. La merveilleuse structure que vous allez
découvrir vous récompensera amplement de vos peines.

Une fois au point et bien éclairée, la surface du tentacule
se montre à vous remplie de petites vésicules ovoïdes, in-
crustées dans la peau; plusieurs de ces organes sont ouverts
et laissent voir dans leur intérieur un long fil délié, roulé
comme le spirale d'une montre dans son barillet. On peut
se faire une idée de la délicatesse de ce fil, en songeant que
le diamètre des plus grosses vésicules, dans lesquelles il est
enroulé comme un câble, atteint à peine un dixième de millimètre. Malgré son extrême ténuité, ce fil a la force du spirale d'acier auquel nous l'avons comparé.

Lorsque l'actinie saisit un animal avec ses tentacules, la
pression fait ouvrir les capsules, et le filament qu'elles renferment se détend comme un ressort. Il est à présumer
que ces petites lignes distillent un poison mortel pour les
êtres faibles, quoique sans nul effet sur l'homme, ou qu'elles
possèdent quelque vertu électrique analogue à celle des filaments de certains zoophytes dont le contact semble fou-
droyer les petits animaux qu'ils rencontrent.

Les deux espèces dont nous venons de parler sont certainement fort belles et dignes de toute notre attention; cepen

dant il en est quelques autres, moins communes, mais tellement jolies qu'elles méritent bien que l'on se donne un peu plus de peine pour les trouver.

L'une d'elle est l'actinie verte (*actinia viridis*), d'un beau vert émeraude, qui étend ses cent bras délicats sur les rochers passés à l'extrême limite des basses eaux; une autre est la pâquerette de mer (*actinia bellis*), qui ressemble, lorsqu'elle est épanouie, à une petite marguerite des prés. Celle-ci fixe sa base dans quelque trou ou quelque crevasse de rocher, et épanouit au-dessus ses tentacules rayonnants; mais il est difficile de s'en emparer, car, à peine l'a-t-on touchée, qu'elle se contracte en une petite masse bleuâtre, à peine grosse comme une merise, qu'on ne peut extraire de son trou sans la déchirer. Il faut alors employer avec habileté, pour la dégager, le ciseau et le marteau.

Les actinies se mangent comme les oursins, mais leurs téguments coriaces doivent constituer un assez piètre régal.

Les anémones de mer sont le type d'une classe d'animaux rayonnés, à laquelle les naturalistes ont donné le nom d'*anthozoaires*, mot tiré du grec et qui signifie animaux-fleurs, pour rappeler leur ressemblance avec les fleurs de certaines plantes.

A la suite des actinies viennent les polypes.

De tous les animaux dont fourmille la mer, les polypes sont peut-être ceux qui excitent le plus la surprise et l'intérêt du naturaliste. Les formes élégantes et variées de ces zoophytes rappellent si exactement celles des fleurs, qu'au premier abord on peut facilement se méprendre sur leur nature, et pendant longtemps, en effet, les savants les ont rangés dans le règne végétal.

Leur tissu est si délicat, et leur corps si petit que, pour les bien apercevoir, l'œil doit toujours s'armer d'une loupe; et cependant, parmi ces êtres si frêles et si minimes, il en est qui sécrètent des masses pierreuses tellement dures et si grandes, qu'elles finissent par former, en s'accumulant, des récifs et des îles entières, et que, à une époque plus reculée, ils ont rempli, dans les formations géologiques, un rôle important ; tels sont les madrépores et les coraux, bien connus de tout le monde.

Mais ce qui étonne bien plus encore, c'est de voir toute une colonie de ces petits êtres, unis d'une manière si intime que, par leur agrégation, ils paraissent former un animal

multiple. Leurs diverses parties vivent à certains égards
d'une vie commune, bien que sous d'autres rapports ils conservent toute leur individualité, et puissent même périr sans
que leur mort paraissent affecter en rien l'existence de leurs
associés.

L'on ne trouve sur nos côtes du nord ou de l'ouest aucun
représentant de ces polypiers pierreux ou madréporiques
qui forment, dans les mers tropicales, des îles et des archipels entiers. Le corail, depuis si longtemps employé comme
ornement, à cause de sa belle couleur rouge se rencontre
sur plusieurs points de la Méditerrannée, principalement
sur les côtes d'Afrique ; nos côtes de la Provence et du Lan-
guedoc le voient également se reproduire.

Les anciens naturalistes considéraient le corail et les madrépores comme des pierres douées d'une faculté végétative,
les comparant aux cristallisations de certains sels qui se
groupent en se ramifiant.

Plus tard, l'espèce de racine ou d'empâtement au moyen
duquel les coraux s'attachent aux rochers, l'écorce qui les
recouvre et à la surface de laquelle viennent s'épanouir les
polypes comme de petites fleurs à huit pétales, firent regarder le corail comme une plante véritable, quoique plus dure
que le marbre.

Cette opinion de la nature végétale du corail et des autres
polypiers pierreux ne fut combattue qu'en 1727, par le mé-
decin Peyssonnel, qui annonça que ces prétendues fleurs
du corail étaient de petits animaux parfaitement vivants et
sensibles, et que ces tiges pierreuses étaient produites par
ces petits animaux eux-mêmes, tout comme les mollusques
produisent leur coquilles. Mais il fallut quinze ans de discus-
sions pour faire triompher cette vérité.

C'est dans l'espèce d'écorce tendre du polypier que lo-
gent, dans de petits enfoncements cellulaires, les innombrables polypes dont le corail est à la fois le support et le produit. Ces polypes sont mous, blanchâtres, ter minés par
huit tentacules à bords frangés et ressemblent, lorsqu'ils
sont épanouis, plus à des fleurs qu'à des animaux. La substance gélatineuse qui recouvre le polypier est sillonnée par
une grande quantité de canaux, au moyen desquels les
animaux communiquent ensemble. Les polypes du corail
sécrètent en abondance du carbonate de chaux mélangé à
une matière colorante rouge, qui forme une tige dont la

grosseur s'accroît par l'addition de nouvelles couches, et dont l'allongement se fait par suite du développement de nouveaux animaux à l'extrémité de l'agrégation. Le corail est fixé au rocher par un épatement de sa base à des profondeurs variables; on en fait la pêche à l'aide de filets attachés à des bâtons en croix; un poids fait descendre l'appareil, que l'on tire le long des rochers où se trouve le corail, et les branches de celui-ci se brisent et tombent dans le filet.

Fig. 62. — Corail et son polype grossi.

Les madrépores des mers chaudes et surtout des régions tropicales, constituent des masses pierreuses curieusement figurées et travaillées, dans lesquelles on observe les trous cellulaires des polypes, tantôt en étoiles, tantôt en lames, en tubes, en réseaux de toutes sortes ; l'un ressemble à un champignon, l'autre s'élève en rayonnant comme un éventail ; celui-ci ressemble au gâteau d'alvéoles des abeilles, celui-là à un buffet d'orgues; tel imite un chou-fleur, tel ressemble à une manchette de dentelles ; et toutes ces formes bizarres, qui font l'ornement des cabinets de curiosités, sont le produit des polypes; c'est la forteresse qu'ils élèvent pour résister au choc des vagues. Ces animaux enlèvent sans cesse à la mer les sels calcaires que les eaux, imprégnées d'acide carbonique, dissolvent en lavant la surface de la terre ; ils condensent ces substances minérales pour former leurs polypiers, et ils rendent ainsi à la croûte terrestre une portion de la matière dont celle-ci s'était appauvrie sous l'action corrodante des eaux. Ces édifices calcaires ne se détruisent pas lors de la mort de leurs architectes, et fixés solidement au sol, ils deviennent les maté-

riaux de construction employés par la nature à la formation
de roches nouvelles.

Outre leur reproduction par des œufs, les polypes se
multiplient également par des bourgeons qui se forment sur
une partie quelconque du corps, se développent, et forment
au bout d'un certain temps de nouveaux polypes. Ces petits
animaux restent attachés pour la plupart à la tige-mère,
mais de temps en temps il s'en produit de libres, qui se détachent de la colonie et vont se fixer sur un autre point du
sol sous-marin, à quelque distance de leur berceau. Bientôt
cet animal gélatineux, à peine gros comme un grain de blé,
s'attache par sa base, comme font les actinies, puis il cherche sa proie avec ses petits bras ou tentacules, en tâtonnant
dans les eaux environnantes. A mesure qu'il se nourrit (et
il mange constamment), la portion inférieure de son corps
s'allonge et s'endurcit, puis se solidifie par les molécules
calcaires qui s'y accumulent; la partie supérieure, au contraire, reste charnue, elle germe, bourgeonne, et produit
d'autres polypes, comme un arbre étendant ses branches.
Le premier polype, le polype-mère, devient alors un tronc
qui, par l'âge, se solidifie; il se transforme en pierre, sur
laquelle les générations accumulées de ses enfants travaillent et se multiplient, en montant, pour ainsi dire, sur les
épaules les uns des autres; bientôt le commun édifice s'é-
tend et s'exhausse; il atteint le niveau de l'Océan, et devient
un de ces récifs si funestes aux navigateurs. D'autres polypes, aux environs, se livrent à des travaux analogues, également vastes et solides, qui s'ajoutent aux premiers. Des
milliers de générations successives achèvent ce que la première a commencé. Les récifs se juxtaposent et deviennent
des bancs madréporiques de plusieurs centaines de lieues
d'étendue (1). La mer, jetant des sables et du limon sur le
haut de ces écueils, en élève la surface au-dessus de son
propre niveau, et en formes des îles plates. Ce terrain nouveau offre aux graines de plantes que les vagues y amènent,
un sol sur lequel ces végétaux croissent assez rapidement
pour ombrager bientôt sa surface. Les troncs d'arbres entiers, qui sont portés à la mer par les rivières d'autres pays

(1) La côte orientale de l'Australie est bordée d'une ceinture d'écueils
madréporiques, sur une étendue de trois cent soixante lieues, dont cent
vingt-sept sans interruption.

et d'autres îles y trouvent enfin un point d'arrêt après un
une longue course. Quelques petits animaux, tels que des
insectes et des lézards, sont transportés avec eux et deviennent les premiers habitants de ces récifs. Les oiseaux de
mer y construisent leurs nids ; quelques oiseaux de terre
égarés viennent y chercher un refuge dans les buissons, et
plus tard, enfin, l'homme paraît et bâtit sa hutte sur le so
devenu fertile.

Nous avons dit que nos côtes n'offrent actuellement aucun
représentant de ces polypiers pierreux ; mais il n'en était
pas ainsi à l'époque où la vaste mer couvrait notre conti-
nent, car nos montagnes de la période secondaire, et notam-
ment la chaîne du Jura, en sont presque entièrement formées. Le temps ne coûte rien à ces infatigables travailleurs,
qui bâtissaient déjà leurs édifices des milliers d'années avant
que l'homme ou les animaux supérieurs eussent fait leur apparition sur la terre.

On trouve souvent au bord de la mer une substance charnue et coriace, d'un brun rougeâtre, percée de trous nombreux, à laquelle on donne vulgairement le nom de main de
mer, en raison de sa forme
grossièrement digitée ; c'est
l'*alcyonium digitatum* des
naturalistes. Tel qu'on le
rencontre, gisant sur le sable, il n'offre certainement
rien de bien remarquable,
mais si vous trouvez un de
ces zoophytes récemment
rejeté par les vagues, et
que vous le placiez dans un
vase rempli d'eau de mer,
il prendra bientôt une toute
autre valeur à vos yeux. Au
bout de quelques instants
vous verrez sortir de chacun de ces trous étoilés qui
criblent la surface de cette
masse charnue, un petit po-
ype, transparent comme du

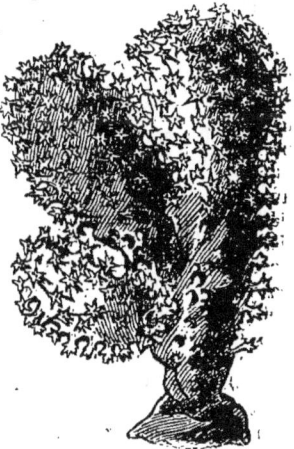

Fig. 68. — Alcyon digité.

cristal, qui s'avance en dehors et épanouit comme une fleur
ses huit tentacules pectinés. Si vous touchez un de ces poly-

pes, vous le voyez aussitôt se contracter avec force, et
rentrer si complètement dans son trou que l'orifice de celui-ci ne ressemble plus qu'à un pore étoilé. L'on pourrait
croire que chacun de ces polypes vit solitaire et renfermé
dans sa cellule, sans communication avec ses voisins; mais
si l'on ouvre le polypier dans sa longueur, et que, au moyen
d'un acide étendu d'eau, l'on enlève le dépôt calcaire dont la
base du polype est environnée, on voit qu'il y a entre ces parties continuité organique, et que la cellule polypifère n'est que
la portion inférieure du corps du polype qui, en se contractant rentre en lui-même comme les tubes d'une longue-vue.

Le polypier commun n'est, en effet, autre chose que le
résultat de l'agrégation intime de la portion inférieure du
corps des polypes, et chacun de ses animaux a la forme d'un
long tube rétréci à sa base, qui, dans une partie de son étendue, est soudé à ses voisins et plonge plus ou moins profondément dans la masse commune, tandis qu'à son extrémité
supérieure il est et reste isolé. Il part, en outre, de la cavité
abdominale de chaque polype, un lacis de canaux très-fins
qui traversent dans tous les sens la portion spongieuse du
polypier, s'y anastomosent, et établissent entre la cavité abdominale des divers polypes des communications intimes.
Grâce à cette disposition, la colonie entière profite de la
nourriture prise séparément par chaque individu. Comme
on le voit, ce polypier offre l'image d'une république modèle, où l'égalité et la fraternité sont exercées beaucoup
plus sérieusement qu'elles ne l'ont jamais été dans n'importe
quelle république ancienne ou moderne ; mais il faut
avouer qu'il y existe peu de liberté. Chez ces êtres singuliers, c'est un communisme poussé jusque dans ces dernières
limites : un pour tous, tous pour un. On les voit agiter dans
l'eau leurs tentacules délicats pour saisir les corpuscules qui
passent à leur portée, les avaler, puis en rejeter les résidus
indigestibles par la même ouverture. Les aliments, élaborés
dans l'estomac de chaque polype, passent dans les canaux
qui le mettent en communication avec les organes digestifs
des autres polypes, et nourrissent ainsi la colonie entière,
dont chaque membre lui transmet à son tour une petite frac-
tion de sa propre nourriture. De sorte qu'un groupe de polypes, ainsi constitué, ressemble à un animal qui, comm
l'hydre de la fable, aurait un seul corps et un seul estoma
surmonté d'un grand nombre de têtes.

On rencontre assez communément, attachées aux rochers, aux coquilles, ou aux tiges des fucus, de petites touffes de filaments jaunâtres, ressemblant à des plantes d'une
délicatesse et d'une élégance extrêmes; nous en avons vu
de semblables, je crois, en explorant à la loupe les rugosités de la carapace d'une espèce de crabe, la maïa squinado. A la vue simple, personne n'hésiterait à les prendre
pour des plantes, mais si on les observe à l'aide d'une forte
loupe, on reconnaît bientôt leur nature animale. Ce sont en
effet des polypiers.

Celui-ci, qui s'élève comme un petit sapin de trois à quatre centimètres de hauteur sur le
dos de cette coquille de buccin,
est une sertulaire, dont le nom,
dérivé du mot latin *sertum* (bouquet), peint l'aspect élégant. Ses
tiges grêles et demi-transparentes
sont délicatement ramifiées, et les
rameaux sont garnis de chaque
côté de cellules saillantes qui les
font paraître dentés. Si vous plongez dans un vase rempli d'eau de
mer ce petit polypier, vous verrez
bientôt sortir de chaque cellule,
comme autant de fleurs épanouies,
les têtes étoilées de ses habitants microscopiques.

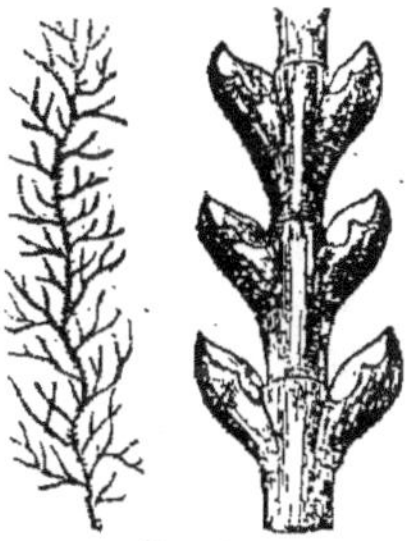

Fig. 64.
Sertulaire. Rameau grossi

Voici sur ces tiges de laminaires d'autres petits polypiers,
dont les rameaux recourbés de chaque côté de la tige, comme les barbes d'une plume, figurent d'élégants panaches;
ce sont des *plumulaires*, genre voisin de celui des sertulaires, dont ils diffèrent par la disposition de leurs cellules
rangées d'un seul côté des rameaux. Un seul de ces petits
polypiers peut porter de huit à dix mille polypes, souvent
beaucoup plus, et l'on rencontre parfois une colonie de ces
plumulaires réunies par une fibre commune sur la tige
d'une seule algue, qui se trouve ainsi le siége d'une population avec laquelle ne peut rivaliser ni celle de Paris
ni celle de Pékin. Encore notre plumulaire est-elle une petite espèce; il en est d'autres qui peuvent présenter un nombre d'habitants dix fois et vingt fois plus grand. Et lorsque
l'on songe qu'il n'est guère de fucus qui ne porte avec soi sa

11.

population de polypiers, l'imagination reste frappée de stupeur devant une telle fécondité.

Près des sertulaires et des plumulaires, nous trouverons les cellulaires, élégants petits polypiers qui, comme les précédents, ont la forme de petites tiges grêles et rameuses, et se fixent sur les corps sous-marins par des filaments radiciformes. Les cellulaires se distinguent des précédentes par leurs cellules moins saillantes et semblant faire partie des

Fig. 65. — Cellulaire.

tiges et des rameaux; elles sont recouvertes d'un enduit brillant comme un vernis qui ajoute encore à la beauté et à l'élégance de leurs petites touffes. L'une d'elles se trouve assez communément sur les laminaires qui croissent vers la dernière limite des basses eaux; c'est la cellulaire géniculée, dont chaque cellule, de forme tubuleuse et très-allongée, prend naissance sur la face dorsale de la cellule précédente.

C'est parmi les cellulaires qu'on trouve la merveille des mers, l'une des plus curieuses productions de la nature. C'est un petit arbre en miniature, de six à huit centimètres de hauteur, qui, à la vue simple, n'offre de remarquable que l'élégance de son port; mais si l'on arme son œil d'une bonne loupe, on pourra distinguer les détails merveilleux de l'organisation de notre petit zoophyte. Comme dans les polypiers précédents, les branches de cet arbuscule animé sont parsemées de cellules dans lesquelles vivent en reclus les petits polypes à tête étoilée; mais on voit en outre, attaché à chaque cellule, un appendice singulier qui ressemble à la tête d'un oiseau fixée par le cou. Cette tête n'a pas d'œil, il est vrai, mais elle a un bec, un vrai bec becquetant, s'ouvrant et se fermant comme celui d'un oiseau, et elle est mobile sur son point d'attache. Rien n'est curieux à voir comme ces têtes d'oiseaux, claquetant leurs mandibules et se faisant une foule de salutations. Nous ne savons pas à quoi servent ces organes étranges qui ne paraissent avoir aucun rapport avec les polypes contenus dans les cellules, et jusqu'à présent per-

sonne, croyons-nous, ne l'a deviné plus que nous. Lor squ le polypier est désséché, c'est-à-dire privé de ses habitants, les petites têtes d'oiseaux n'en continuent pas moins leurs évolutions. Cette particularité a fait donner
à ces petits zoophytes
le nom de *cellularia
avicularis*; on le ren-
contrera près de la li-
mite des basses eaux,
fixé sur la tige des
grandes algues.

Si l'on examine avec
soin les coquilles, les
plantes marines et les
autres corps plongé
dans l'eau, on remar-
quera à la surface d'un
grand nombre d'entre
eux, une sorte de
croûte mince et rude
que les pêcheurs ap-
pellent teigne, comme
s'ils voulaient l'assimi-

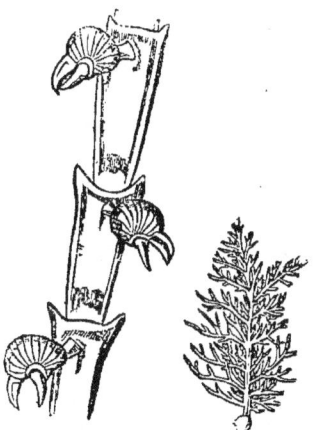

Fig. 66 — Cellulaire à tête d'oiseau.

ler ainsi aux produits morbides des affections cutanées con-
fondues par eux sous le même nom. L'observateur super-
ficiel n'y voit, comme le pêcheur, qu'une croûte calcaire
qui gâte les plantes ou les coquilles qu'elle recouvre ; mais
si on l'examine attentivement à l'aide d'une loupe, ou y distinguera les formes les plus élégantes et les plus variées.
Les unes se présentent comme de fines dentelles d'un merveilleux dessin, d'autres sont composées d'une multitude de
petites cellules saillantes, diversement réunies, et ornées
de stries, d'épines, de pores ocellés.

Ces concrétions pierreuses ou plutôt ces polypiers, car
ce n'est pas autre chose, ont reçu des naturalistes le nom de
lepralia. Ils sont composés d'une quantité prodigieuse de
petites cellules à parois communes, et disposés par séries
régu lières comme les écailles des poissons ou les tuiles d'un
toit. Ces polypiers couvrent souvent les algues auxquelles
ils se fixent, au point de ne pas laisser à nu un pouce de leur
tissu ; et chacune de leurs cellules est habitée par un petit

polype qui agite au dehors ses petits bras à la recherche d'une proie microscopique.

Les flustres offrent une organisation très-rapprochée de

Fig. 67, 68 et 69. — Lepralia.

celle des lepralia, mais leur polypier est composé de deux plans de cellules, unies dos à dos comme les gâteaux d'une ruche d'abeilles ; la substance en est aussi plus flexible et comme cornée.

L'espèce la plus remarquable, et celle qu'on rencontre le plus fréquemment sur la plage est la flustre foliacée : elle a la forme et l'aspect d'un fucus très-ramifié à frondes aplaties ; sa couleur est d'un blanc jaunâtre assez semblable à celle du parchemin. La flustre foliacée habite à une assez grande profondeur et se développe jusqu'à atteindre un mètre en tous sens ; mais on en trouve fréquemment des fragments sur le rivage. La flustre ressemble à un tel point à une algue marine, que beaucoup de personnes refusent de croire, à première vue, à sa nature animale ; mais si l'on passe le doigt sur la surface des feuilles ou plutôt la lame du polypier, on éprouve la sensation d'une râpe, sensation causée par les innombrables cellules épineuses dont il est composé. Une faible loupe suffit pour dévoiler cette curieuse structure qui n'a rien de commun avec celles des végétaux. Les cellules sont en forme de raquette, garnies d'un rebord armé de quatre épines courtes, deux de chaque côté ; ce sont ces épines microscopiques qui produisent la sensation râpeuse que l'on éprouve au toucher.

Lorsqu'on foule le sable humide que vient d'abandonner le flot, il est rare qu'on ne rencontre point sous ses pas quelque masse glaireuse, bleuâtre comme l'empois, amas de gelée sans forme. Cette masse gélatineuse n'offre à l'œil aucun caractère d'animalité ; mais si vous la placez dans un grand vase rempli d'eau de mer, ou dans une flaque d'eau assez profonde pour qu'elle puisse s'y développer à l'aise, vous la verrez s'étendre, s'arrondir, et prendre peu à peu des formes distinctes qui ne manquent pas d'élégance. Vous avez alors sous les yeux un être singulier, dont le corps est composé d'un disque plus ou moins bombé en ombelle, comme un champignon, et de diverses appendices placés à la partie inférieure ou concave de celui-ci, et servant à la respiration ou à la manducation de l'animal. Ces organes sont pendants ou flottants dans plusieurs espèces, de façon à rappeler les serpents qui coiffaient Méduse, personnage mythologique dont on leur a donné le nom. Mais vulgairement on les désigne sous le nom de gelée de mer.

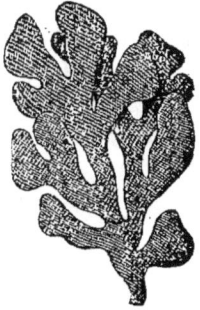

Fig. 70. — Flustre foliacée.

On se demande souvent pourquoi les méduses et d'autres zoophytes, qui offrent dans l'eau des formes si élégantes et si délicates, deviennent, hors de leur élément, des masses informes et confuses, où l'œil étonné ne saurait retrouver trace de l'animal qu'il admirait tout à l'heure. Chacun sait qu'un corps quelconque est plus léger dans l'eau que dans l'air, et que, suivant le principe d'Archimède, ce corps perd de son poids une quantité égale au poids du volume du liquide qu'il déplace. Il en résulte que des animaux dont les tissus sont trop mous pour se soutenir dans l'air, qui s'y affaissent en une masse sans forme au point de devenir inhabiles à remplir leurs fonctions organiques, peuvent se développer parfaitement au sein des eaux, où ces mêmes tissus, n'étant guère plus denses que le fluide ambiant, n'ont besoin que d'offrir une bien faible résistance pour conserver leurs formes et pour empêcher les diverses parties du corps de retomber sur elles-mêmes.

Longtemps ces êtres bizarres furent dédaignés par les naturalistes eux-mêmes, qui ne voyaient en eux, comme disait Réaumur, qu'une gelée vivante ; mais la science moderne a su pénétrer les mystères de leur organisme, et leurs formes extérieures. Quoi de plus singulier, en effet, qu'un animal n'ayant point de bouche, mais pourvu de suçoirs analogues aux racines des plantes, dont la cavité digestive se

prolonge dans toutes les parties du corps sous forme de canaux vasculaires, de façon à remplir en même temps les fonctions d'un estomac et d'un cœur. Tel est cependant le mode
d'organisation que Cuvier a découvert dans ces zoophytes.

Tantôt ce corps singulier est incolore et d'une transpa-
rence égale à celle du cristal ; tantôt il est peint des plus vives
couleurs, présentant un aspect opalin, et semblant emprunter sa parure aux plus riches émaux : tel est le rhizostome
bleu que l'on trouve communément sur toutes nos côtes. Son
ombelle, qui atteint quelquefois jusqu'à six décimètres de largeur, est d'un bleu azuré pâle,
plus foncé vers ses bords ;
son pédicule se divise en quatre paires de bras fourchus et
dentelés, garnis chacun à leur
base de deux oreillettes également dentelées.

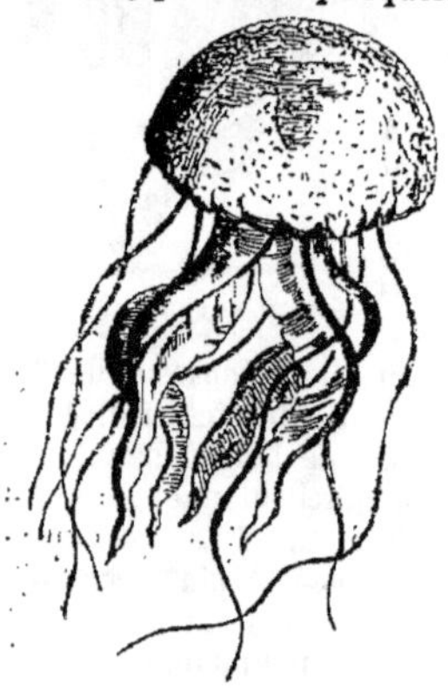

On rencontre souvent ces
méduses au large, réunies en
grand nombre, et nageant
dans une même direction le
corps incliné obliquement.
Ce n'est qu'au printemps, ou
pendant l'été, qu'on les rencontre sur nos côtes, où elles
se rendent comme les poissons pour y déposer leur frai.

Fig. 71. — Méduse. Rhizostome bleu.

Un fait digne de remarque,
et qui prouve en faveur de l'instinct de ces animaux en
apparence si inférieurs, c'est qu'ils ne se dirigent jamais
vers la terre que par un vent contraire, et qu'ils s'en éloi-
gnent dès que le vent, soufflant du large, tend à les pousser
sur la plage ou contre les rochers. Malgré ces précautions
il en échoue des quantités, qui ne tardent pas à se dessé-
cher et à fondre en quelque sorte sous les rayons du soleil.
Quand la température est élevée, les méduses sont souvent
phosphorescentes, et elles sécrètent une humeur âcre et
brûlante qui produit sur la peau la même sensation que le
contact des orties, d'où leur nom vulgaire d'*orties de mer*,
dont le mot grec *acalèphes*, appliqué à l'ordre entier, rend
la signification.

Le rhizostome bleu n'est pas la seule espèce répandue sur

nos côtes ; on y rencontre aussi la *medusa aurita*, dont l'ombelle est finement ciliée tout autour et veinée en dessous de rougeâtre.

Ces êtres, déjà si singuliers par leurs formes et leur organisation, offrent le mode de propagation le plus extraordinaire. C'est une suite de transformations magiques comme en enfanterait la baguette d'une fée. Nous avons parlé plus haut des polypes, ces estomacs vivants munis d'une couronne de tentacules ; animaux toujours fixés, groupés en colonie, et réunis en un seul corps par une partie commune, soit ramifiée comme un arbrisseau, soit étendue par plaques sur les corps sous-marins ; et certes il semble qu'il ne doit exister aucun lien de parenté entre ces animaux et les méduses. Cependant l'on sait aujourd'hui, à n'en pas douter, que l'un procède de l'autre. Les méduses déposent leurs œufs qui donnent naissance, non pas à de jeunes méduses, mais à un petit corps ovoïde couvert de cils vibratiles, semblable à certains infusoires ; ce petit être vagabonde pendant quelque temps dans les eaux en tournoyant, jusqu'à ce qu'il se fixe à quelque corps sous-marin ; il se déforme alors, s'allonge, et pousse une tige d'où sortent, comme autant de feuilles, un certain nombre de polypes bien caractérisés. Puis un beau jour, sur cette même tige, naissent de nouveaux bourgeons latéraux qui se développent et deviennent, non plus cette fois des polypes, mais de petites méduses, comme l'on voit les fleurs s'épanouir sur les végétaux. Ces fleurs animées se détachent bientôt de leur tige, et commencent leur vie vagabonde, tandis que le polypier qui leur donna naissance continue à végéter sur place et à pousser de nouveaux polypes. Ces méduses produisent à leur tour des œufs d'où naissent encore des polypes destinés à se développer comme précédemment, et à reproduire encore des méduses.

Quoi de plus merveilleux que cette génération, par laquelle un même germe produit deux sortes d'animaux aussi dissemblables par l'organisation et par les mœurs : l'un toujours enchaîné au rocher qui le vit naître, l'autre libre et jouissant d'une vie complétement indépendante.

A côté des méduses sont les béroës, proches parents par l'organisation, bien que de formes très-différentes. Les béroës semblent n'être qu'une frêle vessie gonflée d'eau, un globe de verre irisé comme une bulle de savon que l'œil distingue à peine au sein des eaux. Leur forme est globuleuse ou ovalaire, et lorsqu'on peut les observer de près, on distingue plusieurs bandes longitudinales qui s'étendent d'un pôle à l'autre, comme les méridiens d'un globe terrestre. Ces bandes, au nombre de huit dans l'espèce la plus commune (*Cydippe pileus*), sont les organes de locomotion, et c'est à leur forme et à la manière dont l'animal s'en sert qu'est due la belle irisation qui peint ce petit être des plus belles couleurs de l'arc-en-ciel. La surface de ces bandes est couverte de petites palettes frangées, disposées comme les aubes d'une roue de moulin ; chacune de ces palettes est douée d'un mouvement vibratile, et c'est par ce mouvement rapide qu'elles forment une série de prismes qui décomposent la lumière, surtout lorsque les rayons du soleil éclairent l'animal. De l'extrémité du corps partent deux longs tentacules filiformes qui sortent de deux tubes placés sur les côtés de l'estomac ; ils sont garnis de filaments dans toute leur longueur, et tellement délicats qu'on les aperçoit difficilement. Ces organes, doués d'une sensibilité exquise, sont des lignes de pêche qui servent à l'animal pour attirer vers sa bouche la proie microscopique qui s'est engluée au liquide visqueux dont ils sont enduits. Il s'en sert aussi par fois pour se fixer au sol, restant amarré par ces câbles délicats, tandis qu'il se balance dans l'eau comme un ballon captif. Ces filaments peuvent rentrer complétement dans le corps du béroë ou être projetés par lui à une assez grande distance.

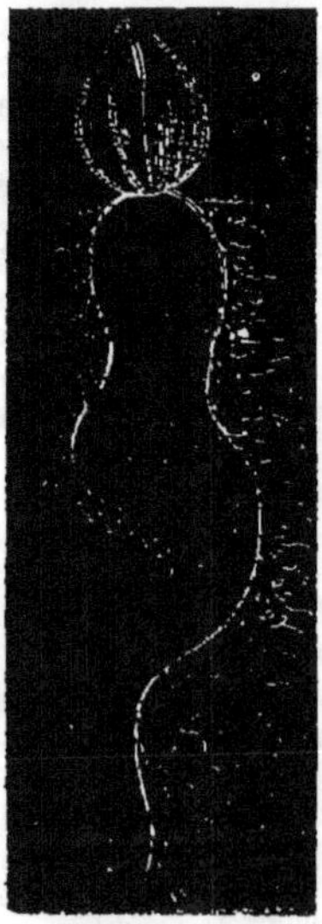

Fig. 72. — Béroë.

Ces acalèphes, qui semblent n'être que des vessies gonflées d'eau, peuvent à tout moment altérer leur forme ou leur volume en se contractant ou en se dilatant, aussi en voit-on de globuleux, d'ovoïdes, de pyriformes. Leur existence est aussi fugitive que leur forme, et si on les recueille dans un aquarium, on les voit pendant quelques jours étaler

au soleil leurs belles couleurs irisées, puis disparaître tout
à coup sans laisser de traces.

Malgré leur fragilité, ces animaux ont une grande force
de vitalité, comme j'ai eu plusieurs fois l'occasion de le
constater.

yant mis un de ces béroës dans un vase d'eau de mer où
se trouvait déjà une petite méduse, le cydippe se mit à suivre les contours du vase en faisant vibrer ses palettes, nageant avec ce mouvement vif et gracieux qui le rend si
remarquable. Lorsqu'il fut près de la méduse, il toucha les
tentacules de celle-ci, qui les replia aussitôt et captura le
béroë. Ce dernier se défendait de son mieux, et je l'aidai,
en cherchant à le dégager à l'aide d'un pinceau; mais, n'y
pouvant réussir, je l'abandonnai à son malheureux sort.
Quelques moments après, voulant savoir ce qu'était devenu
mon béroë, je revins visiter le vase et je vis alors qu'il était
enfin parvenu à se dégager de l'étreinte de la méduse, mais
en lui abandonnant une assez forte portion de son individu.
Il ne paraissait nullement se soucier de sa mutilation, et na-
geait en agitant ses palettes, mais penché de côté comme
un bateau à vapeur qui aurait perdu l'une de ses roues. Le
principe de vitalité est d'ailleurs tellement tenace dans
toutes les parties de ces animaux, que si l'on coupe avec
des ciseaux quelques fragments des bandes qui portent les
palettes, celles-ci continueront à vibrer encore pendant
des jours entiers, si l'on a soin de les maintenir dans l'eau.

On est certain de se procurer des béroës et des méduses
en promenant un filet de gaze à la surface de la mer, par un
temps calme. Les navigateurs rapportent qu'on rencontre
ces zoophytes en pleine mer, voguant par myriades, et que
pendant les belles nuits chaudes, ils émaillent le bleu azuré
de la mer d'une phosphorescence très-vive.

Un des phénomènes les plus singuliers et les plus admirables en même temps que présente la mer est celui de la
phosphorescence. A certaines époques de l'année, l'Océan
paraît embrasé, et les flots en déferlant sur la grève semblent la ceindre d'une bordure lumineuse. Si l'on est monté
sur une barque, les rames font jaillir sous leur choc des
gerbes de lumière, et le sillage est tracé en traînées de feu
pareilles à la queue d'une comète qui voyage dans l'espace.
Partout s'allument et s'éteignent tour à tour des milliers
d'étincelles éblouissantes, des globules de feu. Ces étin-

celles, ces globules sont autant de petits êtres vivants, mollusques, annélides, zoophytes, qui, à certaines époques, probablement celles de la reproduction, acquièrent cette singulière propriété de faire jaillir la lumière de leur corps.

Nous avons déjà vu que certains animaux tels que les pholades, les néréïdes, répandent constamment une forte lueur phosphorescente ; il en est de même de plusieurs poissons, et la chair de presque tous les animaux marins dégage, en se corrompant, beaucoup de matière phosphorique, qui brûle à l'air d'une combustion lente, et la fait briller d'une douce lumière dans l'obscurité. Mais la principale cause de la phosphorescence de la mer est un fort petit être, à peine gros comme une graine de pavot, auquel les naturalistes donnent le nom de noctiluque (*noctiluca miliaris*). Cet infusoire marin est un corps gélatineux, transparent, sphéroïdal, creusé en dessus d'une cavité en entonnoir d'où sort une petite trompe. Il ressemble assez, sous le microscope, à une cerise décolorée à queue courte, la trompe formant ici la queue. C'est en agitant rapidement cette trompe que l'animal se meut.

Que ne puis-je, comme Glaucus, trouver l'herbe merveilleuse qui, me changeant en dieu marin, me permettrait de parcourir les profondeurs inconnues de la mer, de pénétrer dans ces grottes de corail et de nacre dont parle le vénérable Homère, bien qu'il ne les ait jamais vues plus que moi. Mais hélas ! souhait téméraire, regrets inutiles, le fond de la mer n'est point un sol que doivent fouler nos pieds ; contentons-nous donc de la bande étroite que nous abandonne deux fois chaque jour le flot ; profitons surtout des grandes marées qui, aux syzigies, découvrent quelques mètres de terrain de plus, et avec eux quelques-uns des mystères de l'Océan. Alors s'offrira à nos yeux une luxuriante végétation ; ici des fucus vigoureux, là des laminaires gigantesques. C'est entre les racines de ces algues ou dans les crevasses des roches sous-marines que nous pourrons trouver certaines espèces d'éponges.

Tout le monde connaît les éponges qui servent aux usages domestiques ; mais peu de personnes, sans doute, y reconnaîtraient la dépouille d'un animal. Il est cependant bien avéré aujourd'hui que les éponges sont des animaux, animaux doués d'une vie toute végétative, il est vrai, véritables zoophytes dans toute l'acception du mot.

Ces êtres inférieurs, que nous considérons comme des espèces de polypiers, sont formés d'une substance cartilagineuse, plus ou moins élastique, criblée de trous et de canaux, et affectant des formes très-variables; c'est cette espèce de squelette intérieur, convenablement nettoyé et purifié, qui constitue l'éponge employée aux usages domestiques. Mais à l'état vivant, il est recouvert d'une matière gélatineuse, peu consistante, et ne présentant aucune trace d'organisation. C'est cependant dans cette sorte de gelée que réside tout ce que l'éponge possède de vie, et c'est par elle qu'est déposé le réseau cartilagineux; elle n'offre aucune apparence de sentiment, puisqu'elle ne se contracte même pas lorsqu'elle est blessée, et le seul indice de vie qu'elle donne est d'absorber et de rejeter continuellement l'eau qui l'environne.

Si l'on examine avec attention une éponge, on verra que les trous qui criblent sa substance sont de deux sortes : les uns, plus grands que les autres et moins nombreux, sont les orifices de larges canaux qui se rendent au centre de l'éponge; les autres, plus petits et extrêmement nombreux, couvrent toute sa surface et communiquent avec les innombrables passages ramifiés du squelette. Suivant les observations du docteur Grant, l'éponge absorbe l'eau par les petits trous répandus à sa surface et la rejette par les grandes ouvertures des canaux, après en avoir extrait toutes les particules nutritives.

La reproduction de ces singuliers animaux se fait par de, œufs. Si, à certaines époques de l'année, on coupe une éponge, on trouve, fixés aux parois des canaux, une multitude de petits points jaunes qui grossissent, prennent la forme ovoïde, et se couvrent de cils vibratiles; ils ont alors le volume d'une graine de pavot, et se détachent pour tourbillonner dans les eaux en agitant leurs cils vibratiles. Puis, au bout de quelque temps, ces œufs mouvants se fixent en un lieu favorable à leur développement; dès lors cesse tout mouvement, et ils commencent la calme vie végétative de leur mère. Nous verrons plus loin que les graines de certaines algues ont la même propriété singulière de se mouvoir dans les eaux, au moyen des cils vibratiles; ce qui les rapproche beaucoup des infusoires, et permet de croire que l'on reconnaîtra plus tard, comme étant les germes ou larves d'autres animaux, un grand nombre d'animalcules considérés aujourd'hui comme ayant atteint leur entier développement.

On trouve des éponges sous toutes les latitudes; mais elles sont beaucoup plus abondantes et plus volumineuses dans les pays chauds. L'éponge commune (*spongia communis*) ne se rencontre, en France, que sur les côtes de la Méditerranée; c'est surtout de l'Archipel grec que l'on tire celles qui sont livrées au commerce. La pêche des éponges est la principale ressource des pauvres habitants de ces îles, qui s'exercent dès leur jeune âge à plonger à des profondeurs plus ou moins grandes pour aller chercher ces zoophytes. Celles que l'on trouve sur nos côtes du nord et de l'ouest sont en général de petite taille et impropres aux usages domestiques, leur substance fibreuse étant raide, friable, et parsemée de spicules calcaires ou siliceuses, suivant les espèces.

Lorsque l'on conserve des plantes marines dans un aquarium, on voit, au bout d'un certain temps, se former, sur divers points de ces algues, de petites taches blanchâtres, nuageuses, larges de quelques millimètres à peine. Si, au moyen d'une petite spatule de bois, ou d'une plume taillée en cuiller, on recueille cette matière pour la transporter sur le porte-objet du microscope, on jouira d'un curieux spectacle. Ce sont en effet des agglomérations d'animaux d'une forme tout à fait singulière : un corps ovoïde ou épanoui en clochette se balance comme une fleur au bout d'un long pédoncule; l'orifice de la clochette est tout garni de cils qui, vibrant avec une vitesse extrême, offrent l'apparence d'une roue qui tourne, et produisent dans le liquide un tourbillonnement destiné à amener les molécules nutritives vers la bouche. Si l'on touche cette singulière fleur animée, elle referme aussitôt sa couronne de cils et contracte brusquement son pédoncule en tire-bouchon. Ces animaux microscopiques sont des vorticelles ; chacun d'eux a tout au plus un dixième de millimètre en diamètre.

Souvent, en recueillant des vorticelles, on trouve avec elles d'autres espèces microscopiques tout aussi singulières; tels sont les brachions, renfermés dans une espèce de cuirasse, d'où sortent en avant des lobes ciliés qui servent à la locomotion de l'animal, et en arrière une queue bifurquée à laquelle est souvent attaché leur œuf.

CHAPITRE XI

LES PLANTES MARINES

Le règne animal et le règne végétal : où commence l'un où finit l'autre ? — La végétation marine : les prairies flottantes ; les algues ; leur organisation et leur rôle dans la nature. Conferves : ulves ; varechs ; fabrication de la soude ; laminaires ; corallines. Récolte et conservation des algues. — Floridées : céramies ; polysiphonia ; delessaria ; la mousse d'Irlande ; iridœa ; zostère.

Si nous disions qu'il est souvent fort difficile, sinon impossible, de distinguer un animal d'un végétal, beaucoup de personnes riraient peut-être de notre peu de sagacité.

C'est, en effet, une opinion généralement répandue que les animaux et les végétaux forment deux règnes bien distincts et bien séparés, n'ayant de commun que les facultés de croître et de vivre, et attirant sans cesse dans leur composition une partie des substances environnantes. Mais il n'en est pas ainsi, et si le naturaliste ne peut se méprendre sur la nature animale ou végétale des êtres placés au sommet des deux règnes, lorsqu'il descend vers leurs extrémités, il arrive un moment où l'examen le plus scrupuleux ne suffit plus pour donner une certitude complète, et ne permet pas de découvrir le point où sont soudées les deux chaînes. Sans parler des polypiers, que des hommes de savoir ont pris pendant si longtemps pour des pierres végétantes ; sans parler même des corallines, actuellement classées parmi les végétaux, et que Cuvier, à qui l'on ne refusera sans doute pas quelque sagacité, rangeait, comme tant d'autres, parmi les animaux, il existe des êtres encore plus équivoques, que se disputent de nos jours les zoologistes et les botanistes, sans que leurs efforts combinés aient pu encore déterminer leur nature ambiguë.

Sans aller bien loin, le hasard pourra nous en fournir des exemples. Dans cette même eau, où le microscope nous a fait découvrir les singulières molécules animées qui semblent former la dernière limite du règne animal, se meuvent

encore d'autres infusoires. Ce sont des corpuscules globuleux ou ovoïdes, munis d'un bec pointu, qui s'agitent et nagent d'un mouvement rapide, au moyen des cils vibratiles
dont ils sont couverts. Ces animalcules ressemblent d'ailleurs tellement à l'espèce décrite par Ehrenberg, sous le
nom de *microglœna monadina*, qu'il est presque impossible de les en distinguer. Mais, si l'on suit attentivement leurs
mouvements, on les voit, après avoir vagabondé pendant un
temps plus ou moins long dans le liquide ambiant, se fixer
à quelque corps sous-marin, et là conserver une immobilité parfaite, puis bientôt germer comme une graine, et se
développer en une petite algue marine. On donne à ces sin
guliers animalcules le nom de zoospores, qui signifie anima'
graine.

Lorsque la plante est arrivée à son parfait développement, la matière verte contenue dans les cellules subit une
modification organique profonde, par suite de laquelle elle
se transforme en véritables animalcules, qui, à l'aide de leur
bec, percent les parois de leur cellule pour s'en échapper, se
fixent comme nous venons de le dire, et se transforment en
véritables graines. Un autre fait qui vient à l'appui du caractère animal de ces corps reproducteurs, c'est qu'ils présentent une composition chimique tout à fait semblable à
celle des matières d'origine animale. Ce genre de reproduction est déjà fort remarquable ; mais, dans certaines algues
inférieures, il se passe des phénomènes tellement singuliers,
qu'il n'est plus permis de prononcer auquel des deux règnes, végétal ou animal, doivent être rapportés ces êtres,
dont les formes extrêmes présentent successivement les
caractères de l'un et de l'autre. C'est ainsi que l'*hœmato-
coccus pluvialis,* petite algue microscopique, qui se trouve
dans les creux de rochers où s'est amassée de l'eau de pluie,
est tour à tour plante et animal infusoire. C'est ainsi encore,
que certaines conferves se forment d'infusoires libres qui
viennent s'ajouter en chapelet les uns à la suite des autres,
et, dans cet état, forment une chaîne verte et immobile,
dont les anneaux se désagrègent dans de certaines circonstances pour reprendre la vie animale.

Comme on le voit par ces faits pleinement acquis à la
science, il est impossible d'assigner des limites absolues à
chacun des deux règnes, et ceux-ci soudés ensemble par
eurs espèces inférieures, forment comme deux grands ar-

bres dont les troncs, partant d'une souche commune, s'éloi-
gneraient l'un de l'autre en s'élevant.

Bien que toutes les plantes qui croissent au fond des mers
appartiennent à un très-petit nombre de familles, les espèces sont si multipliées, leurs formes si variées, leurs couleurs si brillantes, qu'elles composent un jardin féerique.
Les différentes espèces d'algues s'élèvent dans les diverses
régions de l'Océan et ont leurs limites déterminées; la plupart se développent dans le voisinage des côtes, et rarement on les trouve à plus de cinquante mètres de profondeur; mais elles naissent dans toutes les mers, et chose
singulière, les plus grandes sont celles des mers arctiques.
Les unes se cramponnent si fortement à leur base, que lorsque les flots impétueux les enlèvent, elles emportent avec
elles les fragments du rocher auquel elles ont attaché leurs
racines; d'autres flottent à la surface des eaux, soutenues
par des vessies remplies d'air, et forment au-dessus des vagues, par leur agglomération, d'immenses prairies dont la
couleur verte se détache au loin sur le sombre azur des
eaux. Quelques-unes de ces plantes, au dire des navigateurs,
n'ont pas moins de mille à douze cents pieds; telles sont
celles que l'on rencontre entre les Açores et les Antilles,
formant des îles flottantes de deux à trois cents milles d'é-
tendue. C'étaient ces prairies qui étonnaient et épouvan-
taient les premiers navigateurs, et Colomb employa trois
mortelles semaines à franchir l'une d'elles.

Quand on enlève ces algues à leur élément, on est frappé
de la bizarrerie de leurs formes et de leur organisation; les
unes sont composées de cellules emboîtées les unes dans
les autres; les mieux organisées ne sont, en réalité, que des
masses gélatineuses, recouvertes d'une enveloppe qui ressemble à du cuir lustré, divisées en rameaux irréguliers qui
se terminent par des expansions membraneuses en guise de
feuilles.

Toutes les algues ont besoin, pour croître et se multiplier,
de la présence de l'eau, condition essentielle de leur existence; mais la plupart supportent parfaitement les alterna-
tives d'émersion et de submersion causées par les marées.
Il en est même qui, vivant presque au niveau de la haute
mer, sont soumises plus de temps à l'action de l'air qu'à
celle de l'eau.

Les algues marines ou thalassiophytes ont été divisées

en trois familles assez naturelles : les zoospermées, les floridées et les phycées. C'est dans la première que l'on observe les points de contact les plus marqués entre les végétaux et les animaux, puisque les espèces qu'elle renferme
se reproduisent, en général, par ces singuliers zoospores,
ou graines animées, dont nous avons parlé plus haut.

La couleur est un des caractères distinctifs les plus mar-
quants qui différencient nos trois familles d'algues marines,
et, à part quelques rares exceptions, dont n'est exempte
aucune loi formulée par l'intelligence humaine, cette couleur est constante dans les trois tribus qu'elle caractérise.
Elle est d'un vert gai ou herbacé dans les zoospermées, qui
habitent à la surface des mers, ou du moins à de très-petites
profondeurs, et cette couleur est évidemment due à l'action
continue de la lumière, avec laquelle elles sont plus en
contact. La couleur rose, violette ou pourpre, distingue les
floridées, qui se plaisent à une plus grande profondeur que
les zoospermées, et ces nuances, loin de perdre de leur vivacité, deviennent éclatantes après la dessiccation à l'air et
à la lumière. Les phycées, également répandues à la surface
ou dans les profondeurs de la mer, se distinguent des deux
familles précédentes par leur couleur d'un vert olivâtre, ou
d'un brun plus ou moins foncé.

Les algues jouent un rôle important dans l'économie de
la nature ; de même que les plantes terrestres servent à
l'alimentation d'un nombre immense de mammifères, d'oiseaux, d'insectes, et de l'homme lui-même, de même aussi
les plantes marines fournissent une nourriture abondante à
des myriades de poissons, de mollusques, etc., destinés,
comme les herbivores terrestres, à devenir la proie d'espèces plus voraces. D'immenses prairies sous-marines sont
habitées par des millions d'animaux, qui y trouvent à la fois
un abri et de gras pâturages. Les algues sont encore d'une
grande utilité pour l'homme ; elles lui fournissent un excellent engrais, et livrent à l'industrie la soude qu'elles recèlent. Plusieurs espèces sont en outre usitées comme aliment
dans les contrées pauvres du littoral.

Le naturaliste peut se livrer à la recherche des algues à
toutes les époques de l'année ; mais le temps le plus favorable à la récolte, c'est la journée qui suit la nouvelle ou la
pleine lune. A cette époque les marées sont plus fortes, et
laissent au reflux une plus grande partie de la plage à dé-

couvert, livrant au naturaliste une végétation et des populations toutes différentes de celles que l'on trouve communément dans la limite des marées ordinaires. C'est surtout vers l'embouchure des fleuves, ou dans les lieux rocailleux, que l'on pourra faire une riche moisson de plantes, et en explorant les flaques d'eau, les crevasses de rochers, et les tiges des grands fucus qui supportent un grand nombre d'espèces parasites. Il ne faut pas négliger non plus de visiter avec soin ces amas d'algues roulées que la mer rejette chaque jour sur la plage.

Prises dans l'ordre où elles se présentent d'elles-mêmes à nos regards sur la plage, nous remarquons d'abord que les algues vertes (*zoospermées*) abondent vers la limite des hautes eaux, et surtout dans les flaques comprises dans la zone des marées; que les vert-olive (*phycées*) couvrent tous les rochers exposés à l'air, commençant faiblement à paraître vers la limite des hautes eaux, et devenant plus abondantes avec la profondeur croissante de l'eau, dans toute la région des roches qui découvrent à marée basse; mais que la plupart d'entre elles cessent de croître dès qu'elles approchent d'une zone qui n'est plus soumise à l'influence de l'atmosphère; nous remarquons enfin que les algues rouges (*floridées*) ne se rencontrent que rares et chétives dans les limites des marées, tandis que leur nombre, leur beauté et la pureté de leurs couleurs s'accroissent à mesure qu'elles sont plus abritées de l'air et de la lumière, sous une eau profonde.

Les algues vertes sont celles qui offrent la structure la plus simple : ce sont d'abord les conferves et les enteromorphes, qui font leur apparition vers les limites des hautes eaux, couvrant les pierres lisses d'une couche glissante d'un vert brillant, ou remplissant les flaques peu profondes de leurs touffes herbeuses. Ces plantes, que l'on désigne sous le nom vulgaire de *gazon de mer*, consistent en membranes tubulaires, simples ou branchues, paraissant à l'œil nu comme une fine soie verte, et montrant sous le microscope une surface composée de petites cellules remplies de granules. Aux enteromorphes succèdent les ulves, qui s'en distinguent par leur forme aplatie et non plus tubulaire. La belle laitue de mer (*ulva latissima*), que l'on trouve dans les flaques des rochers, est l'espèce la plus commune du genre ; elle a une très-large feuille plus ou moins ovale,

12

ondulée, plissée, d'un tissu fin comme de la batiste et d'un beau vert tendre brillant. On la mange sur nos côtes et surtout en Angleterre; mais elle est inférieure, comme saveur, à la laitue pourpre (*ulva purpurea*); celle-ci croît sur les roches découvertes, près de la limite des basses eaux; elle ressemble par la forme à la laitue verte, mais son tissu, encore plus délicat et plus transparent, est élégamment pointillé de petits grains rouges, auxquels elle doit sa couleur.

Cette plante semble faire exception à la règle générale de coloration en vert qui caractérise la famille des zoospermées; mais, bien qu'on l'appelle pourpre, cette ulve affecte diverses couleurs suivant la saison et l'âge de la plante, et ce n'est qu'en hiver ou au premier printemps que les graines, arrivées à leur parfait développement, prennent cette couleur violet-pourpre foncé qui distingue la plante; en toute autre saison, les feuilles sont d'un vert olivâtre.

Fig. 73. — Ulve, laitue de mer.

Les ulves sont, de toutes les plantes marines, les plus utiles dans un aquarium, à cause de la propriété qu'elles ont d'expirer abondamment l'oxygène. L'ulve-laitue y réussit parfaitement. On la voit, sous l'influence de la chaleur et de la lumière, étaler ses larges frondes et se couvrir de bulles d'oxygène, brillantes comme des perles, qui, agissant comme autant de petits ballons en miniature, soulèvent les feuilles ondulées de l'algue comme une draperie tissée d'émeraudes. Les ulves sont comestibles : on les mange bouillies sur plusieurs points de nos côtes; on prétend même que, réduites à l'état de gelée et arrosées de jus de citron, elles constituent un mets fort délicat.

On trouve également dans la plupart des flaques de nos côtes rocheuses, près de la limite des basses eaux, une algue d'un vert brillant, à tige cylindrique et branchue, revêtue, lorsqu'on la voit sous l'eau, d'un duvet de filaments incolores; c'est le *codium tomentosum*, qui croît sur toutes les plages et dans toutes les parties du monde, dans les eaux glacées de la mer arctique comme sur les roches brûlées des mers tropicales. Près du codium, dans ces mêmes flaques rocheuses, croît une élégante petite plante formée d'une multitude de plumes vertes, gracieusement groupées ensemble : c'est le *bryopsis plumosa*; sa substance est très-molle, et lorsqu'on la retire de l'eau, ses branches tombent les unes contre les autres; mais elles s'épanouissent de nouveau lorsqu'on les replonge dans le liquide. Peu de plantes, sur nos côtes, sont plus belles, et le plaisir de l'observer peut être indéfiniment prolongé en la conservant dans une carafe remplie d'eau de mer.

Les longues touffes de varechs olivâtres, qui pendent comme des chevelures en désordre à la pointe des rochers que les vagues découvrent à marée basse, nous feront faire connaissance avec la famille des phycées. Ce groupe renferme des plantes plus robustes et de plus grande taille que les deux autres.

Le varech commun, ou varech à vessies *(fucus vesiculosus)*, est le plus abondamment répandu sur nos côtes et des plus faciles à reconnaître. De l'espèce d'empâtement qui l'attache au rocher s'élève une tige cylindrique qui bientôt s'élargit en une fronde plane, entière sur ses bords, et plusieurs fois bifurquée. Cette fronde est parcourue dans toute sa longueur par une nervure médiane, et parsemée de vésicules rondes remplies d'air ; lors de la maturité, l'extrémité des frondes se gonfle et forme des espèces de gousses, renfermant de nombreux tubercules dans lesquels sont les graines ou les spores. Ce fucus varie beaucoup pour la taille; ceux que l'on trouve à la basse mer, fixés aux rochers, ne dépassent guère 4 à 5 décimètres de hauteur; mais sa grandeur augmente ainsi que le nombre de ses vésicules, avec la profondeur de l'eau

Fig. 71. — Fucus vesiculosus.

Auprès du varech à vessies se trouve une autre espèce, le varech à nœuds *(fucus nodosus)*, plante robuste, à ramifications épaisses comme du cuir, renflée de distance en distance par des vessies remplies d'air, et couverte, en hiver et au printemps, de petits tubercules d'un jaune brillant. Cette algue est souvent très-vigoureuse, surtout vers la limite des basses eaux, où elle dépasse parfois un mètre de longueur.

Une troisième espèce de varech, au moins aussi répandue que les deux autres, est le fucus denté *(fucus serratus)*. Il se distingue des précédents par l'absence des vésicules aériennes et par ses frondes dentées sur ses bords comme la lame d'une scie ; il a la taille et la couleur du fucus vésiculeux. L'extrémité de ses frondes offre, à la maturité, un amas de petits tubercules placés à l'intérieur et renfermant les spores. Cette algue est fort utile ; elle constitue un exellent engrais, fournit, comme les précédentes, de la soude en abondance, et sert à l'emballage des productions marines que l'on expédie dans l'intérieur des terres. On

Fig. 75. — Fucus nodosus.

emploie aussi le fucus vésiculeux à cet usage ; mais sa viscosité le rend plus sujet à s'échauffer et à fermenter, tandis que le fucus denté conserve sa fraîcheur et celle des crustacés ; ce qui n'est point sans importance, car un poisson corrompu est non-seulement repodssant pour le palais, mais dangereux même pour l'estomac.

Les fucus que nous venons de décrire croissent en abondance sur les rochers que découvre la mer au reflux, mais on les retrouve vivant à d'assez grandes profondeurs. Le point qu'ils habitent paraît influer beaucoup sur leur coloration ; ainsi, les varechs que l'on récolte sur nos côtes sont toujours d'un vert brun, souvent presque noir, tandis que ceux que ramène la drague d'une certaine profondeur sont d'un jaune plus ou moins clair. C'est ce qui explique pourquoi l'on en trouve parfois de cette couleur sur la plage, où ils ont été jetés par la vague, après avoir été arrachés du sol par les flots de fond. Sur certains points du littoral, et surtourt en Normandie et en Bretagne, on récolte ces espèces de varechs pour les brûler et en faire de la soude. On les étale sur le bord de la grève, hors de la portée des vagues, et lorsque la dessication est complète, on y met le feu ; on brasse fortement les cendres lorsqu'elles sont rouges, et elles se prennent en petites masses ; c'est ce qu'on appelle soude brute. Pour en extraire les sels de varech, on lessive cette soude et on évapore la liqueur. Ces sels sont très-riches en potasse.

On trouve encore, sur les rochers, d'autres espèces de fucus de moindre importance ; tels sont le *fucus canaliculatus*, reconnaissable à ses tiges et à ses branches cannelées et sans vésicules à air, et le fucus cornu *(fucus ceranoïdes)*, dont les gousses sont oblongues et pointues.

Lors des fortes marées, la mer se retire bien au delà de ses limites ordinaires, et découvre aux yeux du naturaliste charmé, des trésors habituellement cachés. Cette nouvelle zone est pour lui une terre promise, où il se voit entouré d'une végétation toute nouvelle, contrastant avec celle du terrain supérieur d'une manière aussi tranchée que les forêts avec les prairies et les bruyères. Là s'offrent au regard étonné de robustes plantes, mesurant deux à trois mètres de longueur, solidement encrées sur le roc par des racines qui semblent rivaliser avec celles d'un chêne. L'une de ces plantes, connues des pêcheurs sous le nom vulgaire d'*herbe à rames*, est la laminaire digitée *(laminaria digitata)* ; elle est fixée aux rochers par un large empâtement qui émet de vigoureux crampons, et du milieu duquel s'élève une tige robuste et ligneuse, qui s'épanouit subitement en une large fronde plane et comme laminée *(laminaria)*, découpée

Fig. 76. — Fucus denté et laminaire.

12.

presque jusqu'à sa base en lanières parallèles comme les
doigts de la main *(digitata)*, ce qui les fait assez ressembler
à des palmiers en miniature.

Bien que solidement ancrée au rocher, la laminaire, pas
plus que les autres plantes marines, n'a de racines véritables; l'empâtement qui lui en tient lieu a peu de ressemblance, en effet, avec les racines des végétaux terrestres; il
n'est point, comme celles-ci, formé par les prolongements
fibreux de la tige, chargés de puiser dans le sol les substances nécessaires à l'accroissement de l'individu. C'est un simple faisceau de crampons destinés seulement à maintenir la
plante en place, et qui ne contribuent en rien à la nourriture du végétal; aussi la nature du terrain importe-t-elle
peu aux plantes marines, dont le plus grand nombre choisit
même les rocs les plus nus pour s'y développer. C'est par
tous les points de leur surface que les algues absorbent leur
nourriture de l'eau environnante. La tige des laminaires est
très-forte, et l'on s'en sert pour faire de forts jolis manches
de canifs et de couteaux; lorsqu'elle est fraîche, elle est
assez molle pour se laisser couper facilement et pour rece-
voir dans son centre le prolongement d'une lame; mais les
fibres de la plante se contractent de façon à serrer, comme
dans un étau, le corps qu'elles enveloppent, et à prendre la
dureté et l'apparence de la corne de cerf. On emploie les
laminaires, comme les fucus, à l'extraction de la soude, et
les habitants pauvres des côtes de la Bretagne font usage de
leurs tiges desséchées comme combustible; elles donnent
d'ailleurs une chaleur très-vive sans produire beaucoup de
fumée.

La laminaire sucrée (*laminaria saccharina*), connue
sous le nom vulgaire de baudrier de Neptune, s'élève à deux
mètres et plus de hauteur; ses solides crampons donnent
naissance à une tige cylindrique et épaisse, qui, vers le milieu de sa longueur, s'aplatit en une feuille large de huit à
dix centimètres, d'un vert foncé. Cette phycée, lorsqu'elle
est sèche, se recouvre d'efflorescences sucrées.

Les laminaires sont les géants de nos mers; elles atteignent parfois sur nos côtes jusqu'à quatre mètres de hauteur, mais ce sont des pygmées, si on les compare aux
alg*aes* gigantesques des mers du Sud et de l'océan Pacifique, dont les troncs, de sept à huit mètres de hauteur, portent d'énormes bouquets de feuilles qui forment par leur

développement un demi-cercle d'un diamètre égal. Une espèce de ce groupe atteint souvent, dit-on, jusqu'à cinq cents mètres de longueur (*macrocystis purifera*) et couvre, dans l'océan Pacifique, de grands espaces de mer; ses tiges sont grêles, très-ramifiées, et couvertes de feuilles lancéolées et dentées en scie, dont chacune semble sortir d'une vésicule à air de forme oblongue.

Une autre espèce, propre aux côtes nord-ouest de l'Amérique (*nereocystis lutkeanus*), a des tiges semblables à des cordelettes de trois pieds de long, portant à leur extrémité une grande vessie de quinze à vingt décimètres, couronnée d'un bouquet de feuilles fourchues de dix à douze mètres de longueur. C'est au milieu de ces prairies flottantes que les chasseurs de fourrures vont chercher les loutres de mer qui s'y retirent, et ces tiges tenaces fournissent aux rudes pêcheurs de ces côtes d'excellentes lignes.

Parmi les laminaires, on rencontre souvent une algue singulière, qui ressemble plus à une corde qu'à une plante; aussi lui donne-t-on sur nos côtes le nom vulgaire de lacet de mer, et les botanistes la désignent sous le nom également significatif de *chorda filum*. Cette plante consiste en une longue tige cylindrique, d'un vert olivacé passant au noir; à peine plus grosse à sa basse qu'une épingle ordinaire, elle augmente de volume jusque vers son milieu, où elle atteint la grosseur d'une plume de cygne, pour diminuer ensuite du centre au sommet, où elle finit en pointe. Cette fronde cylindrique est creusée à l'intérieur comme un tube; mais la cavité est interrompue de distance en distance par des cloisons dont la structure est fort curieuse, vue au microscope. Lorsqu'on saisit la plante, elle glisse entre les doigts comme si elle était huilée, ce qui est dû à une viscosité naturelle jointe à une couche épaisse de poils courts et serrés qui couvrent sa surface. Sa longueur varie beaucoup; car on en trouve depuis quatre décimètres jusqu'à cinq ou six mètres de longueur.

Une algue qui ne peut manquer d'attirer l'attention par sa forme singulière, si on la rencontre toutefois, car elle est assez rare, est la queue de pann (*padina pavonia*). Cette plante, qui croît abondamment sur les côtes de la Méditerranée, ne se rencontre guère au Nord que dans quelques flaques profondes, ou hors de la limite des marées; et encore la coquette ne se montre-t-elle que dans les mois d'été pour

disparaître à l'automne. Ses frondes en éventail sont formées de fibres délicates qui dessinent des bandes concentriques à leur surface, et dé-
composent les rayons lumineux de manière à réfléchir
les plus belles nuances du
prisme, ce qui l'a fait comparer à la queue d'un paon
qui fait la roue.

L'une des algues les plu-
remarquables est la coralline, qui croît en abondance
sur nos côtes, et surtout vers
la limite des basses eaux, où
elle couvre des rochers. C'est
une petite plante, composée
de nombreuses tiges grêles,

Fig. 77. — Padina, queue de paon.   articulées, branchues, ne dé-
passant guère un décimètre de hauteur, mais formant des
masses épaisses qui servent de refuge à un grand nombre
d'animaux. Il ne serait pas étonnant que vous prissiez à première vue cette plante pour un polypier, comme beaucoup
d'autres l'ont fait avant vous, car elle a la singulière propriété
d'extraire de l'eau de mer, pour s'en revêtir, une telle quantité de carbonate de chaux que, lorsque les parties végétales
meurent et se décomposent, la portion calcaire reste intacte et
conserve sa forme primitive. Lorsqu'elle est vivante, la coralline est rose ou d'un rouge pourpre ; les tiges complétement
blanches ne sont que des morts, et, quand on les recueille,
il ne reste entre les mains que le blanc squelette de pierre.

On sait que beaucoup d'êtres organisés, que l'on avait
d'abord pris pour des végétaux, tels que les coraux et les
polypiers, furent plus tard reconnus comme appartenant au
règne animal ; mais, par suite de cette réforme, plusieurs
plantes réelles furent à leur tour considérées comme étant
des animaux, à cause de leurs nombreux rapports extérieurs
avec ces mêmes zorphytes. Tel fut le sort des corallines, qui
passèrent dans le camp des animaux avec les polypiers, et y
restèrent jusqu'au moment où le docteur Johnston démon-
tra leur nature végétale d'une manière évidente, en les conservant pendant deux ans dans un aquarium avec des animaux sans autre plante et sans changer d'eau.

Il devenait dès lors évident que si les corallines étaient des zoophytes, comme on l'avait pensé jusqu'alors, l'eau se serait corrompue et serait devenue mortelle aux petits animaux qui l'habitaient; tandis que sa pureté constante et l'état de santé dans lequel se trouvaient ces petits êtres au bout d'un si long espace de temps prouvaient que les corallines leur fournissaient l'oxygène nécessaire à leur existence, et, par conséquent, étaient des plantes

Les corallines vivent bien dans l'aquarium, ou elles produisent un fort joli effet; on les emploie en médecine comme vermifuges, mais leur usage est moins habituel que celui de la mousse de Corse, qui croît sur les bords de la Méditerranée.

Fig. 78. — Coralline.

Nous sommes entrés avec les corallines dans la famille des floridées ou rhodospermes : ces algues, autant par l'élégance de leurs formes que par l'éclat de leurs couleurs, font le plus bel ornement de nos herbiers. Elles se distinguent par leurs nuances roses, violettes ou pourpres, qu'avive encore l'action de l'air atmosphérique. Leurs dimensions ne deviennent jamais considérables comme celles de certaines phycées, et ne dépassent guère trois ou quatre décimètres. C'est surtout au-delà de la limite des marées, à quelques mètres sous l'eau, qu'habitent le plus grand nombre des floridées; mais on en trouvera beaucoup dans les flaques profondes des rochers, sous l'abri des larges touffes de fucus qui garnissent leurs bords et les préservent de l'ardeur des rayons solaires. Il faut aussi visiter les paquets de fucus que les vagues rejettent sur la plage, car certaines floridées croissent sur ces plantes et y restent attachées.

Nos lecteurs nous sauront sans doute gré de leur indiquer les meilleurs procédés à employer pour recueillir et préparer les algues que l'on veut conserver ; une collection de ce genre est non-seulement faite pour charmer les yeux, mais c'est encore un véritable journal, propre à rappeler une foule de souvenirs, si on a eu soin de transcrire sur l'étiquette de chaque plante la date et le lieu où on l'a recueillie. Les

échantillons que l'on veut conserver doivent être d'abord
lavés à plusieurs reprises dans l'eau douce, afin d'en enlever
tout le sel qui, étant déliquescent, attirerait l'humidité et la
moisissure, et amènerait infailliblement la prompte destruction de la collection entière. Lorsqu'elles ont été bien lavées,
on plonge les algues dans une large cuvette ou baquet rempli d'eau fraîche et bien claire, puis on glisse sous la plante
flottante une feuille de fort et beau papier, sur lequel on
étale et l'on sépare, à l'aide d'une longue aiguille, les petits
rameaux, en cherchant à donner à la plante le port qu'elle
a naturellement dans la mer; cela fait, on retire doucement
le papier de l'eau, en soulevant avec lui l'algue qui y reste
attachée. La plupart des hydrophytes sont recouvertes d'un
enduit gélatineux, au moyen duquel elles adhèrent naturellement au papier; cependant il vaut mieux les soumettre à
une légère pression, en les plaçant entre des feuilles de papier buvard que l'on change le plus souvent possible. Quelques algues sont tellement gélatineuses qu'elles s'attache-
raient au papier buvard, si l'on ne prenait certaines précautions; pour celles-là, il faut, une fois étalées et sorties
de l'eau, les laisser sécher à moitié à l'air libre, puis, avant
de les soumettre à une compression légère, les recouvrir
d'une feuille de papier huilée bien ressuyée, afin qu'elles
n'adhèrent qu'à la feuille sur laquelle elles ont été étendues
pour la conservation.

Si ces opérations, très-simples comme on voit, ont été bien
faites, on possédera le plus merveilleux album que l'on
puisse voir. Quelques algues, telles que les *fucus vesiculosus* et *nodosus*, se prêtent difficilement à ce genre de pré-
paration; mais c'est le très-petit nombre, la plupart ayant
la forme plate, ou s'aplatissant sans trop se déformer. Les
algues de la famille des zoospermées conservent assez bien
leur couleur verte, mais les phycées perdent par la dessiccation le peu de coloration qu'elles possèdent, et deviennent
noires, tandis que les floridées, au contraire, gagnent en brillant et en coloris par leur exposition à la lumière et à l'air.

Et maintenant, continuons nos recherches vers la limite
des basses eaux, puisque c'est là que nous trouverons les
floridées en plus grande abondance.

Voici justement un de ces bassins naturels profondément
creusés dans le roc; ses bords sont couronnés d'épaisses
touffes de fucus qui abritent contre les rayons du soleil cette

petite mer en miniature. Aussi, voyez, que de richesses ! Les blennies verdâtres et les palemons transparents, effrayés de notre approche, filent comme des traits et se réfugient sous les larges frondes des fucus; les turbos, les nérites et une foule d'autres petits mollusques broutent les petites mousses marines qui revêtent les parois du bassin; des actinies de toutes couleurs épanouissent leurs tentacules bariolés comme les pétales des fleurs, tandis que la fantastique étoile allonge l'un après l'autre ses longs bras orangés sur le fond sableux, sillonné dans tous les sens par une multitude de vers. Puis, sur les saillies des bords, croissent les petits buissons de corallines roses, ces petits arbres de pierre; plus bas, les touffes empourprées des céramies et des polysiphonia, dont la finesse est comparable à celle des plus fins cheveux; et plus bas encore, les belles feuilles cramoisies de la delesseria. Mais recueillons ces plantes une à une pour les examiner de plus près : voici d'abord la *polysiphonia urceolata;* cette jolie floridée doit son nom spécifique *urceolata* à son nom spécifique *urceolata* à son fruit en forme de petite urne; quant au mot grec *polysiphonia,* il indique plusieurs siphons ou tubes; et si nous coupons une de ses branches transversalement, nous verrons que la plante est, en effet, composé de six tubes rangés autour d'une ouverture centrale, disposition bien visible, surtout dans cette autre espèce, la *polysiphonia variegata.*

Ce magnifique bouquet de feuilles cramoisies, dont la forme rappelle tellement celle des plantes terrestres qu'on croirait voir une touffe de feuilles rougies par l'automne, est la *Delesseria sanguinea;* elle brille de tout son éclat en juin et juillet; mais, passé cette époque, ses belles frondes jaunissent, se déchirent, et la nervure médiane reste seule, portant quelques lambeaux qui la font ressembler à un drapeau déchiqueté par la mitraille. A cause de sa courte existence cette plante n'est guère propre à figurer dans un aquarium; on peut ce-

Fig. 79. — Polysiphonia variegata.

pendant l'y introduire, mais à la condition de la surveiller et
de l'enlever dès qu'elle se couvrira de taches jaunes; car
elle ne tardera pas à se décomposer, et à dégager des gaz
délétères et mortels pour les animaux.

L'apparition des taches orangées est toujours, chez les floridées, un signe certain de l'affaiblissement qui précède la
mort du végétal.

Cette jolie petite floridée d'un beau rouge, qui dépasse à
peine 5 à 6 centimètres de hauteur, est le *plocamium coccineum*; sa tige est très-ramifiée, et chaque petit rameau, à
peine gros comme un cheveu, est garni d'un seul côté de
ramilles régulièrement rangées comme les dents d'un peigne. Les organes de la fructification sont des tubercules glo
buleux placés à l'aisselle des rameaux.

Fig. 80. — Plocamium coccineum.

Voici, fixée sur cette grande laminaire, une algue doublement intéressante : d'abord à titre d'espèce remplissant fort
bien son rôle dans un herbier, et en second lieu comme
plante alimentaire. C'est l'*halymenia palmata*; d'un pédicule court, attaché au rocher par un petit empâtement, s'é-
lèvent cinq ou six frondes planes, de consistance papyracée,
se divisant au sommet en quatre ou cinq segments profondément incisés; on la trouve assez fréquemment sur le rivage. En Ecosse et en Irlande, cette algue se mange crue
ou bouillie, sous le nom de *dillosk*. On rencontre quelquefois une singulière variété de l'*halymenia*, qui porte le lon

du bord de ses frondes de nombreuses petites palmettes; elle est d'un beau rouge carminé, comme l'espèce type.

Soulevez ces épaisses touffes de fucus qui couvrent les bords du bassin; presque toujours elles abritent quelque floridée dont le teint délicat craint les ardeurs du soleil. Qu'y trouvons-nous? de jolies petites céramics roses; puis une algue dont les frondes déployées en éventail, se découpent en segments finement découpés eux-mêmes et frisés à l'extrémité; c'est le *chondrus crispus* des botanistes et la chicorée de mer des pêcheurs. Cette plante est d'un rouge foncé, à reflets azurés et changeants comme ceux de l'acier trempé. Mais regardez sur le bord opposé du bassin, qui n'est pas comme celui-ci abrité par les touffes de fucus; ne voyez-vous pas une plante qui, pour la forme, ressemble à s'y tromper à notre chondrus? seulement, sa couleur, si brillante ici, est là d'un vert pâle et jaunâtre. Des frondes en éventail sont également découpées en segments, également frisés à l'extrémité; c'est bien, en effet, le *chondrus crispus*. D'où vient alors cette différence de coloration? tout simplement de son exposition. La première est bien abritée contre la lumière sous cette touffe épaisse de fucus, tandis que la seconde est exposée en plein jour; et c'est une règle que, plus les floridées végètent profondément, plus elles sont à l'abri de la lumière, plus aussi leur couleur est belle et vive.

Ce fait est d'autant plus surprenant que c'est le contraire qui a lieu généralement dans la nature, et que les plantes et les animaux terrestres revêtent des couleurs d'autant plus brillantes qu'ils habitent des régions plus chaudes et plus inondées de lumière. Et le contraire semble aussi avoir lieu chez les fucus, dont la couleur est d'autant plus claire que la profondeur à laquelle ils croissent est plus grande; — Pourquoi? Pourquoi? — Que de pourquoi n'ont pas encore trouvé

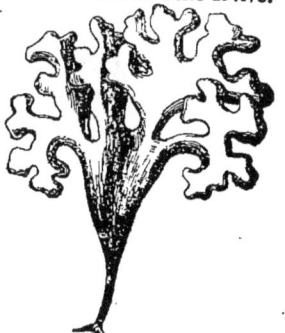

Fig. 84. — Chondrus crispus.

leur parce que. — Mais, pour en revenir à notre *chicorée*

de mer, c'est une plante non-seulement fort jolie, mais encore très-utile ; on en fait en Angleterre, où elle est connue sous le nom de mousse d'Irlande (*irish moss*), des gelées fort employées pour la cuisine et la médecine. Sur les côtes d'Irlande, où elle est fort commune, les pauvres en font une grande consommation ; les imprimeurs sur étoffes l'emploient comme apprêt.

Dans cette même zone croît encore une curieuse petite algue ; sa fronde, longue d'un décimètre environ, a la forme d'un battoir ou d'une raquette ; sa couleur d'un pourpre profond glacé de reflets bleus, verts et violets, en fait une fort jolie plante, et lui a valu le nom d'*iridœa* ; sa dénomination spécifique *edulis* indique qu'elle est comestible. On mange, en effet, cette plante crue ou cuite ; elle est même fort recherchée par certains gastronomes, gens peu poétiques, qui feraient frire, je crois, l'arc-en-ciel lui-même, s'il pouvait se manger.

Ces touffes si délicates, et bien dignes de figurer dans le

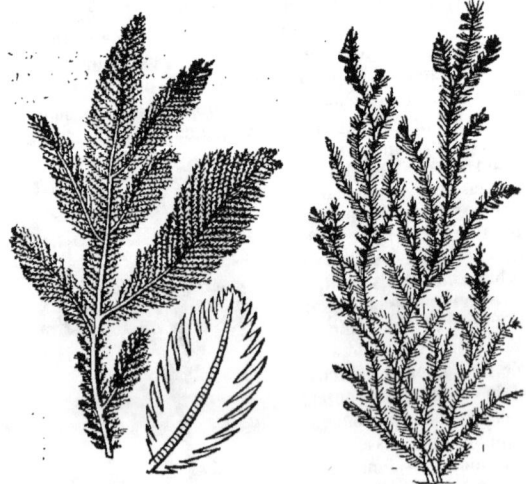

Fig. 82. — Ptilosa plumosa.   *Fig.* 83. — Céramie élégante.

olus riche album, sont des céramies. Celle-ci est la céramie diaphane (*ceramium diaphanum*) ; ses tiges, d'une extrême finesse, sont articulées, rameuses, à articulations composées de cellules cylindriques, alternativement blanches et roses, et renflées de loin en loin en nœuds d'où partent les rameaux. Cette autre espèce, non moins élégante, est la céramie plumeuse (*ptilota plumosa*) ; ses tiges, hautes de deux décimètres environ, sont garnies de rameaux disposés régulièrement des deux côtés, comme les barbes d'une plume, et chacun de ces rameaux est à son tour garni de ramuscules délicats. Cette petite algue, d'un beau rouge, produit le plus bel effet lorsqu'elle est bien étalée sur le papier. Cette autre est la céramie élégante, l'une des plus jolies espèces de cette belle famille. Elle conserve son port élégant tant qu'elle est dans l'eau, mais dès qu'on l'en retire, ses filaments déliés s'affaissent et ne présentent plus qu'une masse informe.

Il est une plante qui, bien qu'elle réside au fond de la mer, n'appartient pas à la grande famille des hydrophytes, c'est le zostère (*zostera marina*). Cette plante possède de véritables racines qui s'enfoncent dans le sable ; elle fleurit et présente si complétement tous les caractères des plantes terrestres, qu'on peut, du premier coup d'œil, la distinguer des algues. Le zostère forme, sur les fonds de sable submergés de presque toutes les mers, de vastes prairies marines, où pâturent d'innombrables troupes d'animaux ; sa tige rampante émet, de distance en distance, des touffes de racines qui pénètrent dans le sable, et elle porte des feuilles en forme de longs rubans d'un vert brillant et satiné, dans l'aisselle desquelles naissent les fleurs.

Celles-ci n'offrent rien de remarquable, si ce n'est le pollen renfermé dans les étamines, qui est en forme de filaments simples ou bifurqués.

Le zostère marin séché est employé à faire des couchers assez médiocres ; on le recueille aussi comme engrais, et il pourra vous servir à emballer les nombreux objets que vous rapporterez des excursions que la lecture de ce petit livre vous aura engagés à faire.

FIN.

TABLE DES CHAPITRES

ABBEVILLE. — IMP. BRIEZ, C. PAILLART ET RETAUX.

www.ingramcontent.com/pod-product-compliance
Lightning Source LLC
Chambersburg PA
CBHW061503030726
47503CB00005B/1790